Susanne Scholl

Wachtraum

Susanne Scholl

# Wachtraum

Roman

Residenz Verlag

Der Verlag dankt der Kulturabteilung
der Stadt Wien für die Unterstützung.

Bibliografische Information der Deutschen Nationalbibliothek
Die Deutsche Nationalbibliothek verzeichnet diese Publikation in
der Deutschen Nationalbibliografie; detaillierte bibliografische Daten
sind im Internet über http://dnb.dnb.de abrufbar.

www.residenzverlag.at



Umschlaggestaltung: BoutiqueBrutal.com
Umschlagfoto: Plainpicture / donkey soho / Baptiste Sibé
Typografische Gestaltung, Satz: Lanz, Wien
Lektorat: Jessica Beer
Gesamtherstellung: CPI books GmbH, Leck - Germany

ISBN 978 3 7017 1681 4

# 1
# Lea

Lea und Wien.

Eine Hassliebe.

Zuerst die Liebe, dann der Hass.

Als Kind lebt es sich gut in Wien.

Die Volksschule liegt gleich am Ende der Straße. Man muss sie nicht überqueren, diese Straße am vornehmeren Ende des Praters, auf der in Leas Kindheit ohnehin so wenige Autos fahren. Lea geht brav mit ihrer Tasche den Gehsteig entlang bis zur Schule, auch wenn sie die Schule nicht mag.

Am ersten Schultag – so erzählt Fritzi, Leas Mutter, später gerne –, am ersten Schultag hat Lea der Mutter erklärt, sie wisse nicht, ob sie am nächsten Tag noch einmal hingehen werde. Lea, das Kind, hat das ganz ernst gemeint, aber Fritzi erzählt es, als sei das ein besonders witziger Augenblick im Leben des Kindes gewesen.

Die Schule macht Lea Angst. Die Schule lässt sie spüren, dass sie anders ist. Lea versucht, sich anzupassen. In der Schule muss man sich ducken. Lea will sich nicht ducken.

In der Früh wird gebetet. »Vater unser, der du bist …«

Lea betet brav mit, tut sich sogar hervor, weil sie sich das Gebet merkt, so wie sie sich auch Gedichte und Lieder merkt. Also gehört sie dazu, weil sie mitbetet.

Zu Mittag steht die Mutter mit einem Säckchen Kirschen vor dem Schultor. Lea hängt sich zwei Kirschenpärchen auf die Ohren und Fritzi, deren Ohrringe auch wie Kirschen geformt sind, lacht.

Fritzi ist eine schöne, lustige Frau. Vollbusig und rund und manchmal zu viel für Lea. Vor allem, wenn sie nicht ganz so lustig ist. Manchmal, wenn sie alleine sind. Mutter und Tochter. Aufeinander angewiesen, weil der Vater, der Ehemann, wieder einmal unterwegs ist. Zu einem Vortrag, wie er sagt.

Einmal hat Fritzi für Lea und sich die gleichen Kleider nähen lassen. Aus grün-weiß gestreiftem Vorhangstoff. Lea war damals vielleicht vier Jahre alt, und wenn Fritzi ihre Freundinnen in der Konditorei traf und Lea mitnahm, weil die noch nicht in die Schule und nie in den Kindergarten ging, zog sie ihr und sich die grün-weiß gestreiften Kleider an, und Lea fühlte sich genauso schön wie die Mutter. Und weil man sie dann in der Konditorei mit kleinen Köstlichkeiten fütterte und sie dafür lobte, dass sie Fritzi so ähnlich sehe, war sie ganz und gar zufrieden.

Damals war es noch Liebe.

Lea und Fritzi, wie sie bei der »Nordsee« gebackenen Fisch und Erdäpfelsalat essen.

Lea und Fritzi, wie sie nebeneinander beim Friseur sitzen, der ihre dichten, schwarzen Locken so großzügig abschneidet, dass Lea sich danach ganz hässlich findet. Aber Fritzi erklärt, das müsse einfach sein, damit ihre Haare schön und fest und gesund blieben. Ihr habe man als Kind auch immer die Haare kurz geschnitten.

Lea hätte gern lange Zöpfe, wie einige Mädchen in ihrer Klasse – aber ihre dunkelbraunen Locken wären dazu ohnehin nicht geeignet. Und eigentlich wünscht sie sich ja blonde Zöpfe, wie die, um die die feinen, fast durchsichtigen Härchen ihrer Schulkolleginnen im Sonnenlicht flimmern und tanzen. Sie ist die einzige Dunkelhaarige in der Klasse, die Einzige mit kurzen Haaren.

Fritzi auf einem kleinen Schwarzweißfoto mit Mutter, Vater und Schwestern. Mit vier Jahren, die Haare so kurz geschnitten wie ein Bub, aber in einem zu langen, wahrscheinlich von der nächstälteren Schwester geerbten Kleidchen und mit einem großen, offensichtlich selbst gepflückten Strauß von Feldblumen im Arm. Leas Lieblingsfoto von ihrer Mutter.

Leas Großvater steht da, als könnte er Bäume ausreißen, die Großmutter lehnt an ihm, als würde sie ihn mögen. Dabei behauptet Fritzi immer, sie habe ihn gehasst, den Haustyrannen. Lea mag das nicht hören. Sie hat ihn ja nicht gekannt, den Großvater, der da auf dem Foto so steht, als könne ihm nichts geschehen auf der Welt. Wo doch sogar Lea schon weiß, dass jedem alles geschehen kann.

Vor der Schule steht Fritzi mit den Kirschen. Neben ihr die Großmütter der anderen Kinder. Fritzi holt Lea jeden Tag ab, und die anderen Kinder werden jeden Tag von ihren Großeltern abgeholt, mit denen sich Fritzi gerne unterhält, während sie auf Lea wartet. Ganz freundlich und lachend, wie Fritzi eben ist. Offen und fröhlich. Wenn sie unter Menschen ist. Eine Zirkusprinzessin, wie Lea sie später nennen wird.

Zu Hause ist Fritzi anders.

Zu Hause lacht sie nur selten.

In der Früh, wenn Lea in die Schule geht, schläft die Mutter noch. Oder sie liest im Bett. Sie steht nie auf, um Lea ein Schulbrot zu streichen. Das macht Theo, Leas Vater. Er weckt sie und stellt ihr eine Schale mit Kakao hin. Lea sieht sie nie in der Früh. Aber zu Mittag steht sie vor der Schule und lächelt alle an. Auch die, die Lea nie anlächeln würde. Die Großmütter mit dem bitteren Zug um den Mund und den kalten Augen. Aber Fritzi tut so, als bemerkte sie das gar nicht.

Theo ist eines Tages nicht mehr da – als Lea schon groß genug ist, um sich ihr Schulbrot selbst zu streichen.

Nachdem Theo sie verlassen hat, steht Fritzi in der Früh noch viel schwerer auf. Aber da geht Lea schon ins Gymnasium und Fritzi holt sie nicht mehr ab. Das würde sich Lea auch verbitten. Mit 12, 13 oder 14 Jahren.

Fritzi bleibt jetzt manchmal so lange im Bett, bis Lea aus der Schule nach Hause kommt. Was bei Lea Zornausbrüche auslöst. Die sie sich verkneift, weil Fritzi sagt, es sei Theos Schuld, dass sie in der Früh nicht aufstehen kann.

Theo war Soldat und Fritzi ist mit ihm zurück nach Wien gekommen.

Sie wisse gar nicht, wieso sie sich mit ihm eingelassen habe, sagt Fritzi jetzt oft, aber Lea glaubt ihr das nicht.

Solange Theo Lea in der Früh den Kakao hingestellt hat, war Fritzi glücklich.

Dann hat Theo diese Neue kennengelernt – »den Schlampen« nennt Fritzi sie.

Lea verbringt jetzt jedes zweite Wochenende bei Theo und »dem Schlampen«, der mit bürgerlichem Namen ausgerechnet Erika heißt.

»Erika ist ein Nazi-Name«, sagt Fritzi, und Lea gibt ihr heimlich recht, weil sie in der Volksschule neben einer Erika gesessen ist, die doppelt so groß und dick war wie sie und ihr jeden zweiten Tag das Pausenbrot gestohlen hat, weil ihre eigenen Eltern ihr nie etwas zu essen mitgaben.

Theos Erika ist aber gar nicht so, wie Lea sich einen »Nazi-Schlampen« vorstellt. Sie hat lange dunkle Haare und ist ziemlich dünn – die Hälfte von Fritzi, denkt Lea. Sie ist nett zu Lea und macht ihr Geschenke, die diese vor Fritzi versteckt, weil sie die Mutter nicht kränken will.

Theo ruft Lea fast jeden Tag an.

Er hat Fritzi nicht mehr ausgehalten, sagt er, aber er liebt Lea.

Lea hat damit kein Problem. Sie liebt Fritzi und Theo. Und sie will sich nicht entscheiden müssen.

Theo hat eine Wohnung ganz in der Nähe gemietet, sodass Lea zu Fuß zu ihm gehen kann. Wenn sie ihn besucht, gibt es immer Schaumrollen. Lea liebt Schaumrollen, aber Fritzi kauft keine. Sie will abnehmen, sagt sie.

Wenn Fritzi eine Diät macht, würde Lea am liebsten die ganze Zeit bei Theo wohnen. Dann ist Fritzi den ganzen Tag schlecht gelaunt. Lea findet die Mutter schön, so rund wie sie ist, aber Fritzi sagt, sie muss unbedingt abnehmen. Theo hat sich »den Schlampen« nur gesucht, weil sie selbst zu dick geworden ist mit den Jahren. Weil er sie nicht mehr schön gefunden hat. Lea kann sich Fritzi nicht dünn vorstellen. Fritzi ist gemütlich mit ihren Fettpölsterchen rundherum, findet Lea, und tröstlich, wenn sie nicht gerade traurig ist. Und sie hat Verehrer. Die bringen Lea Schokolade oder Süßigkeiten mit und tun so, als würden sie sie mögen. Dann sagt Lea manchmal, dass sie schon einen Papa hat und keinen zweiten braucht, und Fritzi lacht, und der Verehrer ist meistens beleidigt und kommt nicht mehr so oft zu ihnen.

Nur Karl ist anders. Der lacht mit und sagt, dass er gar nicht vorhat, ihr zweiter Papa zu werden. Darauf weiß Lea keine Antwort.

Karl bleibt.

Fritzi steht jetzt in der Früh wieder leichter auf. Karl ist Anwalt und hat eine eigene Kanzlei. Er vertritt Fritzis Freunde, die aus der Emigration zurückgekommen sind und ihr gestohlenes Eigentum zurückhaben wollen.

Fritzi macht sich über Karls Klienten lustig. »Wir haben nichts gehabt und haben jetzt nichts, was wir zurückfordern könnten«, sagt sie. Karl nimmt es ihr aber nicht übel.

Theo, der ein erfolgreicher Unternehmer ist und recht gut verdient, hat sich über Fritzis Witze immer geärgert. Denn natürlich hat sie sich auch über ihn lustig gemacht. Später wird Lea verstehen, dass Fritzis Witze ihre Art waren, nicht über anderes zu reden. Über Schmerzhaftes. Sehr viel später. Als es schon nicht mehr reine Liebe ist.

Lea, Fritzi und Karl im Kino. Karl kauft Süßigkeiten und Limonade und Fritzi stiehlt sich im Dunkeln einige Zuckerl von Lea – weil sie natürlich schon wieder abnehmen will und standhaft geblieben ist, als Karl ihr auch »was Süßes« kaufen wollte.

Lea, Fritzi und Karl in der Liliputbahn. Fritzi liebt den Prater, und seit Lea auf der Welt ist, gehört die Liliputbahn zu den festen Institutionen in ihrem Leben.

So wie die Kirschen nach der Schule und die Leberkäsesemmel zu besonderen Gelegenheiten.

Weshalb die Lilliputbahn auch noch attraktiv bleibt, als Leas Alter schon keine Entschuldigung mehr ist.

Lea und Fritzi in der Küche. Fritzi ist eine wunderbare Köchin. Hat sogar Theo gesagt, und Karl ist ohnehin verliebt. Was Lea manchmal schon direkt peinlich ist. Theo ist mit seiner Erika viel diskreter. Karl tanzt dauernd um Fritzi herum und küsst sie bei jeder Gelegenheit, und manchmal wünscht sich Lea, er wäre weniger anhänglich.

Lea und Fritzi in der Küche. Weihnachtskekse backen.

Als Kind hat Lea es geliebt, mit Fritzi zu backen.

Vor allem, weil sie den rohen Teig fast noch lieber gegessen hat als die fertigen Vanillekipferl oder Pariser Stangerl. Vor Weihnachten wurde Fritzi immer ganz hektisch. Die Butterkekse, die sie bäckt, hat sie mit süßem Eischnee zu kleinen Weihnachtsbäumen zusammengeklebt, die sie in Zellophanpapier gepackt und mit rosa Maschen versehen hat. Lea musste sie dann in der ganzen Umgebung austragen – was sie gehasst hat. Meistens stellte sie die Päckchen auf den Fußabstreifer vor der Türe, läutete einmal und rannte dann die Stiegen schnell hinunter, weil es ihr peinlich war, mit Leuten zu reden, die sie nicht so gut kannte. Aber Fritzi war da gnadenlos.

Später, als Lea schon ins Gymnasium geht, hört Fritzi auf, Weihnachtsbäume zu produzieren und die Tochter damit herumzuschicken. Lea glaubt, dass das Karls Verdienst ist, dem der ganze Weihnachtstrubel ohnehin auf die Nerven geht – wie er immer wieder sagt. Fritzi ärgert das, aber sie hält sich ein bisschen zurück, seit Karl bei ihnen eingezogen ist.

Unterm Weihnachtsbaum singt Fritzi gern kommunistische Kampflieder. Das mag Lea. Sie mag auch den Weihnachtsbaum und die Aufregung. Als Theo noch da war und Lea noch nicht in der Schule, war der 24. Dezember der aufregendste Tag des Jahres. Und Fritzi hat so getan, als wäre es selbstverständlich, dass sie Weihnachten feiern, so wie alle anderen rundherum auch. Theo hat am Weihnachtsabend immer erzählt, wie er Fritzi in England kennengelernt hat und wie sie aus Brot und Stanniolpapier Weihnachtsschmuck gebastelt haben – in Leeds, wo sie gewohnt haben.

Lea ist erst in Wien geboren.

In Leeds haben sie noch keine Kinder gehabt. »Es war Krieg und wir haben nicht einmal gewusst, wo unsere Eltern sind«, hat Fritzi gesagt. Und dass sie ein paar Mal abgetrieben hat, damals in England. Weil man doch mitten im Krieg keine Kinder kriegen konnte. Das hat sie Lea aber erst erzählt, als die schon groß war und einmal gefragt hat, warum sie eigentlich keine Geschwister hat.

Karl hat zwei Söhne aus erster Ehe. Jakob und Paul. Paul ist so alt wie Lea und sie mag ihn nicht. Jakob ist fünf Jahre jünger, und Lea spielt sich auf, als wäre sie seine Mutter, das macht ihr Spaß. Manchmal ist es schwierig mit Jakob und Paul, und dann schreit Fritzi, dass es ihr reicht und sie schon gewusst hat, warum sie nur ein Kind gekriegt hat, und dass sie nicht davon geträumt hat, Kindergärtnerin zu werden, und Karl seine Fratzen gefälligst besser zu seiner Ex zurückschicken soll, der Gojte, die sie so schlecht erzogen hat. Karl wird dann ganz weiß im Gesicht und knallt die Wohnungstüre zu, Fritzi wirft sich auf das Sofa und isst eine ganze Packung Mannerschnitten auf, und Lea verzieht sich in ihr Zimmer und ist ganz leise.

Später hört sie Fritzi weinen, und manchmal geht sie dann zu ihr, umarmt sie und legt sich neben sie auf das Sofa. Und dann wischt Fritzi sich übers Gesicht und sagt: »Ich bin eine böse Hexe«, und Lea muss lachen und sagt: »Dann musst du mir jetzt Lebkuchen backen!«, und Fritzi verzieht das Gesicht zu einer Grimasse und tut, als hätte sie einen Buckel. Sie humpelt bucklig in die Küche und bringt Lea Butterbrote mit Honig und für sich noch eine Packung Mannerschnitten.

Und irgendwann am nächsten oder übernächsten Tag ist Karl auch wieder da, und Lea denkt, dass er Fritzi eben doch sehr lieben muss, wenn er nach so einem Streit wiederkommt.

Manchmal erzählt Fritzi von ihrem Onkel und ihrem Bruder. Die beiden waren fast gleich alt und haben viel Unfug angestellt. Sagt Fritzi. Ihre Schwestern nicht, die hat der Vater, der Haustyrann, sehr streng gehalten. Bei ihr war das anders, weil sie die Jüngste war und sich nichts hat gefallen lassen. Sagt Fritzi. »Lea«, meint sie, »Lea-Maus, lass dir ja nie was gefallen!«

Und Lea nickt brav und weiß nicht so recht, wie sie das anfangen soll. Wenn Fritzi über den Onkel und den Bruder spricht, wird es Lea immer ein bisschen kalt, auch mitten im Sommer. Fritzi erwähnt die beiden eigentlich immer nur nebenbei. So zwischendurch. »Der Richard hat auch immer so gern Würstel mit Saft gegessen, und die Mutter hat immer gesagt, er sei ein richtiger Goj«, sagt sie, wenn Karl sich im Jägerhaus im Prater wieder einmal Würstel mit Saft bestellt. Richard war Fritzis Onkel. Der jüngste Bruder ihrer Mutter. Der, den sie in Auschwitz umgebracht haben. So wie Theos Eltern. Später wird Lea herausfinden, dass die drei fast zur gleichen Zeit verschleppt und umgebracht worden sind. Später, als sie schon erwachsen ist und die Liebe und der Hass sich die Waage halten.

Oder Fritzi sagt: »Der Simon hat sich nie die Schuhe richtig zubinden können, das hast du von ihm geerbt«, wenn sie Lea nach der Schule abholt und die Schuhbänder wieder einmal einen wirren Knoten auf Leas Halbschuhen bilden.

Simon war Fritzis älterer Bruder. Was aus dem geworden ist, weiß keiner. Er ist vor den Nazis nach Frankreich geflüchtet, da waren Fritzi und ihre Schwestern noch in Wien. Und irgendwann hat Fritzi einen Brief von ihm bekommen, in dem er geschrieben hat, dass er nicht mehr weiterweiß. Und Fritzi hat ihm Geld geschickt, aber er blieb verschollen. »Verschollen«, sagt Fritzi, nicht »umgekommen, ermordet worden, tot.« Verschollen klingt besser als tot. So, als ob es noch Hoffnung gäbe.

Aber Lea weiß schon als Kind, dass es keine Hoffnung gibt. Simon und Richard, die vier Großeltern, die Tanten und Onkel, so viele aus Theos und Fritzis Familien – alle sind tot. Stattdessen gibt es die, die irgendwie, irgendwo überlebt haben. Fritzis Freundinnen aus England, ihre Schwester Lollo und Theos Arbeitskollegen und später Karls Freunde oder Klienten. Karl war im Krieg in Amerika. Und manchmal streiten sich Karl und Fritzi zum

Spaß darüber, wer es in der Emigration schwerer gehabt hat, »die Engländer« gegen »die Amerikaner«.

Als Kind klingt das alles für Lea, als erzählten sie sich Geschichten aus dem Mittelalter. Gruselgeschichten. Wenn Erna zu Besuch ist zum Beispiel – Fritzis allerbeste Freundin –, mit der sie so oft streitet und auf die sie trotzdem nie was kommen ließe. Erna war in Auschwitz, und auf ihrem Unterarm ist eine Nummer eintätowiert. Wenn Erna erzählt, hört Lea atemlos zu. Und einmal, als sie noch sehr klein war, hat sie zu Erna gesagt, ob sie ihr nicht noch so eine Gruselgeschichte erzählen könnte. Und Erna und Fritzi haben gelacht, als hätte sie etwas richtig Witziges gesagt.

Für Lea waren die alten Geschichten unheimliche Märchen. Das war ja alles lange vor ihrer Geburt, ihr würde so etwas ja nie passieren, davon war sie als Kind überzeugt.

Und dann war Lea erwachsen geworden und hat selbst Kinder bekommen. Kinder, für die das alles noch viel weiter weg sein sollte.

Lea und Fritzi und das erste Enkelkind. Simon. Nach Fritzis verschollenem Bruder. Lea hat darauf bestanden, aber Fritzi war unzufrieden. Unglück bringe das, hat sie gesagt, aber Lea hat sie ausgelacht. Simon ist einer, der herumgetragen werden will. Bald nach Simons Geburt wird Karl krank und Fritzi nimmt ihm das übel.

»Er lässt mich im Stich«, sagt sie wütend, und Lea weiß nicht, wem sie ihr Mitleid schenken soll – Karl oder Fritzi.

Karl vergisst. Sich selbst. Seine Arbeit, sein Leben, Fritzi. Manchmal wird er zornig, weil ihm sogar die Worte abhandenkommen. Ihm, der doch immer mit Worten jonglieren konnte wie kein anderer.

Fritzi macht es wahnsinnig, dass er nicht mehr der Karl ist, der sie auf Händen getragen hat. Sie trifft sich jetzt manchmal wieder mit Theo, dem sie ihr Leid klagt.

Lea ist ja beschäftigt. Mit Albert und neuerdings auch mit Simon.

Albert ist Lea passiert. Sie hat ihn auf einem Fest kennengelernt und eigentlich nicht weiter beachtet. Dann hat sie ihn wieder getroffen und dann noch einmal und dann wieder, und irgendwann ist sie neben ihm aufgewacht und hat festgestellt, dass er im Gegensatz zu anderen Männern keinen Fluchtreflex in ihr auslöst.

Albert gefällt Fritzi. Er ist groß und kräftig, überragt sie und Lea wie ein großer Baum und bewundert Fritzis Charme. Lea findet, dass er es manchmal übertreibt. Aber Albert lacht nur und sagt, dass er Fritzi lustig und interessant findet.

Manchmal bleibt Albert jetzt auch bei Karl, wenn Fritzi etwas Zeit für sich braucht. Lea glaubt, dass ihre Mutter diese Zeit mit ihrem Vater verbringt, fragt aber nicht nach. Sie ist mit Simon beschäftigt, der zu Koliken neigt und oft weint. Lea versucht, nebenbei weiterzustudieren.

Sie hat nie Zweifel daran gehabt, dass sie Geschichte studieren würde. Schon wegen Ernas Erzählungen. Lea will wissen, wer die waren, die ihre Großeltern umgebracht haben.

Später, als sich schon so einiger Hass in die Liebe mischt.

Aber mit 12, 13, 14 ist es noch richtige Liebe. Die man manchmal auch so gewaltig spürt, dass man gar nicht anders kann, als zu provozieren.

Leas beste Freundin hieß Martina, und Lea beneidete sie um ihre immer grantige, aber dann doch auch wieder liebevolle Großmutter. Martina wiederum neidete Lea Fritzi mit ihren Witzen und ihren Kochkünsten, trotz ihrer seltsamen Gewohnheit, Leas Freunde und Freundinnen bei der Begrüßung immer in die Wangen zu beißen.

In der Schule stand Martina im Vordergrund. Lea war schüchtern und ließ sich von Martina herumkommandieren. Martina war voller Ideen und das bewunderte Lea, die oft das Gefühl hatte, dass ihr Kopf leer sei. Martina war die Anstifterin. Einmal wanderten die beiden voll bekleidet mit Jeans und Jacken, aber ohne Schuhe durch die ganze Wiener Innenstadt und freuten sich diebisch über die empörten Blicke der Menschen, die ihnen begegneten. Später wird sich Lea wundern, wie revolutionär sie sich damals vorgekommen ist.

Und die Sommer im Gänsehäufel, die hat Lea auch geliebt. Wenn es Ende Mai heiß wurde, überkam Fritzi diese Sonnenraserei. Sie fuhr dann schon vormittags ins Bad an die Alte Donau, und Lea kam mit der Straßenbahn direkt von der Schule dorthin. Wo Fritzi ihr kaltes Huhn und harte Eier, Paradeiser und Gurken zu essen gab und sie später auf einen großen Eisbecher einlud.

Wenn Martina Lea begleitete, mussten sie unbedingt ins Wellenbad, das Lea hasste, weil ihr die Leute in den Wellen immer auf die Füße sprangen oder sie mit den Ellenbogen in die Seiten boxten, und sie nie sicher sein konnte, nicht plötzlich von einer Welle umgerissen zu werden. Aber Martina liebte das Wellenbad, und Lea tat, was Martina wollte. Auf dem Heimweg kauften sie vor dem Bad Salzgurken. Die wurden aus einem großen Holzfass gefischt und schmeckten köstlich. Damals. Später, als Lea schon erwachsen war und versuchte, Simon zu erklären, was es für ein Genuss war, nach einem Tag in der Sonne und im Wasser in eine dicke, frische Salzgurke zu beißen, stellte sie fest, dass ihr der Geschmack abhandengekommen war. Und Simon mochte die salzigen Ungeheuer von allem Anfang an nicht.

Die Sommer, in denen Fritzi am liebsten im Dirndl herumlief. Und Lea das irgendwie komisch fand, obwohl sie nicht sagen konnte, warum. Theo mochte Fritzis Dirndl, kam selbst auch gerne in Lederhosen daher. Karl dagegen fand Tracht irgendwie widersinnig. »Das bist doch nicht du …«, sagte er zu Fritzi, wenn sie in ihrem neuesten Dirndl auftauchte, und auch: »Du schaust aus wie eine Japanerin, die sich verkleidet hat!« Lea musste darüber immer lachen, weil Fritzi so gar nichts Japanisches an sich hatte, aber sie verstand ganz gut, was Karl meinte. Der hätte auch nie im Leben eine Lederhose angezogen, was Theo wiederum zu der Bemerkung veranlasste, der neue Mann ihrer Mutter sei ein Snob, und sie, Lea, solle sich von ihm ja nicht anstecken lassen.

Oder die Ausflüge in den Wienerwald. Sie marschierten immer in größeren Gruppen. Erna war fast jedes Mal dabei, aber auch Rosi mit ihren Söhnen Willy und vor allem Peter, der stets viel Unfug im Kopf hatte, was Lea nicht unbeeindruckt ließ. Peter war ein Jahr älter als sie und hatte nichts gegen Ausflüge. Vor allem, wenn sie nicht allzulange dauerten und sie bald das Ziel erreichten. Es ging immer zu der einen oder anderen Wienerwaldhütte, meistens gab es dann eine große Wiese dahinter, auf der man Fußball spielen konnte. Peters Leidenschaft. Einmal lag das Ziel auch an einem kleinen See, in den Peter seinen Ball natürlich sofort hineinschoss. Es war früher Frühling und noch nicht besonders warm. Lea hatte sich deshalb zu den Erwachsenen in die Gaststube geflüchtet und tat, was sie ohnehin am liebsten tat – sie ließ sich Geschichten erzählen. Später, als sie erwachsen war, musste sie immer noch lachen, wenn sie daran dachte, wie Peter klatschnass, aber mit seinem Ball unter dem Arm vor der versammelten Gesellschaft in der Gaststube stand und sagte, er sei nicht schuld, der blöde Ball sei ihm einfach weggerutscht. Rosi bekam einen hysterischen Anfall, Willy versuchte vergeblich, ernst zu bleiben, und der Rest der Gruppe lachte so lange, bis Peter beleidigt in Tränen ausbrach.

Oder die Winterferien im Schnee mit Erna, die mit Lea Schlitten fuhr und einen Schneemann baute, während Fritzi mit Theo stritt.

Rodeln auf der Jesuitenwiese, auch das liebte Lea. Und nach Hause kommen in die warme Wohnung, wo Fritzi sofort heißen Kakao machte und Kekse aus der großen Schublade im Wohnzimmer holte.

Am Fenster sitzen und dem Schnee zuschauen. Oder an einem Winterabend durch den Schnee wandern und unter den Straßenlampen stehen bleiben, um den Flocken beim Fallen zuzusehen. Dazu gehörte auch, jeden Winter die warmen Handschuhe zu verlieren und es Fritzi erst zu sagen, wenn es schon Frühling war und warm genug, um ohne Handschuhe auszukommen. Und jedes Mal schrie Fritzi dann und warf Lea vor, unverantwortlich zu sein. »Wir haben keine Handschuhe gehabt und uns die Finger abgefroren, und du schmeißt deine jedes Jahr weg!«, rief Fritzi, und Lea fühlte sich entsprechend schuldig.

Und schließlich die erste unschuldige Liebe. Er hieß Franz. »Ausgerechnet Franz«, sagte Fritzi, als sie Lea das Geheimnis entlockt hatte. »Auch so ein deutscher Name«, sagte Fritzi und sprach das Wort deutsch wie toitsch aus, um Lea zu ärgern.

Zu Fritzis Glück interessierte sich dieser Franz nicht besonders für Lea. Er war ein paar Jahre älter und spielte Eishockey. Ihm zuliebe ging Lea mit 15 jeden Winterabend eislaufen. Auf dem Eislaufverein mitten in der Stadt. Jeden Winterabend, an dem Fritzi sie gehen ließ. Aber eigentlich interessierte sie weniger der Sport als der Franz, und wenn der auf der Bank saß und Pause machte, schaute sie lieber als den klobigen Hockeyspielern den Eistänzern zu, die sich in der Mitte zur Musik drehten, und dachte, dass sie das nie können würde. Sich mit solcher Leichtigkeit zur Musik im Kreis drehen, vorwärts und rückwärts auf den scharfgeschliffenen Kufen. Dabei waren das in Leas Augen alte Leute, die da vor sich hinglitten, als hätten sie nie etwas anderes getan. Alte Leute in merkwürdigen Kleidern, die sie, die 15-Jährige natürlich nie im Leben anziehen würde. Aber wie sie sich so zur Musik im Kreis drehten, das würde sie gerne lernen, dachte Lea.

Dann aber kam Martin, der nicht Franz war, an diesen auch nicht heranreichte, aber Leas treuer Vasall wurde und die Aufgabe hatte, sie abends, wenn der Eislaufverein seine Pforten schloss, nach Hause zu begleiten. In den zweiten Bezirk. Obwohl er selbst im 18. wohnte. Und natürlich begleitete er mit Freuden zuerst Lea in den zweiten und ging dann alleine nächtens nach Hause. Zu Fuß, weil um diese Uhrzeit keine Straßenbahnen mehr fuhren und keiner Geld fürs Taxi hatte. Denn Lea himmelte Franz an, aber Martin himmelte Lea an. Martin, der auch aus einer jüdischen Familie kam und Fritzi viel besser gefiel als der »gojsche Franz«.

Liebesgeschichten einer 15-Jährigen. Sich unter einer Straßenlaterne im Schnee zu küssen wie in Watte eingepackt.

Martina ist eifersüchtig. Franz hat sich dazu herbeigelassen, Lea zu beachten. Und sie unter der Straßenlaterne im Schnee zu küssen. Auf dem Heimweg vom Eislaufverein, zu dem er sie jetzt begleitet. Was er Martin ohne viele Umstände klargemacht hat. Was Martin wie einen traurigen Clown davonschleichen lässt. Und Lea für ganz kurze Zeit ganz glücklich macht. Bis dieser Franz, der Goj, wie Fritzi ihn giftig nennt, an einem Abend beim Eislaufen eine Bemerkung macht.

»Ich hab einen Jud«, sagt er und zeigt Lea seine halb angezündete Zigarette. Und Lea holt aus und gibt ihm eine schallende Ohrfeige. Danach geht sie nicht mehr so gerne eislaufen und Franz aus dem Weg. Und Martina ist froh, Lea wieder für sich zu haben. Ihr hat Franz auch nicht gefallen, den sie verdächtigt hat, es mit Lea nicht ernst zu meinen. Dann gibt es später noch Boris, den Lea in London kennenlernen würde.

Und dann wird Lea erwachsen. Und Ernas Gruselgeschichten werden zu ihrer täglichen Lektüre während des Studiums.

Albert ist Lehrer für Mathematik und Physik. Und Lea bewundert ihn, weil sie von beidem so rein gar nichts versteht.

Albert ist einer, der nie so eine Bemerkung machen würde wie der Franz.

Albert liebt Lea mit all ihren Verrücktheiten – und sie hat viele.

Albert, den Lea traf, als sie gerade begann, darüber nachzudenken, was sie jetzt mit ihrem Leben anfangen sollte. Albert, der kein Jude war und aus einer nicht sehr religiösen, aber doch sehr entschieden katholischen Familie kam. Aus einer Großfamilie sogar. Er hatte vier Schwestern und liebte sie alle sehr. Später allerdings sollte er Lea gestehen, dass sie ihm zuzeiten durchaus auch eine Last sein konnten.

Lea betrachtete ihn, als komme er aus einem fernen Land. Mit Neugier, aber auch viel Unverständnis. Sie konnte sich sein Leben umringt von dieser Menschenmenge einfach nicht vorstellen. Zumal Albert nicht in Wien, sondern in einem abgelegenen Vorarlberger Tal aufgewachsen war. Was für Lea fast so unvorstellbar war, als wenn er aus China oder Südafrika zu ihr gefunden hätte.

Sie lernten sich bei einem Studentenfest kennen, bei dem die Joints die Runde machten und man zumindest Cola-

Rum trinken musste, wenn man nicht ausgelacht werden wollte. Albert saß ein bisschen abseits und hielt sich an einem Glas fest, in dem offensichtlich nur Cola war. Lea war mit zwei Freundinnen gekommen, und da sie lauthals darüber jammerte, dass sie nicht wisse, was sie mit sich anfangen solle, hatte man ihr sehr schnell ein Glas mit sehr viel Rum und sehr wenig Cola in die Hand gedrückt. Sie trank und fühlte sich leicht und gedankenlos und genoss es. Als ihr schlecht wurde – und es wurde ihr immer schlecht auf Cola-Rum –, ließ sie sich neben Albert auf das Sofa fallen. Fast wäre sie eingeschlafen, wenn Albert mit seinem singenden Vorarlbergerisch nicht gefragt hätte, warum sie trank, wenn sie es nicht vertrug.

Lea schnauzte ihn wütend an, stand schwankend auf und wankte zum gegenüberliegenden Sofa, auf dem ihre beiden Freundinnen kichernd lungerten. Den Rest des Abends sah Albert sie unverwandt an, und als sie gehen wollte, stand er wortlos auf, nahm sie am Arm und brachte sie zu einem Taxi. Lea war verwundert und gleichzeitig irgendwie fasziniert von dieser Fürsorglichkeit, die sie nicht gewohnt war.

Sie dachte an ihn, aber nicht ständig und ohne die berühmten Schmetterlinge, die ihren Bauch füllen sollten. (Eine Vorstellung, die ihr immer immenses Unbehagen verursacht hatte …) Er war nett, ganz anders als jener Boris, der ihr ihre erste sexuelle Erfahrung gründlich verdorben hatte. Einer, der nicht nur an sich dachte, fand Lea und musste über sich selbst lachen, weil auch sie vor allem über sich selbst und das, was ihr geschah oder auch nicht geschah, nachdachte.

Einige Wochen später traf sie Albert bei einer der vielen Demonstrationen, an denen sie schon deshalb teilnahm, weil alle ihre Freundinnen hinzugehen pflegten und weil man sich trotz der politischen Ernsthaftigkeit, die erwartet wurde, dabei ganz hervorragend unterhalten konnte. Und weil Fritzi sie immer ein bisschen verspottete, wenn sie die aufgeschnappten Parolen mit Todesernst herunterleierte.

Es war Winter. Schneeregen trommelte auf die unerschrockenen Demonstranten nieder und schien die Aufgeregtheit im Wasser ertränken zu wollen. Lea fror, weil sie sich natürlich »fesch« gemacht hatte, ohne Rücksicht auf die herrschenden Wetterbedingungen. Als ihre Lippen blau zu werden begannen, zog Albert, der sich irgendwie neben ihr eingefunden hatte, sie in ein kleines Kaffeehaus, an dem der Demonstrationszug gerade vorbeimarschierte.

Lea trank heiße Schokolade, er Tee mit Rum – und schon mussten sie beide lachen, weil sie an ihr erstes Treffen dachten. Und dann redeten sie. Bis das Kaffeehaus schloss und sie weiterziehen mussten. Zuerst in ein Wirtshaus, wo es Gulaschsuppe und Würstel gab, und als sie dort ebenfalls hinausgeworfen wurden, gingen sie schließlich wie selbstverständlich in Alberts Studentenwohnung, wo sie miteinander schliefen. Und als Lea am nächsten Tag aufwachte, entdeckte sie, dass sie kein Bedürfnis hatte, die Flucht zu ergreifen.

Alberts vier Schwestern und seine verständnisvollen Eltern liebten ihn abgöttisch und hatten es ihm ein bisschen übel genommen, dass er das enge Vorarlberger Tal verlassen hatte, um Lehrer in Wien zu werden. Drei seiner Schwestern hatten sich rund um das Elternhaus im Dorf niedergelassen und eine Schar von Enkelkindern geboren. Nur die jüngste hatte das Tal ebenfalls verlassen, war aber nicht weiter gekommen als bis in die nächste Kleinstadt, wo sie als Zahnarzthelferin arbeitete – und ihren Chef heiratete.

Albert aber hatte es in der Enge des Tals und umgeben von der erdrückenden Liebe seiner Familie nicht ausgehalten. Und jetzt saß er mit Lea an einem Tisch und fand sie geheimnisvoll und exotisch. Was Lea schmeichelte. Und ihr ein Gefühl gab, das sie bis dahin nicht gekannt hatte. Sie fühlte sich nämlich plötzlich so stark, dass sie dachte, die ihr scheinbar angeborene Angst besiegt zu haben. Erst viel später erkannte sie ihren Irrtum. Aber jetzt vor der dampfenden, heißen Schokolade und in Alberts neugierige, offene graue Augen schauend, schien es ihr, als wachse sie. Bis in den Himmel!

Sie fühlte sich sicher. Zum ersten Mal seit Langem. Und als sie an jenem Morgen neben Albert aufwachte, stellte sie fest, dass sie zum ersten Mal seit Jahren nicht von jenem Albtraum heimgesucht worden war, der sie seit ihrer Kindheit begleitete. Albert lag neben ihr und schlief mit leicht geöffnetem Mund. Und sah aus wie ein Kind, so weich flossen seine Gesichtszüge ineinander, so leicht ging sein Atem. Später sollte sie diese Fähigkeit, sich im Schlaf vollkommen zu verlieren, bei ihren Kindern wiederfinden und sie und ihren Vater darum beneiden. Sie selbst, so dachte sie, hatte es nie fertiggebracht, sich im Schlaf so ganz und gar gehen zu lassen.

Als sie später zusammenleben, muss sie immer noch mit dem Gesicht zur Türe schlafen, damit sie nicht überrascht werden kann. Albert macht das nichts aus. Sie erträgt keine geschlossenen Türen in der Wohnung, und auch das macht Albert nichts aus.

Manchmal verbringt sie wochenlang jeden Abend auf dem Sofa und schaut sich alte Filme im Fernsehen an.

Albert sitzt dann daneben und liest, oder er spielt mit den Kindern.

Manchmal fehlt ihr die Kraft für den Alltag, und dann erledigt Albert, was zu tun ist. Dafür liebt Lea ihn, dafür dass er ihr nicht böse ist, wenn sie wieder einmal kaum die Kraft findet, in der Früh aus dem Bett zu steigen. Und sich um Simon zu kümmern. Als sie später mit Mimi schwanger ist, fragt Fritzi sie, ob sie im Ernst noch ein zweites Kind will. Und Lea sagt trotzig Ja, obwohl ihr in dieser Schwangerschaft jeden Abend speiübel ist. Karl ist inzwischen im Pflegeheim, weil Fritzi es nicht mehr schafft, sich um ihn zu kümmern.

Lea hat ihr Geschichtsstudium abgeschlossen und unterrichtet jetzt auch, so wie Albert. Der freut sich auf das zweite Kind und sagt, sie werden das schon hinkriegen. Lea weiß nicht genau, ob sie ihm das glauben soll, aber eine Abtreibung kommt nicht infrage. Sie ist schließlich anders als ihre Mutter. Fritzi schüttelt missbilligend den Kopf und trifft sich mit Theo, um sich Unterstützung zu holen. Aber Theo sagt, es sei doch fein, noch ein Enkelkind zu bekommen, und Fritzi habe doch jetzt Zeit und könne Lea helfen. Und Albert sei doch wirklich der beste Vater, den man sich wünschen könne.

»Na, wenn das wieder so ein Plagegeist wird wie der Simon, dann gute Nacht«, meint Fritzi daraufhin.

Und dann kommt Mimi. Und Fritzi verliebt sich auf der Stelle und für immer in das kleine Persönchen. Und Lea findet, dass es ganz anders ist, eine Tochter zu haben.

Sie bekommt Kindergeld und jede Art von Unterstützung, und Fritzi und Erna verhätscheln Simon und Mimi auf jede nur mögliche Art.

Lea sieht keine Nachrichten und liest keine Zeitung mehr und hat das Gefühl, außerhalb der Welt zu leben, in einer Art Blase, in der alles gut ist.

Mimi ist im Gegensatz zu Simon ein ruhiges Kind. Sie schläft und trinkt, und wenn sie wach ist, schaut sie mit großen, runden, braunen Augen um sich und lacht.

»Die Augen hat sie von dir«, sagt Theo, und Fritzi ist glücklich. Mimi ist ihr kleiner Schatz. Jede Woche taucht sie jetzt bei Lea auf und bringt Rüschenkleidchen und Röckchen, die Mimi höchstens in einem Jahr passen werden. Lea lacht sie aus und erinnert sie daran, wie skeptisch sie war, bevor Mimi auf die Welt gekommen ist.

Fritzi leugnet hartnäckig, je etwas gegen das zweite Kind gesagt zu haben. Das macht Lea so wütend, dass sie sich im Streit trennen. Aber spätestens nach einer Stunde ruft Lea die Mutter an, um sich mit dieser zu versöhnen. Im Streit auseinanderzugehen, ist für sie wie ein kleiner Weltuntergang.

Fritzi ist oft traurig.

»Hast du mich überhaupt noch lieb?«, fragt sie Lea dann, und Lea kommen die Tränen. Weil Fritzi sich so alleine fühlt, seit Karl nicht mehr da ist. Weil Fritzi manchmal von ihrer eigenen Mutter erzählt, die immer Küchenlieder gesungen hat und so viel Humor hatte.

Fritzi, die Jüngste, und ihre Schwester Lollo sind als Letzte gegangen. Und waren überzeugt, dass sie bald zurückkommen würden, um der Mutter von ihren Abenteuern in der großen, weiten Welt zu erzählen. Dem Haustyrannen nicht, dem würden sie nichts erzählen, zur Strafe, weil er so ein Tyrann war.

Fritzi hat beide nie wiedergesehen, weder die Mutter noch den Haustyrannen. Und war doch noch fast ein Kind. Darüber denkt Lea, die Erwachsene, manchmal nach. Sie selbst hat lange gebraucht, um sich von Fritzi abzunabeln. Ganz ist ihr das nie gelungen. Wenn sie unterwegs ist, muss sie immer sicher sein, dass es ihrer Mutter gut geht. Auch diese Marotte hat Albert hingenommen. Manchmal allerdings, wenn sie Streit haben, meint er in seiner trockenen, ruhigen Art, er halte es für übertrieben, Fritzi täglich mehrmals anzurufen und zu fragen, ob auch alles in Ordnung sei. Dann ärgert sich Lea und schreit Albert an, er komme aus einer kalten Familie, in der man sich nicht umeinander kümmere, und könne Leas Angst um die Mutter eben nicht verstehen. Wobei Leas Manie sich nicht auf Fritzi beschränkt, die Leas Anrufe für selbstverständlich und sogar für Leas Pflicht hält. Jeden Tag ruft Lea auch ihre engsten Freundinnen an, um sicherzugehen, dass das Leben in geordneten Bahnen verläuft und sie sich keine Sorgen machen muss. Und auch Theo wird regelmäßig überprüft. Albert nennt das ihre Harmoniewut, und an guten Tagen lacht er einfach über sie. An schlechten haben sie wegen der vielen Anrufe Streit. Dann weinen Simon und Mimi gleich mit. Zum Glück hat Albert wenige schlechte Tage und viel Geduld mit Lea.

Simon hängt an seiner Mutter wie eine Klette. Mimi dagegen ist von allem Anfang an unabhängig. Das gefällt Lea und verwundert sie zugleich, weil sie sich nicht erklären kann, woher Mimi ihre Stärke nimmt. Wenn sie nicht darüber nachdenken will, schreibt sie das Alberts Großmutter zu, die in seiner Familie die erste Geige spielt. Was Großmutter Anna sagt, geschieht. Albert liebt sie über alles und besucht sie häufig. Wenn er Leas Harmoniesucht kritisiert, wirft die ihm seine Anhänglichkeit für Oma Anna vor. Fritzi hingegen ist der Meinung, dass Mimi ganz nach ihr kommt. »Sie hat doch nichts Gojisches«, sagt sie, wenn Lea meint, ihre Tochter sehe Oma Anna ähnlich. Dass Lea sich als Vater für ihre Kinder einen Nicht-Juden ausgesucht hat, macht Fritzi allerdings nichts aus. Manchmal, wenn sie traurig ist, sagt sie, es sei gut, dass die Kinder »Halbjuden« seien, das könnte ihnen irgendwann einmal das Leben retten. Lea wird dann zornig und wirft Fritzi vor, dass sie rede wie die Nazis. Aber Fritzi schüttelt nur den Kopf und sagt, man könne nie wissen, was noch werde.

Wenn Lea nach solchen Besuchen nach Hause kommt und Albert von Fritzis Ängsten erzählt, schüttelt der nur den Kopf und sagt, das erkläre allerdings, warum Lea dauernd nach Fritzis Wohlergehen fragen müsse.

Als Simon sieben und Mimi zwei ist und Lea gerade darüber nachdenkt, wieder arbeiten zu gehen, wird sie wieder schwanger. »Das ist uns passiert«, erklärt sie Fritzi, die sie endgültig für verrückt erklärt.

»Ich bin eben nicht so wie du«, sagt Lea wütend, »nichts als Ängste und Vorsicht und Rücksicht und Sich-über-die-Schulter-Schauen! Ich lebe in einer geordneten Welt und will eine große Familie haben, keine einsamen Kinder, so wie ich eins war!«

Fritzi geht daraufhin wütend weg und schlägt Leas Wohnungstüre hinter sich zu. Und Lea fühlt sich schlecht, weil sie die Mutter verletzt hat.

»Aber sie geht mir so auf die Nerven mit ihrer ewigen Angst!«, sagt sie, als sie Albert von dem Streit erzählt. Albert, der vier Geschwister hat und sich auf das dritte Kind freut, als wäre es das erste.

Harry ist ein Frühchen. »Auch so ein blödes Piefke-Wort«, sagt Fritzi, als sie Lea im Krankenhaus besucht. Er ist im siebenten Schwangerschaftsmonat geboren und Fritzi ist überzeugt, dass Lea selbst schuld ist, weil sie die kleine Mimi, die ziemlich robust ist und fast 15 Kilo wiegt, in der Schwangerschaft zu oft herumgetragen hat. Aber Leas Arzt sagt, Harry habe es einfach eilig gehabt. Das sage er sicher nur, um Lea zu beruhigen, meint Fritzi, um die Tochter dann jedoch heftig zu umarmen und zu ihrem wunderbaren zweiten Sohn zu beglückwünschen.

Albert kommt mit Simon und Mimi ins Spital und zeigt ihnen den neuen Bruder. Die beiden sind nicht besonders beeindruckt, und Simon meint, er hätte ja lieber ein Lastauto gekriegt als einen Bruder. Mimi steckt den Daumen in den Mund und meint gar nichts.

Am Anfang ist Harry genauso anstrengend wie Simon und Lea fühlt sich überfordert. Albert tröstet sie, er und seine Schwestern hätten sich irgendwie selbst aufgezogen. Bald werde es leichter sein. Inzwischen könne sie doch weiter zu Hause bleiben, wenn sie wolle, mit dem Geld würden sie schon zurechtkommen, und wenn die drei aus dem Gröbsten heraus seien, könne sie ja wieder arbeiten gehen. Lea überlegt. Und entscheidet, dass sie die Idee gar nicht schlecht findet. Sie müsse ja nicht gleich wieder unterrichten gehen, sie könne ja auch zu Hause schreiben – sie werde sich ein Forschungsthema suchen und so langsam, wie sie eben momentan sei, daran arbeiten. Albert findet die Idee vernünftig, und Fritzi meint, mit drei Kindern müsse Lea natürlich zu Hause bleiben. Und eine Hilfe haben. Lea sagt, das könnten sie sich von Alberts Lehrergehalt nicht leisten, aber Fritzi winkt ab und redet mit Theo. Und so kommt Trude in Leas Leben.

Trude ist Mitte 50 und arbeitslos. Sie lebt alleine, ihr Mann ist vor zwei Jahren gestorben. Ihr Sohn ist nach Amerika gegangen und besucht sie jedes zweite Jahr für eine Woche. Theo und Fritzi haben sie bei Bekannten kennengelernt, und als Trude erzählte, sie suche eine Beschäftigung, am liebsten etwas mit Kindern, haben sie sie Lea vorgestellt. Trude kommt jetzt jeden Tag für vier Stunden, in denen Lea Zeit zum Schreiben haben soll. Sechs Monate nach Harrys Geburt hat sie sich an der Universität für ein Doktoratsstudium angemeldet und als Forschungsthema die Frauen im Warschauer Ghettoaufstand gewählt. Natürlich weiß sie, dass darüber schon fast alles gesagt und geschrieben worden ist, was man darüber sagen und schreiben kann, aber Lea meint zu Albert, dass es auch da immer noch weiße Flecken gebe, die sie gerne ausfüllen würde. Albert bewundert sie dafür. Obwohl es ihm unangenehm ist, dass Theo und Fritzi für Trude zahlen, damit Lea forschen kann.

Solange sie Harry noch stillt, ist es mit der Forschung aber nicht weit her. Trude wird bald zu Leas Freundin. Wenn sie kommt, kocht Lea Kaffee und lässt sich allen möglichen Tratsch erzählen. Trude findet, Lea sei blass und solle lieber ein bisschen »in die Stadt« gehen, statt sich in ihren Büchern zu vergraben. Also geht Lea eine Runde ums Haus und einmal sogar zum Friseur. Am Abend fragt sie Albert, was er von ihrer neuen Frisur halte, aber der fragt zurück, was denn neu sei an ihren Haaren. Sie hat sie sich kurz schneiden lassen, sehr kurz, und Albert sagt zu seiner Entschuldigung, sie sei mit jeder Frisur schön. Aber Lea ist gekränkt und ruft Fritzi an, um sich auszuweinen.

Fritzi lacht sie aus und erzählt dann über ihre Männer.

»Dein Vater ist ein Weiberheld erster Sorte gewesen. Weißt du, wie oft er mich betrogen hat, bis ihn die Erika an die Kandare genommen hat? Jedes Jahr hat eine andere bei mir um seine Hand angehalten. Die Erika nicht. Die war intelligenter als die anderen. Wenn seine Geliebten sich bei mir gemeldet haben, war's immer gleich aus. Dann ist er mit Blumen und Schmuck dagestanden wie ein geprügelter Hund und hat geschworen, dass es nie wieder vorkommen würde. Bis er die nächste junge Sekretärin gekriegt hat oder die nächste fesche Kundin bei der Tür reingekommen ist. Am Schluss war ich fast froh über die Erika. Die Schickse. Waren sie ja alle, Schicksen. Aber meine Frisur hat ihn schon immer interessiert. So ein Trottel, dein Albert. Er hätte ja nur sagen müssen, schön schaust du aus, dann wärst du nicht beleidigt gewesen und er aus dem Schneider. Der Karl war ja ganz anders. Der hat immer alles bemerkt. Auch wenn ich neue Schuhe gehabt hab oder einen neuen Schal.«

Nach Fritzis Litanei fühlt Lea sich zwar nicht besser, aber sie denkt, dass Albert zum Glück ganz anders ist als Theo, ihr Vater.

Theo ist als 17-jähriger Bursche ganz allein aus Wien nach England entkommen. Seine Eltern, die den einzigen Sohn gerade noch in Sicherheit gebracht hatten, und seine zwei Schwestern sind von den Nazis ermordet worden. Sobald er alt genug war, hat er sich zur Armee gemeldet. Er wurde nach Indien geschickt. Bei Kriegsende hat man ihn entlassen, und als er allein und einsam und ohne irgendeine Vorstellung vom Leben durch London spaziert ist, hat er Fritzis Schwester Lollo im Austrian Center, einer kommunistisch orientierten Einrichtung, in der sich die Geflüchteten und Gestrandeten zusammenfanden, kennengelernt. Die Beziehung hat nicht lang gehalten, weil Lollo eigentlich in Hans verliebt war, der aber mit Monika gelebt hat und sich lange Zeit nicht von ihr trennen wollte. Und weil Theo so allein und unglücklich war, hat Lollo ihn kurzer Hand zu Fritzi nach Leeds geschickt. Und die hat ihn mit ihrer Lebenslust von Lollo kuriert. Aber eben nicht vom Fremdgehen. Dass sie so bald wie möglich nach Wien zurückwollten, hat die beiden aneinandergeschweißt.

Und als sie da waren, in der Stadt, die Fritzi so liebt, obwohl sie sie gar nicht freundlich empfangen hat, haben sie beschlossen, auf die Zukunft zu setzen. Und so ist Lea entstanden. Und eine Weile waren sie eine ganz zufriedene, kleine Familie mit einem großen Freundeskreis. Mit Freunden, die ähnliche Lebensgeschichten hatten wie sie selbst. Und dann, als Lea kein Baby mehr war, ist Theo wieder unruhig geworden.

Als Lea sich über Alberts Unaufmerksamkeit ausweint, gesteht Fritzi Lea, dass sie Theo auch hie und da betrogen hat.

»Schon um mich nicht so mies zu fühlen, wenn wieder einmal eine vor der Tür gestanden ist und mir erklärt hat, dass ich ihrem Glück mit Theo nicht im Weg stehen soll.«

Es gab zum Beispiel den Max, der für Lea immer ein Onkel war. Nie hätte sie ihn als etwas anderes gesehen. Aber dann erzählt Fritzi, dass Max durchaus nicht nur ein guter Freund gewesen war, als Theo gerade mit seiner neuen Sekretärin wirklich sehr beschäftigt war.

»Auf die Art hab ich seine Freundinnen ganz gut ausgehalten«, sagt Fritzi. »Der Max war jung und fesch und sehr lieb zu mir. Den Theo hätt' ich wegen ihm aber nie verlassen, dazu war er mir zu langweilig.«

Der Max? Der Lea heimlich ihre Lieblingszeitschrift mitgebracht hat, die Fritzi nicht leiden konnte?

Der Max? Der sie einmal mitten in der Nacht am Schwedenplatz aufgegabelt hat, wo sie gerade verzweifelt festgestellt hatte, dass keine Straßenbahn mehr fuhr und ihr Geld nicht fürs Taxi reichen würde? Und der sie nicht bei Fritzi verraten hat, die nicht wissen durfte, dass sie mit 15 mitten in der Nacht und ohne Geld unterwegs war?

*Der* Max?

Lea schaut die Mutter an und empfindet so etwas wie Bewunderung. In letzter Zeit entdeckt sie Fritzi neu. Jetzt, wo sie selbst Kinder hat, verzeiht sie ihrer Mutter so manches, was ihr, als sie jünger war, unverzeihlich schien.

Lea ist nicht mehr arbeiten gegangen nach Harrys Geburt. Sie hat ein bisschen geforscht, den einen oder anderen Artikel veröffentlicht, aber in die Schule ist sie nicht mehr zurückgekehrt. Schon Harrys wegen, der ihr so zerbrechlich erschien, auch im Vergleich zu Mimi und Simon, dass sie sich nicht dazu überwinden konnte, ihn in fremde Hände zu geben.

Harry, ihr Sorgenkind. Nicht einmal in Trudes Hände.

Mit der Zeit hat sie sich auch von Albert entfernt. Der findet alles gut, was sie und seine Kinder machen, und lacht nur, wenn sie Sorgen hat. So scheint es ihr. Albert redet nicht viel, aber genau das hatte Lea am Anfang besonders für ihn eingenommen. Weil sie aus einer Familie kommt, in der alle andauernd und ziemlich häufig auch aneinander vorbeireden.

Albert redet nur, wenn es wirklich nötig ist, und das hat Lea fasziniert. Dass einer seine Gefühle so unter Verschluss halten kann. Irgendwann hat er ihr schon gesagt, dass er sie sehr lieb hat, aber das war eine einmalige Angelegenheit, als Lea ihm gedroht hat, ihn zu verlassen, wenn er nicht aufhört zu schweigen. Denn bei aller Faszination für seine vornehme Zurückhaltung ist ihr seine Gelassenheit zuzeiten schon auch auf die Nerven gegangen.

Solange sie jung und die Kinder klein waren, hat sie das weniger gestört. Sie hat ununterbrochen mit den Kindern geredet, was ihr viel Lob von Fritzi eingebracht hat, der es gefallen hat, wie schnell die Kleinen sprechen lernten. Fritzi selbst hat dafür gesorgt, dass sie nicht nur den Wiener Dialekt lernen, sie hat ihnen auch mit Inbrunst ordinäre Lieder vorgesungen, die sie als Kind von Richard, ihrem Onkel, aufgeschnappt hatte. Und Simon, Mimi und Harry haben diese Lieder prompt bei jeder passenden und vor allem bei jeder unpassenden Gelegenheit zum Besten gegeben, und Lea hat sich gleichzeitig geschämt und gelacht. Albert hat sich nicht geschämt und nur gelacht.

Aber dann sind Simon und Mimi ausgezogen und Harry nur mehr zum Schlafen nach Hause gekommen. Und eines Tages wachte Lea auf und fand, dass sie so nicht mehr weiterleben konnte, in diesem großen Schweigen.

Albert hat geweint, als sie ihm sagte, dass sie ausziehen würde. Und Lea ist fast das Herz gebrochen bei dieser Gefühlsaufwallung des Vaters ihrer Kinder.

»Gut, ich zieh nicht aus, aber rede mit mir!«

Albert hat hoch und heilig versprochen, gesprächiger zu werden. Und Lea hat beschlossen, Fritzis Beispiel zu folgen und sich einen Liebhaber zu suchen.

Leichter gesagt als getan. Wo soll sie einen Liebhaber hernehmen?

Sie ist in den Jahren mit den Kindern nicht viel unter Leute gekommen, was Fritzi ihr immer vorgehalten hat.

»Du brauchst Freunde. Du darfst dich nicht so vergraben. Wir haben keine große Familie, also muss man sich mit Freunden umgeben, die sind oft viel zuverlässiger als Familie!«

Natürlich hat sie Freunde. Nicht übermäßig viele, aber doch ein paar. Freunde, die so sind wie sie selbst. Kinder von Fritzis zahlreichen Freunden. Und natürlich gibt's da den einen oder anderen, der damals, als sie noch Kinder waren, ein bisschen in sie verschossen gewesen ist. Zum Beispiel der Tommy. Ruth und Herbert, seine Eltern, haben in Leeds mit Fritzi zusammen in dem kleinen Reihenhaus in der Arbeitersiedlung gewohnt. Tommy ist noch in England geboren, worum ihn Lea immer beneidet hat, weil er daher nicht nur Österreicher, sondern eben auch Engländer ist, obwohl er ein kleines Kind war, als die Eltern mit ihm nach Wien zurückgekommen sind. Stramme Kommunisten, wie Fritzi und Theo. Die in Österreich den Kommunismus aufbauen wollten, wie Fritzi immer lachend erzählt hat, worauf Lea regelmäßig aufstöhnend geantwortet hat: »Zum Glück ist euch das ja nicht gelungen.«

Lea fragt Fritzi beiläufig, was der Tommy eigentlich so mache. Der sei frisch geschieden von seiner »Schickse« und ein bisschen melancholisch, obwohl er gerade Primararzt auf der Psychiatrie geworden sei.

»Ruf ihn doch einmal an, er freut sich sicher sehr von dir zu hören«, sagt Fritzi, die in manchen Dingen eine Art siebenten Sinn zu besitzen scheint.

Lea zuckt mit den Achseln und tut so, als ob Fritzi schon wieder einmal Blödsinn redet.

Aber später schaut sie im Internet nach und schreibt Tommy eine unverbindliche Mail. Wie es ihm gehe, Fritzi habe unlängst über ihn erzählt, da habe sie gedacht, man könne doch vielleicht einmal einen Kaffee miteinander trinken.

Tommy meldet sich innerhalb von fünf Minuten zurück. Wie er sich freue, von ihr zu hören. Dass er sich schon längst einmal mit ihr in Verbindung setzen wollte, aber immer so beschäftigt sei, er sei seit Kurzem nämlich alleinerziehender Vater einer 15-jährigen Tochter, von deren Mutter er sich habe scheiden lassen müssen, weil sie getrunken habe. Weshalb er auch das alleinige Sorgerecht für seine Karin habe.

Lea ist sich nicht so ganz sicher, ob Tommy der Richtige ist, zu vertraut und gleichzeitig zu fremd, denkt sie. Aber sie denkt auch an Fritzi und Max und entscheidet, dass sie wohl so ein Abenteuer braucht und dass sie dann ja vielleicht besser mit Albert auskommen könnte. Vielleicht?

Lea und Tommy treffen sich in der Stadt.

Im Café Landtmann wird Tommy mit »Herr Primar« begrüßt, und Lea ist entsprechend beeindruckt.

Er komme halt öfter dort vorbei, es sei eines seiner Stammcafés, erklärt Tommy, und Lea fragt sich, wen er dort sonst noch so zu treffen pflegt.

Sie reden über sich. Lea erzählt von Simon und Mimi und Harry. Tommy von Karin. Dann schaut Tommy sie an. Und sagt:

»Wie wär's, wollen wir's versuchen?«

Lea stellt sich blöd und tut, als würde sie ihn nicht verstehen.

»Du hast mir schon immer so gut gefallen, wir sollten einander näherkommen!«, antwortet er und sieht sie beziehungsvoll an.

Lea denkt, dass er ihr nie besonders gefallen hat. Und dass diese Art, ihr mitzuteilen, dass er sie nach wie vor attraktiv findet, ein bisschen … eindeutig ist.

Und wie sollen wir das anfangen?, denkt Lea auch.

»Na ja …«, sagt Lea, und Tommy schaut sie irritiert an.

Er ist etwas dicker als früher, hat keine Pickel mehr um den Mund und einen dichten weißen Haarschopf anstelle seiner mausbraunen Federn von früher. Er sieht nicht schlecht aus, aber Lea kann sich überhaupt nicht vorstellen, wie es wäre, nackt mit ihm im Bett zu liegen.

»Gehen wir doch ins Orient«, schlägt sie vor. Vom Orient hat sie irgendwann gehört – von einer Art gehobenem Stundenhotel, wo sich die Prominenz zu verbotenen Schäferstündchen trifft.

»Bist du wahnsinnig, dazu bin ich doch viel zu bekannt, das kann ich mir nicht leisten. Aber ich hab da so ein kleines Studio …«

Sie verabreden sich für die kommende Woche, und Lea geht nicht hin. Sie antwortet auch nicht mehr auf Tommys Mails und auf seine Anrufe. Eines Tages fragt Fritzi sie, was sie eigentlich habe. Tommy habe sie angerufen und sie gefragt, ob sie wisse, was mit Lea los sei.

Lea hat die Idee mit dem Abenteuer wieder aufgegeben. Albert schweigt sich zwar wieder aus, aber das stört sie im Moment nicht. Sie denkt, dass sich schon eine Gelegenheit ergeben wird und dass sie inzwischen ganz gut mit Albert leben kann.

Fritzi findet es schade, dass Lea Tommy nicht mehr sehen will. Sie hätte sich ja sogar ganz gut vorstellen können, Lea mit Tommy zusammen zu treffen. Das wäre ja fast wie eine Familienzusammenführung gewesen, sagt sie zu Lea, die sich darüber so ärgert, dass sie aufsteht und geht.

Und wie immer gibt es dann lange Telefonate, in denen Fritzi Gift spritzt und Lea so laut wird, dass die drei Kinder, die gerade zu Besuch sind, sich rund um sie aufstellen und beruhigende Gesten machen.

Die Versöhnung erfolgt meistens in Form eines Mittagessens, bei dem Fritzi die Liebenswürdigkeit in Person ist und Lea so tut, als sei nichts gewesen, während sich die Kinder über Mutter und Großmutter lustig machen, bevor sie sich über Fritzis großartiges Mittagessen hermachen.

Als Karl stirbt, übernachten sie zu fünft in Fritzis riesiger Wohnung, und Mimi und Harry legen sich sogar zur Großmutter ins Bett und warten, bis sie eingeschlafen ist. Zum Begräbnis lässt sich Fritzi dann von Theo abholen, der seine »Schickse« wohlweislich zu Hause lässt. Albert, der keine Ahnung hat von den Vorgängen bei einem jüdischen Begräbnis, muss eine Kippa aufsetzen und mit Simon, Harry, Theo und Karls engsten Freunden den Kaddisch sagen, das jüdische Totengebet. Simon und Harry wissen auch nicht besonders genau, was sie zu tun haben, verlassen sich aber blind auf den Großvater, der weiterhin das große Wort führt. Fritzi weigert sich, sieben Tage Schiwe zu sitzen, sie sei schließlich nicht religiös und

Karl hätte das sicher nicht von ihr erwartet. Lea nimmt ihr das übel – sie trauert sehr um Karl, der ihr nach Theos Auszug ein guter Freund gewesen ist und dessen Verlust sie sehr bedrückt hat, als er noch lebte, aber nicht mehr so recht vorhanden war. Außerdem wäre sie gerne ein paar Tage bei Fritzi herumgesessen und hätte über Karl und alle anderen geredet. Albert findet, dass sie übertreibt. Was Lea wiederum kurze Zeit bedauern lässt, Tommys unzweideutiges Angebot abgelehnt zu haben.

Nach Karls Tod beginnt Fritzi zu schrumpfen. Mimi bemerkt zuerst, dass die Großmutter weniger isst und irgendwie kleiner wird. Lea schleppt sie daraufhin zu einem Freund aus Studienzeiten, der inzwischen eine ständig überfüllte Arztpraxis führt. Dieser schickt Fritzi zum Kardiologen und der sagt ihr offen, dass ihr Herz »ziemlich abgenützt« sei, erzählt Fritzi Lea lachend am Telefon. Lea findet das nicht zum Lachen, aber Fritzi macht sich über sie lustig. »Unkraut vergeht nicht«, sagt sie und verspricht dann brav, sich an das zu halten, was »die Herrn Doktores« ihr vorschreiben.

Theo besucht Fritzi jetzt mindestens zweimal pro Woche, und Lea wundert sich. Bis er ihr gesteht, dass Erika ihn wegen eines Jüngeren verlassen hat. Was er Fritzi aber unter keinen Umständen sagen will, damit die keinen Grund hat, zu triumphieren und ihn zu verspotten.

Weil Fritzi aber in derlei Angelegenheiten nicht nur einen siebenten, sondern auch einen achten und neunten Sinn hat – was Lea sehr genau weiß –, dauert es nicht lange, bis sie beginnt, Anspielungen zu machen darüber, was »deine Schickse« denn dazu sagt, »dass du mehr bei mir als bei ihr zu Hause bist«? Theo verdächtigt daraufhin Lea, ihn verraten zu haben. Aber als Lea ihre Mutter fragt, was sie denn von der ganzen Sache halte, sagt Fritzi strahlend, es könne ihr gar nicht besser gehen. Theo wolle sie nicht zurückhaben, »nicht einmal, wenn ihr mir viel dafür zahlt«, aber seine Besuche heiterten sie auf und ließen sie ihr Alter leichter ertragen.

Allerdings ertappt Lea sie jetzt von Zeit zu Zeit dabei, dass sie vor sich hin räsoniert. Fritzi, die einmal eine stramme Kommunistin gewesen ist, verfolgt immer noch, was auf der Welt passiert. Und macht sich Sorgen. Sie könne sie nicht sehen, diese Kinderaugen voller Grauen, die ihr da jeden Tag aus dem Fernsehen entgegenblicken, sagt sie zu Lea. Die vielen Toten, viel zu viele Tote, und die Dummköpfe, die von »das Boot ist voll« reden. Dann müsse sie an ihre Eltern denken und dann müsse sie weinen und das brauche sie nun in ihrem Alter gar nicht.

# 2
# Fritzi

Sie hatte kein eigenes Bett.

Als sie geboren wurde, waren sie schon zu viele.

Gerti, ihre um sieben Jahre ältere Schwester, Simon, der fünf Jahre ältere Bruder, und Luise, die Schwester und Lebensfreundin, die nur drei Jahre älter war. Luise, die Lollo genannt wurde.

Als Fritzi zur Welt kam, war der Haustyrann böse, weil da jetzt schon wieder ein Mädchen geboren worden war.

Und weil in der kleinen Zimmer-Küche-Kabinett-Wohnung ohnehin kein Platz mehr war und sein Eisenbahnergehalt kaum für das Nötigste reichte.

So kam es, dass das Kind Fritzi, dem man den sehr deutschen Namen Friederike gegeben hatte, nur um ihn sogleich in Fritzi zu verkürzen, kein eigenes Bett hatte. Sie schlief neben Gerti. Die hatte dickes schwarzes Haar und einen langen Zopf. Und manchmal wachte Fritzi in der Nacht auf und erschrak vor dem dicken, schwarzen, pelzigen Ding, das da neben ihr im Bett lag. Und schrie. Und die Mutter stürzte aus dem Kabinett und ohrfeigte die völlig unschuldige Gerti, die sie verdächtigte, die kleine Schwester gezwickt zu haben. Was diese auch gerne und oft tat, aber nicht nachts, wenn sie tief und fest schlief.

Fritzi, das Kind, war in Wien zu Hause.

Die Nachbarschaft war aufregend. Im Haus wohnten auch sogenannte Praterattraktionen. Die Dame ohne Unterleib und Asra mit dem Vogelkopf. Als Nachbarn zeichneten sie sich durch besondere Biederkeit aus. Fritzi lief ihnen nach, wann immer sie der Mutter entwischen konnte.

Fritzis Mutter.

So vollbusig, rund und herzlich, wie die Tochter später werden sollte. Verheiratet mit dem Haustyrann, weil ihr älterer Bruder gefunden hatte, der sei richtig für sie.

Mit 14 hatte man sie als Zweitälteste von elf Geschwistern aus Mähren nach Wien in Dienst geschickt.

In eine unbekannte Stadt zu unbekannten Leuten.

Sie hat nie erzählt, was ihr da alles zugestoßen ist.

Aber als ihr Vater tot war und ihre Mutter mit den restlichen zehn Geschwistern aus Mähren nach Wien kam, hatte Fritzis Mutter zwar wieder eine Familie, allerdings eine, die sie nur schnell loswerden wollte. Man war einfach zu zahlreich. Je eher die älteste Tochter unter die Haube gebracht wurde, umso besser war es für alle. Der Haustyrann hatte sich als junger Mann mit dem großen Bruder angefreundet und eines Tages Wohlgefallen an der Schwester geäußert. War sie da auch schon so vollbusig und herzlich gewesen?

Wie die Hochzeit war, weiß keiner mehr. Fritzi hat wohl nicht danach gefragt, und die Mutter nicht freiwillig darüber geredet.

Aber sie muss ihn doch auch ganz gerngehabt haben, den Haustyrann.

Obwohl er ihr und den Kindern ja vor allem Angst machte. Er bekam immer das beste Stück beim Essen, und wenn ihm etwas nicht schmeckte, äußerte er seinen Unmut laut und deutlich. Wenn er sich dann zum Mittagsschlaf ins Kabinett zurückgezogen hatte, ging die Mutter manchmal mit einer der wenigen Decken, die sie besaßen, auf den Hof und verdrosch das wehrlose Stück Stoff lang und ausgiebig.

Dafür liebte Fritzi sie. Fritzi, die Freche, die Jüngste. Die ihren Vater dafür hasste, dass er seine Kinder allzu oft im Zorn schlug.

Aber.

Er schickte sie alle vier in die Schule.

Er hätte sie wohl auch gerne studieren lassen.

Stattdessen lernten sie Berufe. Gerti wurde Schneiderin, Simon Tischler, Lollo Modistin. Doch Fritzi wollte mehr. Sie fühlte sich »zu Höherem« berufen.

Der Vater gestand ihr eine Handelsschule zu.

Ein sozialer Aufstieg.

Sie lernte auf einer Maschine schreiben und stenografieren. Mit 15 schickte man sie als Lehrling in ein Büro. Mit 15 – die Mutter war nur ein Jahr jünger gewesen, als man sie zum Dienstmädchen in einer fremden Stadt gemacht hatte.

Im Büro ließ man sie Wurstsemmeln holen und Kaffee kochen.

Auf der Maschine zu schreiben und zu stenografieren, wollte ihr nicht so recht gelingen.

Aber Schule und Arbeit waren Nebensache.

Ihre beste Freundin war Malvine, deren Familie im selben Haus eine Zimmer-Küche-Kabinett-Wohnung mit Klo am Gang bewohnte. Auch Malvine hatte eine ältere Schwester und einen älteren Bruder und wurde von diesen immer ein bisschen unterdrückt. Weshalb sie sich sehr an Fritzi angeschlossen hatte, die immer frech und vorlaut war und sich weder von ihren eigenen noch von Malvines älteren Geschwistern einschüchtern ließ.

Als Fritzi ihre Lehre im Büro begann, wurde Malvine Lehrling bei jener Schneiderin, bei der schon Gerti arbeitete. Gerti nahm Fritzis Busenfreundin unter ihre Fittiche und so festigte sich das Band zwischen den Familien weiter. Und Malvine fühlte sich beschützt wie noch nie in ihrem Leben.

Wenn Fritzi aber über den Haustyrannen jammerte, hörte Malvine nur still zu. Ihr Vater war ein ruhiger, kleiner Mann gewesen. Er hatte die Familie mehr schlecht als recht als Mitarbeiter in einem Rechtsanwaltsbüro durchgebracht. Als Malvine und Fritzi gerade einmal sieben waren – die beiden hatten an zwei aufeinanderfolgenden Tagen im April Geburtstag und waren auch deshalb überzeugt, eigentlich Schwestern zu sein –, war Malvines Vater an Tuberkulose gestorben.

Von diesem Tag an hatte die Mutter die drei Kinder irgendwie ernähren müssen. Sie hatte für reiche Leute im weit entfernten Pötzleinsdorf Wäsche gewaschen und das Kabinett vermietet. Fritzi hatte sich immer gefragt, wie Malvine und ihre Geschwister das aushielten, obwohl ihre eigenen Wohnverhältnisse um nichts geräumiger waren, aber immerhin lebten sie als Familie zusammen, ohne einen fremden Untermieter. Fritzis Mutter hatte die zarte, kleine, stille Malvine immer bedauert und sie oft mitversorgt. Malvine hatte Fritzis Eltern vergöttert, und Lea sollte später, als sie Malvine besser kennengelernt und von ihr so einiges gehört hatte, was Fritzi verschwieg, sogar den Eindruck gewinnen, als hätte Malvine Leas Großeltern mehr geliebt als Fritzi selbst.

Fritzi war robust und unternehmungslustig. Es gab den Prater und es gab die jungen Männer aus der Nachbarschaft. Und sie hatte einen Schwarm von Verehrern, wie auch Gerti und Lollo. Wenn der Haustyrann eines der Mädchen am Abend vor dem Haustor mit einem ihrer Verehrer erwischte, setzte es Ohrfeigen vor aller Augen.

Fritzi lernte früh, sich nicht erwischen zu lassen.

Gerti und Lollo verließen sich auf Simon. Den mussten sie ohnehin immer mitnehmen. Damit sie ja nichts »Unschickliches« anstellten. Simon, der Anstandswauwau.

Die Verehrer bestachen ihn mit Süßem oder mit Geld für Prater oder Kino. Wenn sie welches aufbringen konnten. Simon liebte den Prater genauso wie Fritzi. Aber Fritzi wollte sich nicht von ihm erpressen lassen. Sie lehnte sich auf gegen die strenge Hand des Vaters. Fuhr, als sie erst 18 war, mit ihrem Freund Rudi nach Kroatien. Ans Meer. Mit der Legitimation, die sie als Eisenbahnertochter auswies, reiste sie umsonst. Der Freund kam aus einer wohlhabenden Familie und war um sechs Jahre älter. Der Haustyrann durfte davon nichts wissen, und der Rest der Familie hielt still.

Mit dem Schiff fuhren sie nach Korcula, in Fritzis Jugendparadies. Sie lagen so lange in der Sonne, bis sie ganz verbrannt waren, und schwammen auch in der Nacht im Meer. Sie tranken Wein und Sliwowitz und hörten den Musikern zu, die im Hafen vor ihrer Stammspelunke schwermütige Lieder spielten. Fritzi vergaß diesen Urlaub nie. Den ersten, den besten und für lange Zeit den letzten. Als sie zurückkam, prügelte sie der Haustyrann windelweich, und sie schrie ihm ins Gesicht, dass sie ihn hasste.

Auch wenn er Sozialist war, Mitglied beim Schutzbund und nach dem Februar 1934 nur durch unglaubliches Glück nicht verhaftet wurde, auch wenn er für die Familien der Verhafteten Geld sammelte und von seinem wenigen auch etwas dazugab, auch wenn er sich um seine vier Kinder sorgte wie kaum ein anderer Vater, hasste sie ihn für seine Brutalität und die Macht, die er über sie auszuüben versuchte.

Fritzis Kindheitsfreund Georg wurde im Februar 1934 getötet. Er war gekommen, um sich von Fritzi zu verabschieden. Über die Schulter hing ihm ein Karabiner, und Fritzi lachte ihn aus, als er sagte, er werde kämpfen gegen die Faschisten, die Unterdrücker, die Mörder.

»Aber geh«, habe sie ihm gesagt, »du willst doch nur Räuber und Gendarm spielen.« So erzählte sie es Lea später und weinte dabei bittere Tränen um den Freund, mit dem sie so vieles ausgeheckt hatte, der ihr in ihren Kindheitsjahren ein so treuer Gefährte gewesen war. Sie hatte nicht glauben wollen, dass er wirklich schießen würde. Und wahrscheinlich, so sagte sie später zu Lea, wahrscheinlich hatte er ja auch gar nicht geschossen. Aber sie hatten ihn verhaftet, als alles zu Ende war, hatten ihn geschlagen und verspottet, den jüdischen Buben aus guter Familie, der sich zu den Sozialisten bekannt hatte, und ihn schließlich hingerichtet. Ihren Georg.

Fritzi weinte um ihn. Lange und heftig.

Und sie weinte um Simon, ihren Bruder. Simon war mit Georg gegangen. Heimlich. Der Haustyrann hätte es ihm nicht erlaubt. Obwohl er schon 21 war. Also war er heimlich gegangen. Er hatte Georg geschickt, um Fritzi, mit der er in der ganzen Familie am besten ausgekommen war, Bescheid zu geben. Dass Georg sich auch ohne ihn von Fritzi verabschiedet hätte, war ihm wahrscheinlich egal gewesen. Als sie von Georgs Verhaftung erfuhren, wusste die Familie bereits, dass Simon an seiner Seite gekämpft hatte. Aber im Gegensatz zu Georg war er entkommen.

Ein Jahr später kam Nachricht von ihm. Er habe in Frankreich Arbeit als Tischler auf einer Baustelle und seine große Liebe, Irene, gefunden. Er lebe jetzt am Meer, noch bei Irenes Eltern, werde aber demnächst in ein eigenes kleines Häuschen ziehen und Irene heiraten. Er liebe sie alle. Mehr schrieb er nicht.

Der Haustyrann tobte, die Mutter weinte heimlich, die Schwestern offen. Und dann fanden sie sich ab, waren froh, dass er entkommen war, dass es ihm gut zu gehen schien. Niemand ahnte, was noch kommen würde. Die

Katastrophe erahnten sie immer noch nicht. Fritzi am allerwenigsten.

Denn sie war trotz allem sehr mit ihren Liebesgeschichten beschäftigt. Mit Rudi, mit dem sie in Kroatien gewesen war und der sie heiraten wollte. Nach Amerika würde er gehen und sie mitnehmen, sagte er. Und Fritzi fand es schmeichelhaft, aber die Liebe war nicht stark genug. Und da war ihre Trauer um Georg, und um Simon, und da war Wien. Ihr Wien, von dem sie sich nicht trennen wollte. Rudi verließ Wien, bevor die Barbaren einfielen, und Fritzi sollte ihn erst sehr viel später wiedersehen, als er ein berühmter Schriftsteller geworden war und sie bei einem Wienbesuch suchte und fand. Und Lea kennen lernte. Die ihn hässlich und unsympathisch fand, was zu einem heftigen Streit mit ihrer Mutter führte. Aber das war viel später, als so viele nicht mehr da waren, als Wien nicht mehr Fritzis Kinderwien war.

Fritzi spürte nichts von dem, was sich zusammenbraute. Später sollte sie immer wieder erklären, es habe in Wien »vor den Nazis« keinen Antisemitismus gegeben. Sie fühlte sich als Österreicherin und wollte sich dieses Gefühl nie nehmen lassen. Auch später nicht, als sie zurückkam und erfuhr, was man ihren Eltern angetan hatte.

»Kein Antisemitismus?«, hatte Lea immer wieder skeptisch nachgefragt. »Kein Antisemitismus!«

Aber andererseits konnte Fritzi sich erinnern, wie sie den Männern mit den langen Kaftanen und den langen Bärten, mit den Schläfenlocken und den großen runden Hüten hinterhergespottet hatten. »Das waren die Polischen«, sagte Fritzi zu Lea und lachte dann ein bisschen verschämt. »Die Polischen«, das waren die orthodoxen Juden. Die frisch Zugezogenen, oft vor Pogromen aus der Heimat Geflüchteten. Die von ihnen, den eingesessenen Bewohnern jenes Bezirkes, den die anderen Mazzesinsel nannten, voller Herablassung und auch mit einigem Unverständnis betrachtet wurden. »Die Polischen und die Kaftanjuden«, die hätten ja gar nichts mit ihnen gemein gehabt, sollte Fritzi sich viel später vor der Tochter rechtfertigen. Die seien ja so mittelalterlich dahergekommen, wie zurückgeblieben in der Finsternis, die hätten so gar nicht ins moderne Wien gepasst.

Was Lea in ihren Studien las, widersprach allerdings den Kindheitserfahrungen der Mutter. Wenn sie das aber Fritzi zu erklären versuchte, antwortete diese mit einem alten sowjetischen Witz. »Du sollst weniger reisen und mehr lesen«, lautete die Pointe. Weil da ein Sowjetbürger im westlichen Ausland gesehen hatte, dass die Menschen doch nicht, wie von der sowjetischen Propaganda behauptet, alle im Elend lebten.

Wenn Lea nach dem Antisemitismus in Fritzis Kindheit und Jugend fragte und von Untersuchungen und Forschungen sprach, antwortete Fritzi also immer: »Du sollst weniger lesen und mehr zuhören!« Worüber sie beide immer lachten. Auch wenn Lea dabei ganz traurig zumute wurde.

Nach 1934 verdüsterten sich die Zeiten zusehends, aber Fritzi war jung und lebenslustig. Und Jugend und Ahnungslosigkeit sind stärker als jede Warnung. Die jungen Männer umschwärmten sie, und der eine oder andere wollte sie durchaus auch heiraten. Sie aber war stolz und fest entschlossen, sich nie in ein Leben drängen zu lassen, wie ihre Mutter es lebte. Sie sei ja auch viel zu jung und dumm gewesen, sollte sie später zu Lea sagen.

Georg fehlte ihr, aber es waren so viele andere da, die ihr schmeichelten und ihr jeden Wunsch von den Augen ablasen.

Als sie noch klein, zierlich und sehr quecksilbrig gewesen war, hatte die Familie sie zum Clown erklärt. Sie merkte sich jedes Gedicht, jedes Lied, jeden Witz, sie gab alles gerne vor Publikum zum Besten – und erntete Lachen und Beifall. Und das gefiel ihr. Ihr ganzes Leben lang sollte sie »ein Zirkuspferd« – so Lea – bleiben. Sobald das Licht anging, war sie, was sie immer sein wollte: ein Star.

Später sollte Fritzi Lea übrigens in jeden Zirkus schleppen, der nach Wien kam. Fritzi liebte bis ins Alter den bekannten Marsch, wenn die Artisten in die Arena einzogen, sie liebte die Hochseilkünstler und die Clowns und sie liebte das Gefühl, weit weg zu sein, in einer Welt voller Licht und Glanz und Blumen und Schönheit.

»Schau nur, wie schön!«, pflegte sie Lea aufzufordern, wenn sie mit dem Auto durch eine Landschaft fuhren, die ihr besonders lieblich erschien. Und Lea erbte diese Gewohnheit, obwohl sie ihr stets lächerlich erschienen war.

»Schau, wie schön!«, sollte sie Simon, Mimi und Harry später ebenso aufzurütteln versuchen. Aber die drei lachten sie aus und erinnerten sie daran, dass Fritzi dasselbe auszurufen pflegte und Lea das immer belächelt hatte.

Als Fritzi ein Kind war, hatte niemand auch nur geahnt, was ihnen bevorstand. Obwohl man die Zeichen an der Wand durchaus hätte sehen können, wenn man sie lesen hätte wollen. Aber wer wollte das damals schon? Rudi war einer der wenigen Hellsichtigen gewesen und in die USA ausgewandert, als noch Zeit war, aber Fritzi, der Familienclown, hatte ihm nicht zugehört.

Sie war viel zu beschäftigt gewesen mit ihren Liebschaften, Freundschaften und all der Aufmerksamkeit, die sie schon als Mädchen auf sich zu ziehen verstand. Auch damals, als man sie ins Ferienlager geschickt hatte. Zusammen mit Lollo, der die Eltern aufgetragen hatten, auf Fritzi aufzupassen. Lollo hatte den elterlichen Auftrag so interpretiert, dass sie das Recht hatte, die jüngere Schwester zu terrorisieren.

Fritzi jedoch rettete sich vor den Herrschaftsgelüsten der Schwester in die Arme der jungen Betreuerin Ilse, die wiederum in den Rote-Falken-Führer Milan verliebt war. Milan erwiderte diese Liebe und die beiden – nicht älter als 20 Jahre alt – nahmen Fritzi fast an Kindes statt in ihre Liebe auf. Fritzi folgte Ilse wie ein Hündchen und bekam dafür von den anderen Kindern den wenig schmeichelhaften Spitznamen »Mops« zugeteilt. Und wenn die anderen sie besonders ärgerten, ließ Fritzi sich auf alle viere nieder und tat, als hebe sie das Bein – wie es Hunde zu tun pflegen. Der Erfolg war durchschlagend. Das gesamte Ferienheim kannte »den Mops« und die Betreuer steckten ihr gerne den einen oder anderen Leckerbissen zu. Lollo beobachtete das alles aus einiger Entfernung und kränkte sich. Was Fritzi erst sehr viel später begreifen sollte. Später, als es schon zu spät war.

Sie war auch später, als sich die Gewitterwolken zu verdichten begannen, immer noch die Lustige, die »Zirkusprinzessin«. Was ihr, wie Lea später denken sollte, im übertragenen Sinn vermutlich das Leben rettete.

Gerti war die Erste, die ihre Arbeit verlor. Sie kam eines Abends verstört nach Hause und berichtete, ihre Chefin habe ihr eröffnet, dass sie ihr Geschäft schließen werde. Sie fühle sich nicht mehr sicher in Wien, werde alles verkaufen und nach Schweden gehen, wo sie einen ehemaligen Liebhaber wiedergefunden habe. Stig habe ihr geschrieben und sie gefragt, ob sie nicht zu ihm nach Stockholm kommen wolle. Er habe eine Schwester, die dabei sei, eine Schneiderei aufzumachen und dringend jemand brauche, der sich in diesem Geschäft auskenne. Gertis Chefin hatte sofort Ja gesagt. Und Gerti gefragt, ob sie nicht mitkommen wolle. Denn Gerti war eine sehr begabte Schneiderin, und die Kundinnen mochten sie, weil sie ihre Wünsche in wunderbar luftige Kleider umzusetzen verstand.

Der Haustyrann entschied. »Du gehst!«, sagte er zu seiner ältesten Tochter. Die weinte sehr – und gehorchte. Den Abschied am Bahnhof vergaß Fritzi, die die Schwester glühend beneidete, nie. Gertis schmales Gesicht presste sich blass und traurig an die Scheiben des Waggons, und die Mutter lief dem Zug bis zum Ende des Bahnsteigs nach, als wisse sie, dass sie die Tochter nie wiedersehen werde.

Als sie vom Bahnhof nach Hause kamen, setzte sich der Haustyrann mit einem schweren Aufseufzen an den großen Tisch in der Küche und hieß die beiden verbliebenen Kinder sich ebenfalls setzen.

»Die Gerti ist weg, der Simon auch. Bleibt's noch ihr zwei. Für euch gibt's hier auch keine Zukunft. Ihr müsst's auch weg!«

»Und die Mama?«, fragte Fritzi, der es gar nicht einfiel, sich um den Haustyrann zu sorgen. »Die Mama muss mit!«

»Die Mama und ich sind alt und ich hab hier meine Eisenbahnerpension. Wir bleiben!«

Später sollte Fritzi Lea voller Bitterkeit versichern, dass die Mutter wohl gerne mit den Töchtern gegangen wäre. Dass sie sich aber dem Willen des Vaters gebeugt habe. Zu ihrer beider Verhängnis.

Das Novemberpogrom 1938 traf Fritzi wie aus heiterem Himmel. Damals, als ihre Welt noch vollständig zu sein schien, als es noch Briefe von Gerti und Simon gab, die Fritzis Sehnsucht nach der großen weiten Welt schürten, beschäftigte sie vor allem der Gedanke, wie sie es schaffen könnte, sich dem Haustyrann zu entziehen und die Welt für sich zu erobern. Und dann kam dieser Tag.

Im November 1938 hatte Fritzi ihre Arbeit schon verloren, weil sie als Sekretärin im Büro eines jüdischen Anwalts beschäftigt gewesen war, der die Zeichen an der Wand besser zu lesen verstanden hatte als sie alle und das Land gleich nach dem Anschluss für immer verlassen hatte. Nur Lollo nähte weiter ihre Hüte und lieferte sie aus in der Stadt, die ihnen allen bis dahin Heimat und vertraut gewesen war. Fritzi war zu Hause und wurde von der Mutter hierhin und dorthin geschickt mit kleinen Aufträgen, wie es sie in jedem Alltag gibt.

Am frühen Nachmittag sollte Fritzi zur Großmutter in die Nebenstraße gehen und sie bitten, der Mutter ein Säckchen Mehl zu leihen. Fritzi lief los. Im Hauskleid, den Mantel darüber, und in ihren abgetretenen Halbschuhen.

Obwohl es noch mitten am Tag war, fiel der Nebel ein und hüllte die Straßen in einen grauen Vorhang. Und zum ersten Mal, so sollte Fritzi es Lea später erzählen, zum ersten Mal, seit sie denken konnte, fühlte sie sich nicht sicher in diesen ihr so vertrauten Gassen. Irgendetwas war anders, die Stadt gab sich plötzlich feindlich. Es waren kaum Menschen unterwegs an jenem Novembernachmittag im Wien der beginnenden Katastrophe. Weiter weg aber hörte sie Schreien und auf halbem Weg schien es ihr, als sehe sie den Schein von Feuer.

Die Großmutter öffnete die Türe nur einen Spalt breit.

»Was willst du hier? Du solltest zu Hause sein bei den Eltern! Heute sollte keiner herumlaufen! Du dummes Huhn du, schau, dass du nach Hause kommst und sag deiner dummen Mutter, ich hab kein Mehl und das ist jetzt auch ganz unwichtig!«

Die Großmutter, die Fritzi so sehr liebte und verehrte. Der sie alles verzieh, sogar, dass sie sie und ihre Geschwister wegschickte, wenn sie das Essen für ihre Söhne servierte. Bei der sie sich immer sicher und geliebt gefühlt hatte. Jetzt aber sah sie eine alte, verängstigte Frau, die sie nur loswerden wollte.

Wortlos machte sie kehrt und lief wieder auf die Straße.

Der Nebel hatte sich verdichtet. Und wie Scherenschnitte sah sie jetzt Leute vorbeilaufen, Männer vor allem. Männer, die schrien und lachten. Und hinter ihnen leuchtete es rot durch die graue Nebelwand, aber es waren keine Feuerwehrsirenen zu hören. Fritzi rannte. Alle waren zu Hause. Lollo, die Mutter und der Haustyrann. Und als Fritzi die Türe öffnete, stürzte ihr die Mutter entgegen, schüttelte sie und umarmte sie so fest, dass ihr die Luft wegblieb.

Der Haustyrann war blass und sagte nichts. Was Fritzi staunen ließ, war er es doch sonst, der schrie und tobte, wenn sie zu spät nach Hause kam. Aber sie war ja gar nicht zu spät gekommen. Sie hatte eine Besorgung machen sollen für die Mutter. Und die fragte sie jetzt nicht einmal nach dem Mehl.

Der Herd war kalt. Die Türe zur Küche, deren Fenster auf den Hausflur hinausging, hatten sie geschlossen. Sie saßen im Zimmer mit den drei Betten. Das Radio lief – der kostbarste Besitz des Haustyrannen. Und sie hörten den Pöbel im Radio grölen und schreien. Jetzt erst wurde Fritzi bewusst, was das für Männer gewesen waren, die im Nebel an ihr vorbeigerannt waren.

Sie hörte den Radiosprecher geifern und kichern und konnte nicht glauben, dass das hier geschah, in ihrem Wien. Der Mann sprach ja ihr Idiom, er klang wie ihre Nachbarn, und doch …

Am nächsten Tag begann die Suche nach einem Ausweg. Der Haustyrann bestand darauf. Sie fanden eine Agentur, die Hauspersonal für England suchte. Die Idee, nach England zu fahren, gefiel Fritzi. Hausmädchen aber wollte sie nicht sein. Doch der Haustyrann ließ ihr keine

Wahl – sie werde nehmen, was sie bekomme, erklärte er und schickte sie los.

Später sollte Fritzi lachend erzählen, wie sie in einem Keller im zweiten Bezirk eine Prüfung machen musste. Sie sollte beweisen, dass sie als Hausmädchen arbeiten konnte. Und so hatte sie sich zum ersten Mal in ihrem Leben in einem richtigen Badezimmer wiedergefunden. Das sie putzen sollte. Wie sie das denn gemacht habe, fragte Lea dann, und Fritzi lachte noch mehr und sagte, sie hätte sich am liebsten in die Badewanne gelegt, stattdessen habe sie mit dem, was man ihr in die Hand gedrückt habe, einem Fetzen und ein bisschen Seifenpulver, irgendwie herumgewischt. Man hatte sie durchkommen lassen – in Großbritannien brauchte man Hauspersonal. Auch Lollo war auf ähnliche Weise »geprüft« worden. Und dann warteten sie. Auf einen Arbeitgeber, auf ein Ausreisevisum. Rannten herum in Wien auf der Jagd nach den lebenswichtigen Dokumenten, standen Schlange und fragten sich, wieso sie weg sollten. Fritzi allerdings war vor allem aufgeregt. Ja, natürlich sei es ungemütlich geworden in diesem Wien, sagte Fritzi. Und auch traurig.

Einmal sei ihr der Gustl begegnet. Einer von Gertis Verehrern. In SA-Uniform sei er ihr entgegengekommen und habe die Straßenseite gewechselt, als er sie erkannt habe. Als Fritzi es Lollo erzählte, sagte die nur: »Der war immer schon ein Trottel.« Und das tröstete Fritzi irgendwie.

Sie warteten und der Haustyrann wurde immer unruhiger und unleidlicher. Bis sie endlich die Mitteilung erhielten, dass sie einen Arbeitsplatz in England hätten. Eine wohlhabende Familie habe sich entschlossen, Fritzi als Hausmädchen und Lollo als Köchin aufzunehmen, man würde jetzt alles Nötige in die Wege leiten. Fritzi und Lollo sahen sich an und lachten – Lollo als Köchin? Die Mutter nahm es auf sich, Lollo das Kochen beizubringen. Bisher hatten die Mädchen höchstens Hilfsarbeiten in der Küche leisten dürfen. Jetzt musste Lollo unter der Anweisung der Mutter das Essen zubereiten, und Fritzi machte sich über sie lustig. Und dachte bei sich, dass sie nie davon geträumt hatte, Hausmädchen bei reichen Leuten zu werden.

Aber trotzdem war Fritzi auch freudig erregt – nach England fahren, ohne den Haustyrannen, und dort Neues erleben, das gefiel ihr. Auch die Vorbereitungen machten ihr Spaß. Fritzi, die Eitle, Modebewusste. Natürlich nutzte sie die bevorstehende Reise, um sich eine neue Garderobe anzuschaffen. Vor allem der neue Mantel aus dickem, grauem Tweed mit dem breiten Kragen und den großen Perlmuttknöpfen war ihr ganzer Stolz.

Und dann kamen sie sie holen. Männer in brauner Uniform standen plötzlich in der Küche. Der Haustyrann war nicht da. Die Mutter wollten sie nicht mitnehmen, aber die Mädchen. Fritzi und Lollo. Die noch nicht angezogen waren für den Tag. Schnell warfen sie sich Mäntel über, Fritzi den neuen schönen.

Die Männer trieben sie vor sich her, an jeder Ecke kamen neue Menschen dazu, Menschen, die sie kannten. Auch unter den Uniformierten waren einige, die sie kannten. Sie trieben sie in Fritzis geliebten Prater. In die Hauptallee. Rechts und links hatte sich eine Gasse aus grölenden Menschen gebildet, die sie beschimpften und anspuckten.

»Schaut's, die Judenhur, was die für einen Mantel anhat!«, schrie eine, die Fritzi aus dem Wurstelprater zu kennen glaubte. Zum Glück war sie gleich wieder in der Menge verschwunden. Lollo nahm Fritzi energisch am Arm, und so liefen sie. Bis die Uniformierten es plötzlich leid waren und sie gehen ließen. Am Praterstern. Als sich die Menge aufzulösen begann, sahen sie die Mutter. Sie war ihnen hinterhergelaufen. Sie schnaufte und war weiß im Gesicht wie die Wand, an der sie jetzt lehnte. Fritzi und Lollo nahmen sie an den Händen und brachten sie nach Hause.

»Ich sag's ja, ihr müsst schnell weg«, sagte der Haustyrann.

»Und ihr?«, fragte Fritzi.

»Uns passiert schon nichts«.

Sie brachten sie zum Zug. Lollo weinte ein bisschen, aber Fritzi war fröhlich. Sie küsste die Mutter und versprach, ihr alles zu schreiben, was ihr in diesem fremden England passieren würde. Der Haustyrann ermahnte sie, vernünftig zu sein und sich nicht auf irgendwelche dahergelaufenen Kerle einzulassen. Und Fritzi lachte ihn aus und dachte bei sich, was sie für ein Glück habe, dass sie dem strengen Regime des Haustyrannen entkommen konnte. Lollo und sie öffneten das Fenster in ihrem Abteil und winkten, so lange sie die Eltern sehen konnten.

Als sie an die deutsch-belgische Grenze in Aachen kamen, war es früher Morgen. Fritzi hatte sich in ihren neuen Mantel gekuschelt und geschlafen. Lollo aber war wach geblieben. Angst und Trauer hatten sie nicht schlafen lassen. Sie war immer ein »Mama-Kind« gewesen, weshalb Gerti, Simon und Fritzi sie oft ausgelacht hatten. In dieser Nacht im Zug war die Sehnsucht nach den duftenden, gepolsterten Armen der Mutter besonders groß geworden. Zumal Lollo nicht daran denken wollte, was da in London wohl auf sie zukommen würde. Sie war nicht wie Fritzi, der die Abenteuerlust angeboren zu sein schien.

In Aachen betraten junge, groß gewachsene Grenzer mit Hitler-Gruß das Abteil und hießen die Mädchen nach einem kurzen, abschätzigen Blick aussteigen.

Lollo und Fritzi nahmen sich an den Händen.

»Wo wollt ihr denn hin?«, fragten die Grenzer, die wohl kaum älter sein konnten als Fritzi oder Lollo.

»Nach England!«, sagte Fritzi mit stolz erhobenem Kopf – obwohl es ihr plötzlich kalt den Rücken hinunterrieselte.

»Na, ich weiß nicht, ob wir zwei so hübsche Mädeln einfach rauslassen«, sagte einer der Grenzer, dem offenbar langweilig war.

Fritzi und Lollo erstarrten.

»Wie viel Mark habt ihr?«

»Zwanzig«, antwortete wieder Fritzi, die ganz selbstverständlich auch für die vor Angst starre Schwester sprach.

Und da waren sie, die Kälte, die Härte, in Blick und Sprache. Jetzt war es wieder vorbei mit dem neckischen Spott.

»Damit könnt ihr nicht wegfahren, die müssen dableiben«, sagte der Grenzer grob und ohne das mindeste Lächeln.

»Gut, gut, ich hol uns was zu essen«, sagte Fritzi schnell, rannte zum Bahnhofskiosk und kaufte ohne hinzusehen Bonbons für zwanzig Mark.

Die zeigte sie dem Grenzer und auch die Rechnung.

»Na gut, ausnahmsweise dürft ihr fahren«, sagte der Grenzer jetzt wieder huldvoll. So wie man eben lächelt, wenn man weiß, dass man Macht hat, die man nach Gutdünken ausleben kann.

Als sie wieder im Zug saßen, begann Fritzi haltlos zu lachen. Sie lachte bis weit nach der belgischen Grenze. Lollo saß nur da und starrte aus dem Fenster.

England nahm sie auf. Unfreundlich und kalt, wie hier eben mit Dienstboten umgegangen wurde. Die erste Nacht verbrachten sie in einer Notunterkunft für neu angekommene jüdische Flüchtlinge. Der Raum im Untergeschoß eines heruntergekommenen Baus war kalt und feucht und roch nach ungewaschenen Menschen, ungewaschener Kleidung, nach Trauer, Einsamkeit und Angst. Die Betten waren hart, schmal und mit gräulich schimmernden Tüchern und Decken ausgelegt. Fritzi grauste und Lollo musste sie überreden, nicht einfach in die Londoner Nacht hinauszulaufen. Es gab Tee und Brot. Und rundherum verzweifelte Menschen, die so wie Fritzi und Lollo geflohen waren vor der beginnenden Barbarei. Fritzi wollte sich nicht anstecken lassen von der herrschenden Trauer. Lollo aber fand sich genau darin wieder – in der Trauer der Menschen, die so wie sie hier waren, weil sie nirgends anders sein konnten.

Am folgenden Tag fragten sie sich bis zur Agentur durch, die sie vermittelt hatte, und erfuhren, dass die Familie, die sie anstellen wollte, außerhalb von London auf einem Landgut lebte. Eine Angestellte brachte die Mädchen zum Zug und gab ihnen einen Zettel mit, auf dem die Station geschrieben stand, an der sie aussteigen sollten.

Sie hatten weder Geld noch Proviant. Sie hatten dünnen Tee und zwei Scheiben Toast zum Frühstück bekommen. Jetzt war es früher Nachmittag und Fritzis Magen knurrte so laut, dass Lollo sie strafend ansah. In ihrem Abteil saß nur noch ein älterer Mann.

Als der Zug sich in Bewegung setzte, packte der Mann belegte Brote, Äpfel und eine Thermoskanne mit Tee aus. Fritzis Magen knurrte noch heftiger, sie starrte wie gebannt auf die dick mit Schinken und Käse belegten Brote, die der Mann fein säuberlich auf einem blendend weißen Taschentuch auf dem schmalen Tischchen am Zugfenster ausbreitete. Lollo stieß sie grob in die Rippen, aber Fritzi starrte weiterhin unverwandt auf die köstlich aussehenden Brote.

Plötzlich stand der Mann auf, legte Fritzi und Lollo je zwei Brote in den Schoß, deutete auf die Thermoskanne und die Äpfel und verließ kopfschüttelnd das Abteil. Fritzi erzählte Lea später, nie in ihrem Leben, weder davor noch danach, habe sie so köstliche Brote gegessen, wie in jenem Zugsabteil.

Am Bahnhof wurden sie abgeholt, und als sie zum großen Gutshaus kamen, ließ ein schweigsamer Mann sie durch die Hintertüre ein. Fritzi sagte später zu Lea, es sei ihr von Anfang an klar gewesen, dass sie es dort wohl nicht lange aushalten würde.

Am ersten Abend erklärte ihnen die Dame des Hauses, was ihre Aufgaben sein würden. Früh aufstehen und Feuer in den Öfen des Riesenhauses machen, dann die Nachttöpfe ausleeren und das Frühstück zubereiten. Ein englisches Frühstück, wie sie es nicht kannten.

Man wies ihnen ihr Zimmer zu. Eine enge Kammer, in der nur zwei schmale Betten und ein ebenso schmaler Kasten Platz hatten. Auch gab es hier, auf dem Dachboden des Gutes, kein Badezimmer. Es gab Nachttöpfe und einen Krug und eine Schüssel, um sich zu waschen.

»Bei uns in der Küche war's bequemer«, zitierte Lollo später Fritzis ersten Kommentar zu ihrer neuen Lebenssituation. Lollo, die nicht verstand, was man von ihr erwartete. Lollo, die die Köstlichkeiten ihrer Mutter nachkochte und dafür von der Dame des Hauses heftig gerügt wurde. Und Fritzi, die sich kaum gegen die Zudringlichkeiten des Hausherrn zu wehren vermochte.

Als Lollo in der Früh nur mehr unter Protest in die Küche ging und Fritzi bei jedem Geräusch hinter sich zusammenzuckte, packten sie ihre Koffer und fuhren nach London. Es wurden Fabrikarbeiterinnen gesucht. Fritzi und Lollo fanden Arbeit in einer Radiofabrik.

In London blieben sie nicht lange alleine. Es waren viele wie sie hier. Sie schlossen sich einer Gruppe junger Leute an, die sich selbst als Kommunisten bezeichneten. Die Gruppe gab Fritzi und Lollo Sicherheit. Ersetzte ihnen die Familie. Lollo verliebte sich. Fritzi freundete sich mit Ilse an, die wie sie aus dem zweiten Wiener Gemeindebezirk stammte. Eines Tages erklärte Ilse, sie habe für sich und Fritzi eine bessere Arbeit gefunden, in einer Fabrik in Leeds. Dort suche man Frauen, die an der Nähmaschine arbeiten könnten, es werde mehr bezahlt als in London und man würde ihnen sogar eines der kleinen Arbeiterhäuschen zur Verfügung stellen, die es dort gebe. Fritzi war sofort Feuer und Flamme. Lollo war dagegen, dass die Schwester so weit wegging. Genau das aber war es, was Fritzi wollte. Allein sein, erwachsen sein, sich nicht mehr sagen lassen, dass sie immer noch der Clown sei und nicht wisse, was sie tue.

Lollo blieb in London. Ihre große Liebe Hans war hier. Allerdings war er nicht alleine. Er war mit seiner Frau Monika nach England gekommen. Und dann war er Lollo begegnet. Ihre Liebe war groß und gegenseitig, aber Hans brachte es nicht übers Herz, Monika zu verlassen. Lollo litt. Fritzi hingegen war den Liebeskummer ihrer Schwester leid und auch die Bevormundung durch die Ältere. »Ich schreib das dem Papa«, war eine ständige Drohung, wenn Lollo sich wieder einmal über Fritzi ärgerte. Jetzt war die Gelegenheit gekommen, sich davon frei zu machen. Fritzi fuhr mit Ilse nach Leeds.

Sie hatte zwar keine Ahnung, wie man auf einer Maschine nähte, aber sie dachte, sie werde sich schon irgendwie durchschwindeln. Ilse dagegen hatte, so wie Lollo, eine Schneiderlehre absolviert und kam sofort gut zurecht in der Fabrik. Als klar wurde, dass Fritzi nicht nähen konnte, wurde sie nicht entlassen, sondern zum Teekochen und Brotestreichen abkommandiert. Was Lea niemals verstehen würde. Dass man ihre Mutter trotz der offensichtlichen Lüge behielt, ihr sogar noch einen Lohn zahlte und sie einfach Tee kochen ließ. Fritzi lachte dann und sagte, sie habe die Chefs eben mit ihrem Charme eingewickelt.

Sie richteten sich ein – in dem kleinen Arbeiterhäuschen zusammen mit einem weiteren, aus Österreich geflüchteten Paar. Ruthi und Herbert kamen aus Wien und Graz, hatten sich in London kennengelernt und erwarteten jetzt ihr erstes Kind, weshalb sie den unteren Teil des Häuschens bewohnten, während Fritzi und Ilse sich das Schlafzimmer im oberen Stockwerk teilten. Die Küche benutzten sie gemeinsam. Manchmal gab es Streit zwischen oben und unten. Wie das eben so ist, wenn man gezwungenermaßen zusammenwohnt, sollte Fritzi Lea später erklären. Und Lea würde sich fragen, wie ihre kapriziöse Mutter dieses enge Zusammenleben hatte ertragen können. »Na ja, wir haben schon auch eine Hetz gehabt miteinander«, sagte Fritzi dann, aber Lea wollte ihr das nie so recht glauben. Und hatte es selbst nie fertiggebracht, sich in einer der sogenannten Wohngemeinschaften wohlzufühlen, in denen viele ihrer Freunde eine Zeitlang leben zu müssen glaubten.

An einem sonnigen Herbsttag stand Lollo vor dem Haus. Sie war sehr blass und ihre Augen waren rot gerändert. Herbert öffnete ihr die Türe und fragte sie, was sie wolle. Sie müsse ihre Schwester sprechen, sagte sie leise, und Herbert, der sie nicht kannte, fragte sie, wer ihre Schwester sei. Fritzi hatte ihre Stimme gehört und kam voller

Freude die Stiege hinuntergerannt. Lollo hatte ihr gefehlt, auch wenn sie sich ihr hatte entziehen wollen.

»Lollo, so was! Da kommst du einfach daher, ohne was zu sagen … Ich hätte dich doch abgeholt!«

Schweigend hielt Lollo ihr einen Brief hin.

»Was ist das?«

»Lies!«

Fritzi überflog den Brief und ließ ihn fallen. Wortlos sahen sich die Schwestern an.

Gerti hatte sich das Leben genommen. Dort oben, im kalten Schweden, hatte sie die Kraft zu leben verlassen. Ihre ehemalige Chefin hatte an die Eltern in Wien geschrieben und diese an Lollo und Fritzi.

»Wieso?«, fragte Fritzi, bevor sich ihre brennenden Augen mit den Tränen der Trostlosigkeit füllten.

Der Brief war lange unterwegs gewesen. Seit die Nazis im September 1939 Polen überfallen hatten, konnte man sich nur noch über Umwege verständigen. Von Simon hörten sie hie und da über gemeinsame Freunde, die in die Türkei geflohen waren. Von den Eltern kamen in unregelmäßigen Abständen kleine Briefchen über das Rote Kreuz. So war wohl auch die schreckliche Nachricht nach Wien gelangt.

Der Haustyrann hatte geschrieben. Voller Trauer und Zorn. Ja, auch Zorn. Weil die Zeiten so waren, wie sie waren, und ihm zuerst seinen einzigen Sohn und jetzt auch noch die älteste Tochter genommen hatten. Weil er nichts hatte tun können gegen die Kälte, die sie aus dem Fenster springen hatte lassen. Weil er sich sorgte um die beiden verbleibenden Kinder dort in England – jetzt, wo Krieg war. Von der Mutter schrieb er nicht.

Lollo blieb eine Woche. Dann fuhr sie nach London zurück – Fritzi schien, als sei sie in dieser einen Woche um zehn Jahre gealtert. Lollo fehlte ihr plötzlich mehr, als sie zuzugeben bereit war.

Sie fuhr jetzt zur Schwester nach London, so oft es ihre Zeit und das Geld zuließen. Lollo wohnte inzwischen mit Malvine, Fritzis Kindheitsfreundin, die auch in London gelandet war, und der dicken Berti, einer Bekannten von Malvine, die mit ihr in der Fabrik arbeitete, in einer kleinen Zwei-Zimmer-Wohnung. Und sie hatte sich eine Katze zugelegt.

»Bist du verrückt? Eine Katze? Weil wir nicht schon genug andere Sorgen haben?«

»Sie tröstet mich aber, die Buchtl! Sie schläft bei mir, wenn der Hans wieder einmal bei der Monika ist, und ich brauch das einfach!«

Berti, Lollos Mitbewohnerin, war dicker als Lollos und Fritzis Mutter. Und wenn es jetzt Bombenalarm gab in London – so oft und heftig –, dann sprang die Katze Buchtl sofort unter Bertis Sessel, und Lollo und Fritzi lachten, obwohl es wenig zu lachen gab.

Die Lebensmittel wurden rationiert, London war voller Ruinen nach den Bombenangriffen, in Leeds teilte man Fritzi und Ilse zur Arbeit in einer Rüstungsfabrik ein und verbat ihnen jede Art politischer Aktivität. Davor hatten sie sich einer Gruppe junger Kommunisten angeschlossen. »Wir haben ein bissel Revolution gespielt – gegen das kapitalistische England, aber eigentlich wollten wir vor allem irgendwas gegen die Nazis machen«, erzählte Fritzi Lea später. »Na ja, viel ist uns nicht gerade gelungen«, fügte sie dann gerne lachend hinzu.

Und kurz nach Kriegsende stand plötzlich Theo vor der Türe.

Mit einem Brief, in dem Lollo schrieb, Fritzi möge sich des armen Buben doch annehmen, der sei so allein und ein bisschen in sie, Lollo, verliebt, sie habe aber keine Geduld für ihn, Hans sei gerade dabei, sich von seiner »Trutschen« zu trennen, und sie liebe ihn jeden Tag mehr.

Ilse und Fritzi räumten den kleinen Abstellraum im ersten Stock neben ihrem Schlafzimmer leer, stellten ein Klappbett hinein und einen Sessel, und Theo zog ein.

Zunächst gefiel er Fritzi gar nicht. Ilse schielte ihm ein bisschen hinterher und sagte, er wäre »ganz fesch«, wenn er »ein bisserl mehr Fleisch auf den Rippen« hätte. Dass Ilse ihn interessant fand, machte ihn für Fritzi erst attraktiv.

Sie gingen viel spazieren. Theo, der seit seiner Entlassung aus der Armee arbeitslos war, hatte viel Zeit. Er wartete oft vor dem Fabriktor auf Fritzi. Das schmeichelte ihr. Und trug ihr den Neid der übrigen Arbeiterinnen ein. Männer waren Mangelware jetzt zu Kriegsende.

Theo war fast noch ein Kind gewesen, als er den Nazis im letzten Moment entkommen war. Die Eltern hatten ihn, ihren einzigen Sohn, gedrängt, wegzugehen, er aber hatte sich erst dazu entschlossen, als es eigentlich schon zu spät gewesen war. Er war auf abenteuerlichen Wegen bis London gekommen – und nun, nach seiner Zeit in der britischen Armee, im Austrian Center gelandet. Dort hatte er auch Lollo getroffen.

Und jetzt saß er bei Fritzi und Ilse herum, machte kleine Gelegenheitsjobs und fantasierte, was er nun mit seinem Leben tun würde. Fritzi fand ihn zuerst amüsant, dann nett, dann attraktiv und schließlich ergab sie sich ihren und seinen Wünschen nach ein bisschen Freude im Leben.

Ilse wurde in die kleine Abstellkammer umgesiedelt und Theo zog bei Fritzi ein. Als das Kriegsende endgültig verkündet wurde, fuhren sie zu Lollo nach London und tanzten die ganze Nacht am Trafalgar Square zusammen mit Tausenden erleichterten Engländern.

Dann begannen sie zu diskutieren. Fritzi wollte zurück. Wien war ihre Stadt, nicht die der Barbaren. Fritzi wollte nach den Eltern und Simon suchen, wollte sich Wien zurückholen. Lollo hatte Heimweh, und Theo hätte die Schwestern nie im Leben alleine reisen lassen, ganz abgesehen davon, dass er sich in den letzten Kriegsjahren zum glühenden Kommunisten entwickelt hatte, der jetzt »ein neues Österreich« aufbauen wollte. Ein kommunistisches.

Hans, der sich inzwischen endlich hatte scheiden lassen, wollte Lollo heiraten, bevor sie sich auf den Weg machten. Das sei für sie beide sicherer, sagte er immer wieder. Und da fand auch Theo, dass er und Fritzi wohl den Weg zum Standesamt finden sollten. »Wenn schon, denn schon …«

Sie organisierten eine bescheidene Doppelhochzeit. Lollo und Fritzi kratzten ihr Erspartes zusammen und ließen sich zwei elegante Kostüme schneidern. Dunkelblau für die blonde Lollo, hellgrau für die dunkle Fritzi. Theo schenkte Fritzi eine kleine Uhr, Hans Lollo eine Perlenkette.

Fritzis Trauzeugin war Malvine, mit der sie so viel verband, als wäre sie eine Schwester. Malvine wollte nicht zurück. Der Gedanke, in die Stadt zurückzugehen, aus der sie hatte fliehen müssen, ließ sie frösteln.

Bevor sie sich auf die Rückreise machten, wohnten sie bei Lollo und Malvine. Berti war inzwischen in eine eigene kleine Wohnung im Nebenhaus gezogen. Jetzt war Malvine, trotz der schweren Zeiten, als Schneiderin recht erfolgreich und unabhängig. Sie beherbergte die vier Heimkehrer bei sich. Sie hätten es sehr lustig gehabt in den Wochen bei Malvine, sollte Fritzi Lea später erzählen. »Es war eine große Hetz, die Lollo und der Hans haben im Schlafzimmer gewohnt, der Papa und ich im Wohnzimmer und das Malvinerl hat in der Küche auf einem Aufstellbett geschlafen. Kannst dir ja vorstellen, wie es da zugegangen ist!«

Malvine brachte die vier zur Bahn. Die drei Frauen weinten – auch Fritzi, die eigentlich immer so stark gewesen war. Sie hatte schon einmal sorglos Abschied genommen. Jetzt war sie nicht mehr so sicher, dass alles gut werden würde. Der Kontakt zu Simon und den Eltern war bald nach der Nachricht von Gertis Selbstmord endgültig abgerissen. Niemand ahnte, was aus ihnen geworden war, auch wenn sie manches gehört hatten, das ihnen Angst gemacht hatte. Von Todeslagern und Massenmorden war in den letzten Kriegsjahren gemurmelt worden, aber Genaueres wussten sie nicht. Dass es keine Nachrichten von den Eltern und Simon gab, verhieß nichts Gutes, aber Lollo und Fritzi wollten nicht glauben, dass sie sie nie wiedersehen sollten.

»Wir werden sie schon finden«, tröstete Fritzi Lollo, als sich der Zug in Bewegung setzte.

»Wir waren vier Waisenkinder, die sich aneinander angehalten haben, weil sonst keiner da war«, sollte Fritzi Lea später zu erklären versuchen. »Wir hatten uns und die Partei. Das hat uns irgendwie aufrecht gehalten. Weil rundherum war ja alles schrecklich. Ich hab Wien ja fast nicht mehr wiedererkannt, als wir aus dem Zug gestiegen sind!«

Davor hatten die vier in Paris Station gemacht, bei Hans' Bruder, der in der französischen Armee in Afrika überlebt hatte und »sich wahnsinnig wichtig gemacht hat mit seinem Französisch und seinem Wissen über Paris«, sollte Fritzi später hämisch sagen. Dieser Willy war nicht besonders nett gewesen, er hatte die vier von oben herab behandelt, und sie waren froh gewesen, als sie weiterfahren konnten. So hatte Fritzi es erzählt. Theo allerdings hatte Paris genossen und gefunden, Willy sei eigentlich ganz nett gewesen. Aber das war nur eines der vielen Dinge, die die beiden so entgegengesetzt sahen. Und es sollten mit jedem Jahr mehr werden – bis Theo ging.

Auf dem restlichen Weg nach Wien machten sie auch noch Bekanntschaft mit der sowjetischen Besatzungsmacht. Die holte sie in Gestalt eines bulligen Soldaten an der Enns-Grenze aus dem Zug und erklärte, es fehle ihnen eines der Dokumente, ohne die sie nicht weiterreisen könnten. Es war mitten in der Nacht und kalt. Fritzi und Lollo schlotterten in ihren englischen Mänteln, Theo und Hans aber machten sich auf den Weg zur Kommandantur, bei der sie nach langem Verhandeln die nötigen Papiere bekamen, sodass man in der Früh weiterfahren konnte. Nach Wien. Nach Hause.

Es gab keine Bleibe mehr, in die sie hätten zurückkehren können.

In den Wohnungen von Hans' und Theos Eltern lebten Menschen, die sie früher gekannt hatten und die ihnen jetzt nicht einmal die Türe aufmachten. Das Haus, in dem Fritzi und Lollo aufgewachsen waren, war zerbombt worden. Als sie auf der Suche nach den Eltern dorthin kamen, trafen sie auf der Straße eine ehemalige Nachbarin, die sich bekreuzigte, als sie die beiden erkannte. »Die Kuh hat sich doch tatsächlich bekreuzigt, als ob wir Gespenster wären«, erzählte Fritzi Lea später. Dann habe sie sie umarmt und gesagt, was für ein Glück das wäre, dass sie zurückgekommen seien. Ihr Vater habe ihr ja noch sein Radio geben wollen, als man ihn abgeholt habe zusammen mit der Mutter. Aber sie habe es nicht nehmen wollen, »weil ich hab mir gedacht, da ist ein Fluch drauf«.

Fritzi hatte sich umgedreht und die fassungslose Lollo mit sich fortgezogen. Sie habe nicht gewusst, was sie darauf sagen sollte, erzählte sie Lea. Damals hatten sie schon erfahren, dass man ihre Eltern in Maly Trostinec bei Minsk ermordet hatte. Und dass Theos Eltern in Auschwitz in den Gaskammern umgebracht worden waren.

Sie waren herumgelaufen, vom Roten Kreuz zur jüdischen Gemeinde und auch ins Innenministerium auf der Suche nach den Eltern und Verwandten. Lange hatten sie keine Informationen bekommen. Als man ihnen bei der jüdischen Gemeinde schließlich ein Papier in die Hand drückte – eine Liste, in der die Namen ihrer Eltern rot angestrichen waren –, sahen sie fassungslos auf diesen Beweis der bürokratischen Dokumentation des Mordes an den beiden. Von Simon fehlte weiter jede Spur. Sie hatten Willy gebeten, nach ihm zu suchen, aber Willy hatte bisher nichts herausfinden können.

Sie lebten wie die Vagabunden. Man hatte ihnen ein ehemaliges Geschäftslokal als Wohnung zur Verfügung gestellt. Sie hatten den Raum notdürftig geteilt. Lollo und Fritzi bemühten sich, daraus eine Wohnung zu machen, aber es wollte ihnen nicht so recht gelingen. Und abends saßen sie oft beisammen und fragten sich, warum sie eigentlich zurückgekommen waren.

»Na, weil wir hierhergehören«, sagte Fritzi aufgebracht, aber Theo schüttelte nur traurig den Kopf, und Lollo schrie sie an, dass sie hier ja gar nicht willkommen seien, dass keiner etwas wissen wolle von dem, was ihnen geschehen war, und dass man es lieber sähe, wenn sie sich in Luft auflösten.

»Aber die Partei braucht uns!«, bestand Fritzi auf ihrem Standpunkt. »Und das ist mein Land, das lass ich mir nicht wegnehmen!«

Also rannten sie auch für die Partei herum. Die hatte zunächst nur für Hans und Theo Arbeit gefunden, die Frauen, so meinte man, sollten sich um die kommunistische Propaganda kümmern. Jeden Sonntag früh stand Fritzi fast noch im Morgengrauen auf, um »Die Volksstimme«, die kommunistische Zeitung, auszutragen und bei der Gelegenheit gleich die Mitgliedsbeiträge zu kassieren. Lollo bekam schließlich Arbeit im österreichischen Friedensrat, Fritzi wiederum machte Übersetzungen aus dem Englischen und saß eine Zeit lang sogar in der sowjetischen Zensurbehörde.

Wenn sie Lea später davon erzählte, kam es der so vor, als sei das Ganze ein einziges Kasperltheater gewesen. Fritzi machte sich über das schlechte Englisch ehemaliger Emigranten lustig, deren Telefongespräche sie abhörte, und darüber, wie »den Mädeln« – so nannte sie ihre Kolleginnen – manchmal nichts für ihre obligaten Berichte einfallen wollte. Ob sie nie daran gedacht hätten, dass sie Leute ins Gefängnis brachten mit ihrer Spionagetätigkeit, hatte Lea Fritzi einmal gefragt, aber diese hatte nur gelacht und erklärt, man habe ja nur nach Schwarzhändlern und »Spekulanten« geforscht und denen sei ja recht geschehen, wenn man sie erwischte.

Fünf Jahre, nachdem sie zurückgekehrt waren in dieses ziemlich unfreundliche Nachkriegswien, eröffnete Lollo Fritzi, dass sie schwanger sei und Hans für sie beide eine große, schöne Wohnung im sowjetisch besetzten Teil Wiens gefunden habe.

»Und ich?«, fragte Fritzi.

»Ihr werdet das auch noch schaffen«, sagte Lollo und strich sich gedankenverloren über ihren noch ganz flachen Bauch. Nun fühlte Fritzi sich allein gelassen. Und stürzte sich noch mehr in das, was man ihr als politische Arbeit vorschlug. Beiträge eintreiben, Sektionsabende vorbereiten, Zeitung austragen.

Kurz nachdem Lollos Sohn Herbert auf die Welt gekommen war, erklärte Fritzi Theo, dass es an der Zeit sei, ebenfalls eine Familie zu gründen. Theo schien nicht abgeneigt. Als Lea auf die Welt kam, freute sich Theo unbändig, überhäufte Fritzi und das Baby mit Geschenken und bemühte sich, ihr Leben in geordnete Bahnen zu lenken. Er fand Arbeit in einer jener Firmen, die damals gerade gegründet wurden und deren Aufgabe es war, den Handel mit den sogenannten sozialistischen Staaten in Schwung zu bringen.

Theo verdiente plötzlich viel Geld. Sie zogen in eine große Wohnung in der Nähe des Praters, in einem wunderschönen Villenviertel. Die Nähe zum Prater allein ließ Fritzi entzückt aufschreien, als Theo ihr, der Hochschwangeren, ihr neues Zuhause zeigte. Lea hatte alles, was ein Baby brauchte. Sie war hübsch und zart, weckte die Eltern nicht allzu oft auf und fühlte sich im Garten der Villa sichtlich wohl.

Sie wurde so oft fotografiert wie kein anderes Baby. Mit ihrem Cousin Herbert oder alleine, in duftigen Kleidchen voller Rüschen, die Malvine regelmäßig aus England schickte. Fritzi war glücklich. Bis Lea in die Schule kam. Dann breitete sich Stille um sie aus – und sie suchte verzweifelt nach Möglichkeiten, diese Stille zu füllen.

Damals begann Theo auch, des Öfteren zu verreisen.

Das sei eben sein Job, sagte er und brachte Fritzi und Lea wunderbare exotische Geschenke mit, wenn er zurückkam.

Fritzi schrieb Briefe. Vor allem an Malvine. Die Freundin fehlte ihr jetzt, da sie sich so alleine fühlte, besonders. Fritzi malte ihr das Leben in Wien in den goldensten Farben aus, aber Malvine wollte nichts davon hören. Und als ihr Fritzi von der Begegnung mit der ehemaligen Nachbarin berichtete, die auch Malvines Nachbarin gewesen war, stand für Fritzis Freundin fest, dass sie nie mehr nach Wien zurückkehren würde.

# 3
# Malvine

Als Lea 16 geworden war, entschied Fritzi, sie für zwei Sommermonate zu Malvine nach London zu schicken. Lea war begeistert. Fritzis Hintergedanken wurden ihr erst etwas später offenbart.

»Ich fahr mit, ich bring dich hin, du warst ja noch nie dort«, sagte sie, und Lea fand es ganz natürlich, dass sie »hingebracht und abgeholt« werden sollte. Sie war eben ein ziemlich verwöhntes junges Mädchen.

Ihre Schulfreundinnen beneideten sie glühend. Es war die Zeit von Sgt. Pepper und Mrs. Robinson. Zwei Monate London waren der Wunschtraum aller Teenager jener Jahre. Die Freundinnen trugen ihr auf, was sie an Kleidung aus der Carnaby Street mitzubringen hatte, die Freunde baten um Schallplatten. Lea fühlte sich wichtig – und war aufgeregt.

Als sie endlich in Malvines kleiner Wohnung im Westbourne Court angekommen waren, fragte sich Lea, wo sie hier eigentlich gelandet war.

Malvine und Fritzi lagen sich in den Armen und weinten ein bisschen. Lea war die Szene peinlich. Wie sie von hier zur berühmten Carnaby Street kommen würde, wagte sie nicht zu fragen. Sie würde sich gegen nostalgiebeladene Wanderungen im wahrscheinlich ganz und gar uncoolen Teil der britischen Hauptstadt wehren und ihre Wünsche sehr deutlich äußern müssen. Die beiden Monate London ließen sich nicht besonders gut an. Zumal die kleine Wohnung irgendwie hermetisch abgeschlossen zu sein schien.

»Gehst du manchmal aus, siehst du Freunde, gehst du ins Theater oder ins Konzert?«, verhörte Fritzi Malvine. Die nickte vage mit dem Kopf.

»Du weißt schon, dass du der Lea alles zeigen musst? So Sachen, die die jungen Mädchen halt interessieren?«

Lea schluckte und sagte dann, sie werde alleine durch die Stadt ziehen, sie sei ja kein kleines Kind mehr.

»Kein kleines Kind? Du fragst mich ja schon dreimal, wo du einsteigen musst, wenn du nur zu deiner Freundin nach Hütteldorf fahren willst«, sagte Fritzi und lachte. Malvine blickte Lea misstrauisch an. Lea sah förmlich, wie es in ihrem Kopf rumorte. Wie sie sich ärgerte, dass sie ein so unselbstständiges Kind für zwei Monate am Hals haben würde.

Fritzi hatte in der Zwischenzeit die Fenster in der muffig riechenden Wohnung aufgerissen und erklärt, sie werde jetzt erst einmal einkaufen gehen und Lea mitnehmen, die solle gleich sehen, wo es was gäbe in der Umgebung. Malvine wollte protestieren, wurde aber nach einem Blick von Fritzi wieder still.

»Sie ist ja völlig vereinsamt, du musst dich darum kümmern, dass sie isst und dass sie aus dem Haus geht!«, rief Fritzi, als sie auf die Straße traten. Lea sah sie fragend an.

»Na ja, deshalb hab ich das ja alles eingefädelt!«, erklärte Fritzi und sah die Tochter ein bisschen schuldbewusst an.

»Schau, die Malvine wollte nicht nach Wien zurückkommen. Obwohl ich ihr sogar angeboten hab, dass sie bei uns wohnen kann. Sie will einfach nicht mehr nach Wien zurück. Aber hier ist sie irgendwie auch nicht zu Hause, das hast du doch auch gesehen, oder? Wenn du sie ein bisschen herausreißt aus ihrer Starre, dann wird sie sich wieder aufraffen. Und das kannst du besser als ich, weil du unvoreingenommen bist!«, meinte Fritzi und marschierte entschlossen in Richtung Edgware Road, wo sich ein asiatischer Gemüseladen an den nächsten reihte und dazwischen kleine indische Supermärkte alles anboten, was man sich nur wünschen konnte.

Als sich zu Beginn der finsteren Zeiten in Wien die Frage gestellt hatte, wie es wohl weitergehen sollte mit ihnen, hatte Malvines Mutter erklärt, sie könne es sich nicht leisten, ihre Kinder wegzuschicken. Malvines Schwester und ihr Bruder hatten der Mutter zugestimmt und erklärt, sie würden nur alle gemeinsam das Land verlassen. Fritzi aber war es gelungen, Malvine zu überreden, die ja wegen der Emigration ihrer Chefin nach Schweden ohnehin keine Arbeit mehr hatte. Und so hatte sie sich von der Familie getrennt und war Fritzi nach England gefolgt.

In London hatte sie sich bald einen Namen als begabte Schneiderin gemacht. Sie verstand es, unglaubliche Roben aus nichts zu zaubern und aus alten, abgetragenen Kostümen neue, elegante Mantelkleider zu machen. Auch Fritzi wurde von ihr natürlich eingekleidet und liebte ihre Kreationen heiß. Lollo allerdings fand Malvine zu teuer und beschwerte sich auch, diese steche jeden bei den Anproben mit ihren Stecknadeln.

Dann, als der Krieg ausgebrochen war, war der briefliche Kontakt zu ihren Lieben zu Hause ziemlich plötzlich abgerissen. Während Fritzi und Lollo noch über das Rote Kreuz Nachrichten erhielten, hatte es von Malvines Familie keine mehr gegeben. Und als Fritzi ihre Eltern in einem Brief nach Malvines Angehörigen fragte, bekam sie eine ausweichende Antwort, aus der sie alle nicht klug wurden. Malvine war untröstlich, obwohl sich sowohl Fritzi als auch Lollo darum bemühten, sie zu überzeugen, dass das nichts zu bedeuten habe.

Fritzi und Lollo hatten trotz Krieg und Unsicherheit ihr Leben gelebt, sich verliebt, entliebt, gestritten und wieder versöhnt und am Ende sogar geheiratet.

Malvine nicht. Malvine war in der Wohnung geblieben, in der sie während des Krieges Unterschlupf gefunden hatte, und kaum Kontakte zu anderen Menschen gesucht. Sie sprach Englisch im Gegensatz zu Fritzi und Lollo mit einem schneidenden, deutschen Akzent und vielen grammatikalischen Fehlern, die sogar Lea auffielen, deren Englisch nicht gerade brillant war.

Malvine arbeitete zu Hause, aber ihre Kundinnen waren immer unzufriedener mit ihr, weil sie oft Termine nicht einhielt und nur das nähte, was ihr richtig und gut erschien. In der kleinen Wohnung stapelten sich Stoffe aller Arten und Farben, und Malvine hing an ihnen, als wären sie ihre Kinder. Sie hatte sich eine Art Nest gebaut, aus dem sie nur ungern hinaus in die Welt ging. Und in dem sie niemand anderen duldete.

Was aus Malvines Geschwistern und ihrer Mutter geworden war, sollte Lea erst sehr viel später von Fritzi erfahren. Malvine selbst sprach nie darüber, aber als Fritzi ihr schließlich die Wahrheit sagte, verstand Lea, wieso Malvine nie mehr nach Wien zurückkehren wollte, auch wenn sie in London immer einsamer wurde.

Malvines Bruder Rudi und seine um ein Jahr jüngere Schwester Lene waren unzertrennlich gewesen. Nachdem

Malvine Fritzi nach England gefolgt war, geschah das Unaussprechliche.

Rudi hatte Lene aus dem Spital abgeholt, in dem sie als Pflegehelferin Arbeit gefunden hatte. Es war das jüdische Spital, der einzige Ort, an dem Lene nach dem Anschluss noch Arbeit hatte finden können. Rudi hatte Lene jeden Abend abgeholt, er hatte Angst um sie.

Als sie durch den Park der Venediger Au gingen – eine Abkürzung vom Praterstern in die Ybbsstraße, wo sie mit der Mutter wohnten –, war ihnen eine Gruppe junger Männer entgegengekommen. Sie trugen gut sichtbar das Hakenkreuz am Ärmel, und Rudi und Lene hörten sie schon von Weitem grölen. Rudi nahm seine Schwester fester am Arm. Sie hätten vielleicht noch umdrehen und davonlaufen können. Aber ihr kurzes Zögern hatte diese Möglichkeit zunichtegemacht.

Die Bande umzingelte sie, zwang sie, sich als Juden zu erkennen zu geben. Rudi stellte sich vor die Schwester, die Männer grinsten breit, einer schlug ihm mit der Faust ins Gesicht, ein zweiter in den Magen, zwei packten ihn rechts und links, während sich die anderen auf Lene stürzten. Lene schrie, aber obwohl das Ganze knapp an der Grenze des Parks vor sich ging, kam ihnen keiner zu Hilfe.

Weil sie schrie und schrie, prügelten sie auf sie ein, bis ihr einer der Männer schließlich Mund und Nase zuhielt. Rudi kämpfte sich frei und warf sich auf den, der Lene gerade vergewaltigte. Die zwei, die ihn festgehalten und gezwungen hatten, zuzusehen, rissen ihn zurück. Einer prügelte mit dem Schlagstock, den er am Gürtel getragen hatte, solange auf Rudi ein, bis kein Leben mehr in ihm war. Nachdem die Männer Lene reihum vergewaltigt hatten, wurde auch sie mit dem Schlagstock zu Tode geprügelt. Die völlig entstellten Leichen warfen die Männer zwischen die Bäume.

Malvines Mutter hatte die ganze Nacht auf ihre Kinder gewartet, es aber nicht gewagt hinauszugehen, um sie zu suchen. In der Früh läutete es an der Türe. Draußen standen zwei Polizisten: »San Sie die Jüdin Morgenstern?«

Malvines Mutter nickte mit versteinertem Gesicht. Sie dachte, dass man sie mitnehmen wollte, dass man die Kinder schon verhaftet habe. Sie fragte nach ihnen und bekam eine kalte Antwort.

Man habe die zwei Leichen in der Venediger Au gefunden, nichts deute auf Fremdverschulden hin, wahrscheinlich hätten die Geschwister sich im Streit gegenseitig umgebracht. Untersuchung werde es keine geben. Der eine Polizist hielt ihr Rudis und Lenes Ausweise hin. Sie könne die Leichen abholen lassen, sagte er und ging ohne zu grüßen.

Malvines Mutter wankte zurück in die Küche, verstopfte alle Fenster und die Eingangstüre, drehte den Gasherd auf und legte sich daneben. Die Nachbarn brachen am nächsten Tag die Türe auf, als sich der Gasgeruch im ganzen Haus zu verbreiten begann.

Malvine aber wartete in England auf Post. Und wartete und wartete. Fritzi tröstete sie, sprach vom Krieg und der Unmöglichkeit, Post zu schicken, versicherte ihr, sie werde ihre Familie wiedersehen, sobald die Barbarei ein Ende habe, und sie, Fritzi, sei fest davon überzeugt, dass das bald passieren werde.

Lea dachte, als Fritzi ihr die Geschichte erzählt hatte, dass sie nicht hätte weiterleben können mit dieser Verzweiflung. Und sie ertappte sich dabei, dass sie Malvines Mutter besser verstand als Malvine, die ja doch weitergelebt hatte. Auch wenn sie damals im Krieg noch nicht ahnen konnte, was man ihren Liebsten angetan hatte.

Erst Fritzi hatte nach ihrer Rückkehr in Wien durch hartnäckiges Nachfragen erfahren, was wirklich geschehen war. Sie hatte auch erfahren, dass das Verbrechen nie untersucht oder vor Gericht gebracht worden war.

»Na ja, das war halt damals so. Wenn an Jud was passiert is, hat des keinen gestört oder interessiert!«, sagte die Beamtin im Innenministerium zu Fritzi, die auf der Suche nach Antworten bei ihr gelandet war.

Sie hatte es nicht übers Herz gebracht, Malvine zu schreiben, was geschehen war. Sie hatte ihr nur berichtet, dass Mutter und Geschwister während des Krieges umgekommen waren, wie, das habe sie nicht herausfinden können. Aber das allein hatte schon genügt, um Malvine davon zu überzeugen, dass sie nie mehr in die Stadt ihrer Geburt zurückkehren würde. Zu Lea sagte sie, in das Nazi-Land werde sie bis zu ihrem Tod keinen Fuß mehr setzen. Die 16-jährige Lea war zunächst empört und schrie Malvine an, dass sie, Lea, Fritzi und Theo ja schließlich auch in Wien lebten und sie seien ja gewiss keine Nazis. Malvine lächelte und sagte dann kühl, sie habe ohnehin nie verstanden, wieso Fritzi und Theo es so eilig gehabt hätten, nach Wien zurückzukehren. Als Lea einwandte, sie sei ja schließlich in Österreich geboren, meinte Malvine nur, das würde sie am meisten bedauern. Danach sprachen sie nicht mehr darüber.

Fritzi sagte Malvine nie die Wahrheit über den Tod ihrer Geschwister und ihrer Mutter. Als Lea sie sehr viel später nach den Gründen fragte, antwortete Fritzi nur, es genüge, dass sie manchmal Albträume davon habe, sie müsse Malvines ohnehin schwieriges Leben nicht noch weiter zerstören.

Malvine war nie verheiratet gewesen. Fritzi hatte gemeint, sie habe sich auf niemanden einlassen wollen, sie sei zu egoistisch oder zu ängstlich gewesen. Aber Lea überlegte, dass sie vielleicht zu schüchtern gewesen war. Malvine selbst meinte, als sie mit Lea schon ganz vertraut geworden war, es habe eben zu wenige Männer gegeben in und nach dem Krieg. Fritzi und Lollo hätten Glück gehabt.

Fritzi reiste nach einer Woche ab, nicht ohne davor Malvine und Lea ermahnt zu haben, sich gut zu benehmen. Malvine hatte ihr den Vogel gezeigt, Lea die Zunge. Dann war Fritzi durch die Passkontrolle des Flughafens gegangen und hatte ihnen noch einmal zugewinkt.

Malvine und Lea hatten den Zug von Heathrow zurück nach London genommen. Als sie die vollgeräumte Wohnung betraten, dachte Lea, sie würde es hier nie im Leben zwei Monate aushalten.

Aber sie hatte sich geirrt. Freilich war Malvine ganz anders als die energische, lebenslustige Fritzi. Aber gerade das brachte sie Lea irgendwie näher. Wenn Lea in der Früh aufstand, um zu ihrem Englischkurs zu gehen, hatte Malvine für sie schon den Tisch gedeckt, Toast und weiche Eier zubereitet und Butter und Orangenmarmelade hingestellt. Sie sah Lea noch im Schlafrock aufmerksam beim Frühstücken zu, trank dabei ihren Tee und rauchte eine Zigarette nach der anderen.

Als Malvine sich am Abend nach Fritzis Abreise zum ersten Mal eine Zigarette aus einer Packung schüttelte, die sie aus einer Schublade in der Küche genommen hatte, hatte Lea sie erstaunt angeschaut. In der Woche, die Fritzi da gewesen war, hatte sie Malvine nie rauchen gesehen. Jetzt aber zog diese genussvoll den Rauch ein und lachte Lea an.

»Deine Mama macht sich ja immer so viele Sorgen um mich«, meinte sie und rauchte zufrieden. »Ich hab heimlich geraucht, während sie da war. Aber dir muss ich ja nichts vormachen, nicht wahr? Du vertratschst mich auch nicht bei der Mama, oder?«

Lea hatte lachend den Kopf geschüttelt. Und sich plötzlich sehr viel wohler gefühlt in der angeräumten Wohnung.

In dem Kurs war sie die einzige Deutschsprachige. Das half ihr, ihre Englischkenntnisse zu verbessern. Lea verstand sich gut mit den anderen Kursteilnehmern. Da waren ein freundlicher Bärtiger aus Bulgarien, zwei temperamentvolle Peruanerinnen, eine sehr gläubige Polin, die ein großes Kreuz um den Hals trug, ein quirliger Spanier, zwei Portugiesen, die offensichtlich ein Paar waren, und Boris.

In Boris verliebte sich Lea am dritten Tag. Da hatte sie vergessen, ihre Vokabel zu lernen, und Boris, der hinter ihr saß, hatte ihr flüsternd eingesagt. Darüber hatten sie beide so lachen müssen, dass die Lehrerin sie strafend angeschaut und ihnen gedroht hatte, sie aus dem Kurs zu werfen.

Am Ende des Unterrichts hatte Boris sie zum Kaffee eingeladen, was in London schon eine Herausforderung war und Lea noch mehr zum Lachen gebracht hatte. Boris verstand es, sie ständig zum Lachen zu bringen. Er stammte aus Moskau, war aber mit seiner Familie in den 1970er Jahren nach Israel ausgereist. Und zwar über Wien, wo er eine Zeit lang sogar in die Schule gegangen war. Weshalb er besser Deutsch sprach als Englisch. Und deshalb jetzt mit Lea zusammen die Schulbank drückte, obwohl er um gut zehn Jahre älter war als sie. Lea fand das wunderbar und fühlte sich unglaublich erwachsen.

Als Boris ihr beim schlechtesten Kaffee, den man sich vorstellen kann, seine Geschichte erzählte, dachte Lea, was für ein Zufall es wohl gewesen war, der sie ausgerechnet mit diesem Mann zusammengeführt hatte. Einem Mann, der wie eine Mischung aus ihrem Vater und ihrem Traumprinzen auf sie wirkte.

Als sie Malvine später von ihm erzählte, brach die in schallendes Gelächter aus und fand, es sei ja wohl typisch, dass sich Lea »ausgerechnet in den einzigen Unsrigen« in ihrem Kurs verliebt habe, so sei das eben, man spüre, wenn man was gemeinsam habe.

Lea schaute skeptisch und sagte, sie sei sich ja gar nicht sicher, ob sie sich wirklich verliebt habe, sie müsse eben nur viel lachen mit ihm und das fände sie wunderbar.

Boris zeigte ihr London. Er übernahm ganz selbstverständlich die Aufgabe, die Fritzi eigentlich Malvine zugedacht hatte. Und zu der Malvine ganz und gar ungeeignet war, kannte sie sich doch selbst nur dort aus, wo sie ihre täglichen Erledigungen hinführten.

Boris, der Kameramann werden wollte, hatte London gründlich erforscht, bevor er in den Sprachkurs gegangen war und Lea kennengelernt hatte. Und er spielte für diese jetzt einen unwiderstehlichen Reiseführer in der großen, unübersichtlichen Stadt. Lea himmelte ihn an. Er war nicht nur groß und gutaussehend, er wusste auch so vieles, was ihr noch schleierhaft war, und er trat stets als ihr Beschützer auf.

Natürlich ging er mit ihr nach Portobello und ließ sie in einem schmuddeligen Tearoom die besten Scoones von London kosten. Natürlich führte er sie durch die Tate Gallery und besuchte mit ihr das National Museum. Vor allem aber zeigte er ihr die Clubs, in denen Beatles-Verschnitte jene Musik spielten, die sie und ihre Freunde gerade so liebten. Und obwohl er eigentlich viel zu alt war, um seine Zeit mit ihr zu verbringen, schien er das Zusammensein zu genießen.

An einem Nachmittag lud Lea Boris zu Malvine nach Hause ein. »Sie ist so eine Art Tante, weißt du?«, sagte sie, als sie vor dem Haus standen, und erklärte Boris auch, dass hier einst auch ihre Eltern untergekommen waren. Boris schaute beeindruckt. Malvine erwartete sie mit Tee und Wurstbroten. Nicht mit englischen Sandwiches, sondern mit richtigen österreichischen Butterbroten. Lea genierte sich ein bisschen für die kleine, muffige Wohnung und die viel zu großen Brote. Aber Boris schien sich sofort wohlzufühlen. Und als Malvine ihm eine ihrer Zigaretten anbot, wusste Lea, dass Boris ein guter Mensch sein musste – denn Malvines Misstrauen gegenüber allem und jedem hatte sie in den vergangenen Wochen nur allzu oft beobachten können. Aber Boris gefiel ihr. Und sie gefiel Boris.

Die beiden lachten und redeten miteinander und Lea fühlte sich ausgeschlossen. Aber am Ende des Abends küsste Malvine Boris auf die Wange, sagte, er sei bei ihr stets willkommen, und stellte sich dann, den Arm besitzergreifend um Lea gelegt, zur Türe und wartete, bis Boris gegangen war.

»Der gefällt mir, den hast du gut ausgesucht«, sagte sie vor dem Schlafengehen zu Lea, und die wusste nicht, ob sie sich darüber freuen oder ärgern sollte.

Am nächsten Tag schlug Boris ihr vor, mit ihm übers Wochenende ans Meer nach Brighton zu fahren. Lea war begeistert. Und fürchtete sich ein bisschen. Sie war noch nie alleine mit einem Mann verreist und fragte sich, wie das wohl werden würde. Malvine fand die Idee nett, zumal für das Wochenende ungewöhnlich warmes Wetter angesagt war.

»Du wirst's genießen!«, versicherte Malvine, und Lea wagte es nicht, ihr ihre Befürchtungen anzuvertrauen.

Lea hatte noch nie mit einem Mann geschlafen. Im Unterschied zu ihren gleichaltrigen Schulkolleginnen war sie ziemlich unerfahren in Liebesdingen. Und es war ihr klar, dass sich das an diesem Wochenende wohl ändern würde. Dass Boris die Reise auch deshalb vorgeschlagen hatte. Sie war sich nicht sicher, ob sie das wirklich wollte. Andererseits gefiel ihr Boris und insgeheim dachte sie sich, dass einer, der so viel älter war als sie, schon wissen würde, wie er mit ihr umzugehen hätte.

Das Wetter war wunderbar. Sie mieteten sich in einer kleinen Frühstückspension ein und gingen dann schwimmen. Das Wasser war zwar so kalt, dass Leas Zähne klapperten, aber sie wärmte sich in der Sonne schnell wieder auf und vergaß für den Rest des Nachmittags ihre Unruhe.

Sie aßen in einem Pub. Fish and Chips, Leas englisches Lieblingsessen, mit Erbsenpüree. Boris wollte sie überreden, so wie er Bier zum Essen zu trinken, aber Lea lehnte ab. Als sie im Zimmer standen, begannen Leas Zähne zu klappern, obwohl es ein lauer Abend war. Boris blieb ganz ruhig und entspannt.

Er war nicht besonders grob, aber auch nicht besonders zärtlich, und er fragte sie nicht, wie es ihr ging. Lea dachte, dass es wohl so sein müsse, und ließ es geschehen. Als Boris eingeschlafen war, schlich sie sich ins Bad am Ende des Flurs und wusch sich lange und ausgiebig mit sehr heißem Wasser. Ihr ganzer Körper tat ihr weh von den ungewohnten Turnübungen und sie fragte sich ängstlich, was mit ihr nicht stimmte, weil ihr das Ganze so gar kein Vergnügen bereitet hatte.

Sie fuhren am nächsten Tag nach London zurück. Boris war freundlich, ja fast liebevoll. Lea aber suchte in sich vergebens nach jener Verliebtheit, die sie bisher für ihn empfunden hatte. Sie verabschiedeten sich auf dem Bahnhof, Boris küsste sie und sagte, er werde sie am nächsten Tag mit Ungeduld in ihrem Kurs erwarten. Lea antwortete nicht und ging, ohne sich umzudrehen.

Das Erlebnis mit Boris sollte ihr noch für lange Zeit die Lust an weiteren Versuchen verleiden. Sie hatte viele »Verehrer«, wie Fritzi die pickeligen Buben zu nennen pflegte, die anriefen, um mit Lea zu sprechen, aber sie hatte nie das Bedürfnis, sich mit einem von ihnen näher einzulassen. Manchmal, wenn einer hübsch anzusehen war, ließ sie sich auf »eine kleine Schmuserei« – so nannte das Fritzi – ein, aber nie auf mehr.

Sie deutete Malvine nur an, wie es in Brighton gewesen war, aber diese schien peinlich berührt, als Lea ansetzte, von der Nacht zu sprechen. Also ließ sie es bleiben. Sie ging am nächsten Tag brav in ihren Kurs, ließ sich von Boris umarmen und – so fand sie – vorführen, vermied es von da an aber, mit ihm alleine zu sein. Und Boris fragte nicht nach, was sie trotz allem ärgerte.

Ihre letzten Tage in London verbrachte sie alleine mit Malvine, die es ihr dankte, indem sie ihr ein wunderbares und gegen alle Vermutungen ultramodernes Minikleid aus dunkelrotem Samt nähte. So ein Kleid hatte Lea in einer Auslage gesehen, sich verliebt, es Malvine genau beschrieben – und diese hatte es perfekt nachgeschneidert.

Als Lea abreiste, weinte Malvine. Und zum ersten Mal wurde Lea bewusst, dass sie nie andere Menschen in Malvines Leben gesehen hatte. Malvine lebte zwischen ihren Stoffen und ihre einzige Freude waren ihre Zigaretten. Aber damals war Lea zu jung, um wirklich zu verstehen, wie das Leben dieser ihrer »Tante Malvine« tatsächlich aussah. Obwohl sie sie einmal gefragt hatte, wieso sie keine Kinder und keinen Mann hatte.

Lea war die Frage nicht indiskret erschienen, doch Malvine wurde erst blass, dann rot, dann zündete sie sich eine neue Zigarette an, obwohl sie die alte gerade erst ausgedämpft hatte, und sagte kurz angebunden, sie habe es sich nicht leisten können, sich auf Abenteuer einzulassen, ihr Leben sei auch so schon schwierig genug.

Lea verstand nicht und fragte mit der Blauäugigkeit ihrer 16 Jahre noch einmal nach.

Malvine zuckte ungeduldig mit den Schultern. Natürlich habe sie in ihrer Jugend »Verehrer« gehabt, sagte sie dann. Aber keinen, mit dem sie hätte zusammenleben wollen. Und dann sei der Krieg gekommen und Männer seien ohnehin Mangelware geworden und ein Kind alleine zu kriegen, das wäre für sie nie infrage gekommen, das hätte sie nicht fertiggebracht. Und überhaupt – wer brauche schon einen Mann, für den man sorgen müsse wie für ein krankes Kind?

Lea lachte und sagte, bei ihrer Mutter sei es aber genau umgekehrt, für die müssten die Männer sorgen …

»Ja die Fritzi, die hat immer alles anders gemacht als die anderen, die war eben mutiger als ich, ich hätte mich das alles nicht getraut«, sagte Malvine, und damit war die Diskussion beendet.

Am nächsten Tag reiste Lea ab. Drei Wochen später rief Boris an. Lea traute ihren Ohren nicht, als sie seine Stimme hörte. Sie hatte nicht mehr an ihn gedacht, nicht mehr an ihn denken wollen.

Boris sagte ihr, dass Malvine tot sei.

Er habe sie besuchen wollen. Sie habe ihn eingeladen, und als er vor ihrer Türe gestanden sei, habe sie nicht aufgemacht. Er habe sich zunächst nichts dabei gedacht, aber als er sie in den folgenden Tagen auch telefonisch nicht habe erreichen können, habe er sich Sorgen gemacht. Schließlich habe ihm der Hausmeister ihre Wohnung aufgeschlossen. Sie sei ganz friedlich in ihrem Fauteuil gelegen, eine Schale mit kaltem Tee und einen vollen Aschenbecher neben sich. Auf dem Tisch sei ein angefangener Brief an Lea und Fritzi gelegen. Er werde ihn ihr schicken.

Fritzi fuhr alleine zu Malvines Begräbnis. Theo und Karl hatten keine Zeit, und Lea wollte sie nicht mitnehmen.

Sie brachte den Brief und einen Koffer voll wertvoller Stoffe mit zurück.

In dem Brief schrieb Malvine Fritzi und Lea, wie sehr sie die beiden liebe, und erzählte, wie schmerzhaft ihr ihre Einsamkeit bewusst geworden sei, seit Lea nicht mehr bei ihr wohnte. »Der liebe Boris ist auch ganz traurig, weil ihm Lea nie schreibt« …

»Wer ist Boris?«

»Na, halt einer aus dem Kurs …«

»Schatzi, verkauf mich nicht für blöd …«

»Na ja, er hat mir ganz gut gefallen …«

»Aber?«

Lea schwieg. Dann begannen die Tränen zu fließen und sie erzählte von der enttäuschenden Nacht in Brighton. Davon, dass sich ihre Verliebtheit verflüchtigt hatte wie

Nebel. Davon, dass sie Boris nicht einmal mehr anschauen habe wollen, dass dieser aber auch nichts getan habe, um sie umzustimmen.

»Ich weiß nicht, was mit mir los ist, ich kenn mich nicht mehr aus«, schluchzte sie in Fritzis üppigen Busen. Und die drückte sie und strich ihr tröstend übers Haar, und Lea fühlte sich, als sei sie wieder drei Jahre alt und hätte sich nur ein Knie aufgeschlagen.

»Der war einfach der Falsche, das kann ich dir sagen, jetzt, wo ich ihn beim Begräbnis kennengelernt habe. Der war irgendwie ein bisschen aufdringlich, finde ich. Hat sich so um mich bemüht, das war mir fast schon zu viel. Der ist nichts für dich – und außerdem bist du eh noch zu jung, lass dir lieber noch Zeit ...«

Bei dieser Ansprache versiegten Leas Tränen auf der Stelle. Und statt Schmerz empfand sie plötzlich unbändige Wut. Auf Boris, den Charmeur, auf ihre Mutter, die sie nicht ernst nahm, und auf Malvine, die sich so einfach davongeschlichen hatte.

»Ich hab eine Art Tagebuch von meinem Malvinchen gefunden«, sagte Fritzi leise. »Es hat mich sehr bewegt. Sie war so alleine, so schrecklich einsam und so ängstlich ...«

Malvine hatte jeden Tag mit ihrer kleinen sauberen Schrift eine Kalenderseite vollgeschrieben. Jeden Tag hatte sie über ihre Geschwister, ihre Mutter und all die anderen Verschwundenen geschrieben, über ihre Sehnsucht, ihre Angst, ihre Einsamkeit.

»Wieso bin ich hier und alle anderen sind tot? Wieso haben mich alle alleine gelassen? Wer hilft mir, wenn ich Hilfe brauche? Wann hört die Angst endlich auf? Wieso sind der Rudi und die Lene nicht mit mir weggegangen, wieso hat die Mama das nicht gewollt? Ich habe Angst, Angst, Angst ...«

Das war der letzte Eintrag in Malvines Tagebuch, und Fritzi weinte bitterlich, als sie ihn las. Lea gab sie das Tagebuch lange Zeit nicht zu lesen. Erst als Lea längst erwachsen war und selbst Kinder hatte, sollte sie den schäbigen Taschenkalender ausgehändigt bekommen. Und nächtelang darin lesen. Und sie las darin nicht als Historikerin, sie las darin, um Malvine zuzuhören, die ihr in jenen ereignisreichen zwei Monaten so nahegekommen war.

In der Schule wurde sie ausgefragt, wie es war im London der Beatles. Stolz trug sie das von Malvine genähte Kleid und wurde gebührend darin bewundert. Von Boris erzählte sie, als sei das eine große, romantische Sommerliebe gewesen, die leider die Trennung nicht überdauern konnte. Die Freundinnen bemitleideten und beneideten sie und das genoss sie – bis das Interesse an ihrem Londoner Sommer schwand. Und Lea stellte fest, dass sie darüber gar nicht unglücklich war. Sie war es leid, von Boris als dem blauen Prinzen zu erzählen, der er für sie gar nicht gewesen war.

Lea wollte sich lange Zeit auf keinen Mann mehr einlassen, dennoch hinderte die Erfahrung mit Boris sie nicht daran zu flirten. Sie hatte das von Fritzi gelernt, die Menschen mit ihrem Charme so gut in ihren Bann zu ziehen vermochte. Lea beobachtete die Mutter und sollte später sagen, diese sei wie ein Zirkuspferd, sobald die Lichter angingen, finge sie an zu tänzeln und Pirouetten zu drehen. Karl, zu dem sie das einmal sagte, lachte schallend und meinte, das sei die beste Beschreibung ihrer Mutter, die man sich wünschen könne. Und er hoffe, jener Dompteur zu sein, der dieses wunderbare Zirkuspferd trainieren dürfe. Lea lachte sehr über dieses Bild – aber Fritzi, die sie belauscht hatte, stürmte empört ins Zimmer und schrie Karl an, dass sie sein Training keineswegs brauche.

»Natürlich brauchst du mich nicht, Schatzi«, sagte Karl versöhnlich und nahm Fritzis Hände, »aber lass mich doch wenigstens ein bisserl träumen, dass ich wichtig bin für dich!«

Fritzi, die aufbrausend war, konnte aber ebenso schnell wieder lachen und fröhlich sein. Auch jetzt drehte sie sich einmal im Kreis, um dann kichernd auf Karls Schoß zu landen und ihn mit Küssen zu überhäufen. Und Lea stand leise auf und ging aus dem Zimmer, weil ihr diese Liebesspiele Karls und ihrer Mutter peinlich waren. Auch immer peinlich bleiben sollten. Auch wenn sie froh war, dass Karl ihre Mutter so sehr liebte.

Erst in den schlaflosen Nächten ihres beginnenden Alters sollte sie Malvines Tagebuch wieder zur Hand nehmen und über die Kriegstage lesen. »Es ist so kalt hier. Man kann sich nie richtig aufwärmen. Alles ist irgendwie feucht und klamm. Der Gasofen schluckt die Cent nur so und wirklich warm wird es trotzdem nicht. Fritzi und Lollo sind dauernd unterwegs, ich nicht. Ich kenn ja nur sie. London macht mir Angst. Und jetzt ist schon wieder so lange keine Post gekommen.«

Jetzt aber war Lea noch fast ein Kind, auch wenn sie inzwischen maturiert hatte, und fühlte sich ihrem Erwachsenenalltag in keiner Weise gewachsen, als sie mit dem Geschichtsstudium begann. Eigentlich wollte sie ja nur Genaueres darüber wissen, was mit ihren Großeltern, mit ihrem verschwundenen Onkel und mit Theos Familie passiert war. Wohin man sie verschleppt, wo und wie man sie getötet hatte. Sie kannte ja nur Umrisse dieser Ereignisse und hatte sie eigentlich immer wie eine Geschichte aus einer anderen Welt und aus einem anderem Zeitalter wahrgenommen.

Aber bevor sie sich an die Recherche machen konnte, musste sie die Mühen eines sehr konservativ organisierten Studiums durchlaufen. Und auch hier war es nicht einfach, Professoren zu finden, die sich mit der jüngsten Geschichte zu befassen bereit waren. Lea musste vieles auf eigene Faust erforschen und wurde dabei von der offiziellen akademischen Welt nicht nur misstrauisch beobachtet, sondern oftmals auch behindert.

So wandte sie sich an die Freundinnen ihrer Mutter, vor allem an Erna.

Und die erzählte.

Aber die mühsame Annäherung an das Ungeheuerliche nahm Lea bald den Atem. Sie machte alle erforderlichen Prüfungen und beschloss dann, sich mit der Doktorarbeit Zeit zu lassen.

Sie lernte Albert kennen, und der liebte sie mit seiner ruhigen, von keinerlei Zweifel angerührten Liebe. Und sie ließ sich ein. Zum ersten Mal in ihrem Leben und ohne einen weiteren Gedanken an Boris zu verlieren.

Als sie zusammenzogen, erzählte sie ihm zuerst von Boris und dann von Malvine. Und zeigte ihm deren Tagebuch der Angst. Sie wollte, dass er verstünde.

»Ich war mit Fritzi im Hyde-Park. Es ist schön hier, fast wie im Prater. Aber ihr fehlt mir so. Hat Mama auch ihre Herztabletten genommen? Und Lene, hast du deine Prüfung gemacht? Habt ihr euch neue Kleider für den Sommer gekauft? Ich kann euch was nähen und es schicken …«

Albert war beeindruckt.

»Sie schreibt ja Briefe an ihre Mutter und die Geschwister …«

»Sie hat ihnen bis zum Schluss geschrieben. Auch als sie schon wusste, dass sie tot waren …«

»Aber wieso?«

»Sie war sehr einsam dort in London. Sie hat nie geheiratet, nie Kinder gehabt, nie Freunde gefunden. Sie war auch ein bisschen komisch. Sie hat geraucht wie ein Schlot und die Wohnung immer fest zugesperrt, auch wenn ich bei ihr war. Und sie hat alle Leute auf der Straße misstrauisch angeschaut. Und ihr Englisch war grauenhaft. Jüdlisch hat meine Mama das genannt …«

»Jüdlisch?«

»Na ja, Englisch mit jüdischer Aussprache halt …«

Albert sah sie verständnislos an, und Lea dachte an Boris, der solche eher geschmacklosen Witze immer verstanden hatte.

Später, als Fritzi Albert ins Herz geschlossen hatte, sollte sie ihm all jene Ausdrücke beibringen, die sie aus ihrer Kindheit nach England und wieder zurückgerettet und Lea eingebläut hatte. Und Albert zeigte sich als gelehriger Schüler und war stolz, weil er das Gefühl hatte, in eine Art Geheimcode eingeweiht zu werden. Einmal allerdings nannte er Lea im Kreis seiner Vorarlberger Familie einen richtigen Untam. Schwestern und Eltern sahen ihn an, als spreche er chinesisch, und ihm wurde bewusst, wie weit weg Lea von diesem engen Tal war. Lea, die neben ihm saß, lachte das unbequeme Schweigen weg, erklärte, dass Albert von ihrer Mutter beeinflusst werde, die ihm allerhand Wienerisches beibringe und darunter eben auch jüdische Worte, die im Wienerischen ganz selbstverständlich vorhanden seien und dass er nur sie, Lea beleidigt habe, indem er sie einen »Untam«, also eine »Ungeschickte«, genannt habe.

Und Albert las Malvines Tagebuch und sagte zu Lea, er verstehe erst jetzt, wie einsam man sein könne, wenn man in Sicherheit, aber nicht zu Hause sei.

# 4
# Leas Traum

Sie sind alleine.

Fritzi strickt, Theo liest Zeitung.

Im Hintergrund läuft das Radio.

Sie haben gerade zu Abend gegessen.

Lea sitzt neben Fritzi auf dem Boden und spielt mit ihrer Puppe.

Die Puppe hat dunkelbraune Haut und schwarzes Haar.

Eine politisch korrekte Puppe.

Die sie aus irgendeinem Grund Maria nennt.

Draußen ist plötzlich Lärm, den Lea nicht erkennt. Irgendetwas knirscht und kracht. Lea weiß nicht, was das ist.

Dann hört sie Männerstimmen und eine Autohupe.

Sie dreht sich zu Fritzi um, zu Theo. Beide schauen zum Fenster.

Und plötzlich sieht sie, dass die Wände rings um sie aus Glas sind.

Draußen flackert etwas gelb und rot auf.

Lea erschrickt und drückt Maria fest an sich.

Plötzlich sind da auch Lollo und Hans und Tommy.

Stiefel treten gegen die Wohnungstüre.

Lea hört eine Stimme herrisch rufen.

»Aufmachen, aufmachen, ihr Judengsindel!«

Sie muss sie retten. Alle retten. Sie fliegt die Stiegen hinunter. Wie man nur im Traum fliegen kann. Sie hält Fritzi an der Hand.

Und wie in einem Chagall-Bild fliegen sie alle zusammen diese Stiege hinunter. Fliegen den Häschern davon. Und kommen doch nicht weit genug.

Denn plötzlich ist da ein Graben. Rechts ein Stacheldrahtzaun, links eine Holzwand. Dazwischen rennt sie, die Puppe im Arm. Fritzi und Theo, Lollo, Hans und Tommy sind verschwunden. Sie ist allein.

Und sie rennt um ihr Leben.

Hinter ihr die Stiefel und die Stimme.

»Judensau!«

Vor ihr der Graben. Sie sieht kein Ende. Sie rennt.

# 5
# Simon

Am Anfang träumte Lea nicht.

Am Anfang mit Albert.

Er strahlte eine solche Sicherheit und Ruhe aus, dass Lea sich aufgehoben fühlte wie nie zuvor in ihrem Leben.

Fritzis und Theos Streitereien, Theos Auszug, Fritzis Einsamkeit und dann Karl als ihr neuer Lebensmittelpunkt. All das und die Erzählungen über die Vergangenheit hatten Lea beunruhigt und ihr das Gefühl vermittelt, in einem stetigen Sturm zu leben, der sie beutelte und hin und her schob. Wenn sie das Haus verließ, war sie nie sicher, was sie erwarten würde, wenn sie zurückkam. Manchmal lag Fritzi zu Mittag noch im Bett, und Lea musste sehen, wie sie nach der Schule zu einem Essen kam. Manchmal stand Fritzi vor der Schule, packte sie an der Hand und schleppte sie zur Nordsee am Naschmarkt auf gebackene Scholle und Erdäpfelsalat. Manchmal war Erna da und Fritzi hatte gekocht. Aber wenn Lea dann nach Hause kam, wurde sie gleich nach dem Essen in ihr Zimmer geschickt. Denn Erna und Fritzi »hatten zu reden«, wie sie das nannten. Zu reden über Dinge, die Lea »nichts angingen«.

Albert war anders. Albert war verlässlich. Albert war gleichmäßig freundlich, aufmerksam und liebevoll. Wenn Albert sagte, dass er um sieben Uhr abends kommen werde, um sie abzuholen, dann stand er pünktlich vor der Türe. Wenn sie Albert bat, ihr ein Buch zu besorgen, lag es am nächsten Tag vor ihr auf der Bank im Hörsaal. Wenn sie mit Albert für einen Kino-Abend verabredet war, stand er schon am Eingang, wenn sie ankam, und hatte Karten und Popcorn besorgt. Albert war so zuverlässig, dass er ihr manchmal schon langweilig werden konnte.

Und natürlich verliebte sie sich zwischendurch in einen Schaumschläger und Blender der übelsten Art.

Er nannte sich Ronny, studierte Philosophie, konnte reden wie ein Buch und war immer so gekleidet, wie es gerade schick war. Lea verfiel ihm voll und ganz. Und war atemlos überwältigt, als er sich ihr zuwandte. Was seine Aufmerksamkeit erregt hatte, konnte sie nicht sagen, sie selbst verstand nicht, was dieser Ronny, der bei jeder Studentenversammlung das große Wort führte und bei den Demonstrationen immer in der ersten Reihe ging, an ihr fand. Dass sie eine Ausnahmeschönheit war, wusste sie nicht. Albert war für ein Austauschsemester nach England gegangen. Einmal in der Woche telefonierten sie, und jedes Mal versicherte er ihr, dass er es nicht erwarten könne, sie wiederzusehen. Lea versprach, in den Weihnachtsferien zu ihm nach Sheffield zu kommen, und erwiderte seine Liebeserklärungen, so ehrlich es ihr gelingen wollte.

In der Zwischenzeit aber war da Ronny. Sie folgte ihm wie ein Hündchen. Sie himmelte ihn an und wusste gleichzeitig, dass es ein Fehler und Albert gegenüber mehr als ungerecht war. Fritzi beobachtete sie und fragte sie eines Abends, was mit ihr los sei. Lea brach in Tränen aus und erzählte von Ronny.

»Ich kenn den nicht, aber so wie du ihn schilderst, ist das ein Ganove«, sagte Fritzi lakonisch. »Was ist mit dir los? Hab ich dir beigebracht, dich so kleinzumachen? Sicher nicht! Also reiß dich zusammen und schau ihn dir noch einmal genau an!«

Aber es half nicht. Denn Lea sah einen Großen, der ihr überlegen war und sie mit seiner Aufmerksamkeit erhob. Über all die anderen Mädchen, die ihn genauso anhimmelten. Dass er die eine oder andere auch erhörte, sollte sie erst erfahren, als sie sich ohnehin schon für Albert entschieden hatte.

Sie fuhr über Weihnachten zu ihm nach Sheffield. Eigentlich hatte sie sich zu der Reise entschlossen, um Albert zu gestehen, dass sie mit Ronny zusammen sein wollte. Ronny hatte sie zum Bahnhof begleitet, was sie fälschlicherweise als großen Liebesbeweis gewertet hatte. Er hatte sie geküsst, ihr tief in die Augen geschaut und gesagt, er freue sich auf ihre Rückkehr. Später im Zug hatte sie sich gefragt, warum es ihn so gar nicht interessiert hatte, was sie eigentlich in Sheffield zu tun hatte. Über Albert hatte sie mit ihm nie gesprochen.

Der aber überhäufte sie mit so viel Aufmerksamkeit, Fürsorge und Verständnis, dass sie es nicht fertigbrachte, ihm von Ronny zu erzählen. Sie verbrachten wunderbare englische Weihnachten mit schrecklichem Christmas Pudding und großartigen englischen Frühstücken in Alberts Studentenunterkunft, in der es so kalt war, dass sie mit fünf Decken eng aneinandergedrängt schliefen.

Als Lea aus Sheffield zurückkam, war sie schwanger. Was sie zunächst nicht wusste. Sie begann sich wieder mit Ronny zu treffen und stellte den Unterschied fest. Ronny war unzuverlässig und unaufmerksam, ließ sie oft warten oder vergaß Verabredungen mit ihr voll und ganz. Lea litt, aber irgendwie litt sie weniger. Sie dachte jetzt oft an Albert und verglich die beiden Männer immer wieder miteinander.

Lea war jetzt oft müde und stellte fest, dass ihre Brüste spannten. Als sie das Fritzi gegenüber erwähnte, schaute die ihr ins Gesicht, lehnte sich zurück und sagte: »Du bist schwanger!«

»So ein Blödsinn!«

»Wetten?«

An dem Tag, als Albert aus England zurückkam, machte Lea einen Schwangerschaftstest.

Und plötzlich war Ronny völlig uninteressant. Das hatte allerdings nicht nur mit ihrer Schwangerschaft zu tun. Sie traf ihn zwei Tage später heimlich und erzählte ihm davon. Noch bevor sie mit Albert darüber gesprochen hatte. Ronnys Reaktion war eindeutig:

»Aber nicht von mir, oder?«

»Weiß ich nicht genau«, gestand Lea.

»Na, jedenfalls lässt du's doch wegmachen, nicht wahr?«

Lea hatte ihm verziehen, als er als aufrechter Linker erklärt hatte, es sei das Recht der Palästinenser, alle Juden ins Meer zu jagen und sich gegen den Staat Israel zu wehren. Sie hatte zögernd widersprochen, aber sie hatte es ihm durchgehen lassen.

Sie hatte ihm verziehen, als er dumme Frauenwitze erzählt hatte. Sie hatte das Gesicht verzogen und ihn böse angeschaut, aber sie hatte es ertragen und versucht, Erklärungen zu finden.

Jetzt aber sah sie ihn an und fragte sich, wie sie sich so sehr in ihn hatte verlieben können.

Sie schrie ihn an.

Sie fragte ihn, was er eigentlich für ein Mensch sei.

Er lachte und sagte, er sei nicht reif für ein Kind und

schon gar nicht für eins, das wahrscheinlich gar nicht von ihm sei.

Lea stand auf, nahm das Glas Orangensaft, das vor ihr stand, und goss es Ronny über den Kopf. Dann ging sie zum Kellner, zahlte ihren Saft und Ronnys Kaffee und ging.

Am selben Abend erzählte sie Albert von der Schwangerschaft und der umarmte sie und sagte, das sei doch fantastisch, sie würden das genießen und er freue sich.

Lea tat sich trotzdem schwer, auch mit Alberts Wunsch, zu heiraten.

Beides nahm ihr die Luft zum Atmen.

Fritzi machte Pläne. Sie kaufte Babywäsche und den teuersten Kinderwagen, den sie finden konnte. Und sie plante die Hochzeit. Am Ende ließ sich Lea überzeugen. Sie bestand aber darauf, keine große Sache aus der Heirat zu machen.

Trotzdem drängten sich am Ende mehr als 50 Menschen in dem Wartesaal des Standesamtes. Lea war schlecht. Seit sie schwanger war, war ihr tagelang schlecht. Sie hatte Ronny aus ihrem Kopf und ihrem Herz verjagt, trotzdem dachte sie jetzt an ihn.

Kurz bevor sie aufgerufen wurden, nahm sie Albert beiseite und beichtete ihm die Geschichte mit Ronny. Dass sie nicht sicher war, wessen Kind sie da gerade ausbrütete, sagte sie nicht.

Albert wurde blass und lehnte sich an die Wand.

»Und jetzt?«

»Und jetzt heiraten wir?«

»Wenn du willst?«

»Ja, natürlich, ich bin geheilt!«

»Das heißt aber nicht, dass du mich willst!«

»Ich will dich, weil du nicht groß redest und dich nicht aufspielst – und weil du weißt, dass ich Jüdin bin, und trotzdem zu mir stehst! Und weil du mich zum Lachen bringst wie sonst niemand auf der Welt!«

»Weil ich weiß, dass du Jüdin bist? Hat dieser Mensch das denn nicht gewusst?«

»Doch …«

»Alles keine wirklichen Heiratsgründe! Willst du mit mir leben, oder bin ich nur der Pausenclown?«

Lea sah Albert an und sah ihn plötzlich zum ersten Mal. Sie hatte ihn immer für selbstverständlich gehalten. Er himmelte sie an, verehrte Fritzi und deren schwierige Freundinnen und hatte sich über ihre Schwangerschaft gefreut. Er war eben da und sie war bei ihm in Sicherheit. Aber liebte sie ihn? Konnte sie sich vorstellen, mit ihm ein Kind großzuziehen? Mit ihm ihr Leben zu verbringen?

»Ist es mein Kind?«

»Ich glaub schon!«

»Du glaubst schon?«

»Es ist dein Kind, wir haben es in Sheffield gemacht. Wir könnten es Robin Hood oder Maid Marian nennen!«

»Die haben aber nichts mit Sheffield zu tun!«

»Trotzdem …«

Und plötzlich lachte Albert, und als Lea ihn ansah, wusste sie, dass sie es zumindest versuchen wollte. Wer würde denn sonst in so einer Situation über solchen Unsinn lachen?

»Gehen wir jetzt heiraten?«

Und auf einmal stand Fritzi vor ihnen, in einem hellgrünen Seidenkostüm mit künstlich wild gelocktem Haar und Fotoapparat in der Hand und sah sie böse an!

»Was ist los? Habt ihr es euch anders überlegt? Dann zahlt ihr aber das Essen und alles andere!«

Albert umarmte Fritzi, sagte, er könne sich keine bessere Schwiegermutter als sie vorstellen, und selbstverständlich würde er es sich nie im Leben anders überlegen, denn er liebe Fritzi zu sehr.

Fritzi lachte kokett und küsste Albert auf beide Wangen. Dann wandte sie sich an Lea.

»Du schaust aus wie gespieben! Da hast du mein Puder und den Lippenstift. Mach was, so heiratet man nicht!«

Lea sah in den kleinen Spiegel und legte etwas von Fritzis knallrosa Lippenstift auf. Womit sie noch bleicher aussah.

»Na, immerhin«, sagte Fritzi resigniert und nahm Lea fest unter den Arm.

Ohne auf Theo und Karl zu hören, die sich beide zu ihnen gesellt hatten und versuchten, Lea in die Mitte zu nehmen – wie das bei Hochzeiten eben so üblich war.

Lea sah Albert schon auf dem dafür vorgesehenen Sessel sitzen. Er hatte sich zu ihr und Fritzi umgewandt, und als er die drei sah, die sich um die blasse Lea drängten, lachte er so laut, dass die Standesbeamtin irritiert aufsah.

Auch Lea lachte und befreite sich aus den Fängen von Mutter, Vater und Stiefvater, lief zu Albert und küsste ihn fest auf den Mund, bevor sie sich neben ihn setzte. Albert seufzte erleichtert auf, aber das hörte nur Lea.

»So eine komische Hochzeit hab ich überhaupt noch nicht gesehen«, sollte sich Fritzi später beim Essen mokieren. Aber Lea und Albert waren zufrieden. Und Lea war sich plötzlich sicher, dass das Kind von Albert war.

Simon kam zwei Wochen zu früh auf die Welt und war ein anstrengendes Baby. Lea verbrachte die ersten Monate mit ihm an der Brust. Sie war überfordert und fühlte sich isoliert. Statt zu Vorlesungen zu gehen, Freunde zu treffen und das Leben zu genießen, wechselte sie Windeln, stillte und schlief, sobald Simon die Augen schloss, weil sie ständig müde war. Sie verschlang jedes Buch, das ihr unterkam, während sie das Baby an der Brust saugen ließ oder es auf ihrem Bauch schaukelte, um es ruhig zu halten. In dieser Zeit brachte ihr Albert auch Marek Halters »Abraham: Wege der Erinnerung« mit und sie fraß das Buch in sich hinein, während sie stillte.

Sie kochte nicht, sie räumte nicht auf, sie putzte nicht, sie wusch nur Simons Wäsche und machte das Bett nicht. Fritzi kam und diagnostizierte ohne jede fachliche Kompetenz eine postpartale Depression. Lea warf sie hinaus und verbat sich ihre Ratschläge. Albert versuchte zu vermitteln und bekam von beiden wenig Dank dafür. Überhaupt erwies sich Albert in dieser Zeit als Weltmeister an Geduld. Er putzte und kochte, kümmerte sich um Simon, wann immer er zu Hause war. Allerdings war er wenig da. Er schrieb an seiner Doktorarbeit, und da Simon unruhig und laut war, verlegte er seinen Hauptwohnsitz in die Nationalbibliothek, wo er die Ruhe genoss und sich für die Abende mit dem raunzenden Simon und der unleidlichen Lea stärkte.

Aber Halters Buch holte sie aus ihrer mütterlichen Vertiefung. Plötzlich wollte sie wieder studieren. Und sich mit dieser unsäglichen Zeit beschäftigen, die Halter so nachdrücklich beschrieb.

Sie las jetzt noch mehr, aber gezielter. Wie besessen verschlang sie die Bücher von Imre Kertesz und Ruth Klüger. Und immer deutlicher wurde ihr, dass sie Geschichte zu Ende studieren und dann den Kindern beibringen wollte, was da geschehen war vor den Augen der Welt und ohne dass sich einer der Täter je wirklich schuldig gefühlt hätte.

Als Simon ein Jahr alt wurde, fand Lea eine Tagesmutter, nahm ihr Studium wieder auf und fühlte sich wie neu geboren. Sie dankte Albert seine unendliche Geduld mit neuer Fröhlichkeit, obwohl Simon immer noch ein anstrengendes Kind war, das schnell unglücklich und untröstlich werden konnte. Lea verzweifelte manchmal an ihm, aber Albert erzählte ihr von seinen Schwestern, die als Babys genauso gewesen seien, nahm ihr Simon ab und warf ihn solange in die Luft, bis dieser laut gurgelnd lachte und ein glückliches Gesicht machte.

Nach und nach wurde Simon ruhiger. Er schlief jetzt manchmal eine ganze Nacht durch – was seine Eltern stets anmerkten und entsprechend feierten. Und Lea begann, die Zeit mit ihm zu genießen, während sie sich weiter ihren Studien widmete. Albert hatte sein Studium schon sehr erfolgreich abgeschlossen – einschließlich einer ausufernden Feier, zu der alle Schwestern und die Eltern aus dem engen Tal angereist kamen, um Lea und ihre Familie gebührend zu bestaunen. Fritzi trat an diesem Tag in einem kanariengelben Kostüm mit dazugehörigem, ebenso knallgelbem Hütchen samt kleinem Schleier, eleganten Handschuhen, hochhackigen Pumps und kleiner Handtasche auf und hatte nicht nur den bereits leicht verwirrten Karl mit seinen Söhnen, sondern auch Theo mit seiner neuen Frau im Schlepptau, schließlich will so ein Studienabschluss gebührend gefeiert werden, fand sie. Auch Erna war eingeladen worden, und da es ein heißer Frühsommertag war, trug sie ein ärmelloses Kleid, das die eintätowierte Nummer auf ihrem bleichen Arm deutlich sichtbar machte. Lea sah die Irritation in den Augen ihrer Schwägerinnen und Schwiegereltern und tat sich schwer, ihnen zu erklären, wer wer war in dieser auf Alberts Familie mehr als exotisch wirkenden Gruppe von Menschen. Trotzdem unterhielten sich alle gut beim Heurigen, zu dem Albert und Lea eingeladen hatten, Simon wurde von Hand zu Hand gereicht und über die Maßen gedrückt und geküsst, und Albert strahlte »wie ein frisch lackiertes Hutschpferd« – wie Fritzi wenig charmant anmerkte. Keiner fragte Lea, wann sie denn ihr Studium abzuschließen gedenke, dafür gab es von Seiten der Schwägerinnen und Schwiegereltern mehrere kaum verschleierte Anspielungen auf eventuelle weitere Kinder. Lea biss sich auf die Zunge und sagte gar nichts.

Sie hatte gerade Anne Franks Tagebuch wieder gelesen. Man hatte es ihr selbstverständlich schon als Kind gegeben, und sie hatte damals sehr geweint. Aber wirklich begriffen hatte sie nicht, was es hieß, so um sein Leben zittern zu müssen. Sie hatte es sich einfach nicht vorstellen können, sie, die es zu Hause warm und gemütlich hatte und sich trotz der Trennung ihrer Eltern geborgen fühlen konnte. Sie, die im Wiener Eislaufverein umschwärmt war und der es nie eingefallen war, sich bedroht zu fühlen. Von den regelmäßig wiederkehrenden Träumen einmal abgesehen.

Während Lea weiterstudierte, wurde Simon abwechselnd von Fritzi und Karl oder Theo abgeholt, dessen neue Frau Erika nicht viel mit kleinen Kindern anfangen konnte.

Fritzi amüsierte sich königlich, ließ sich gerne von aller Welt versichern, dass sie die jüngste, fescheste und tüchtigste Großmutter aller Zeiten sei, und verwöhnte den Enkelsohn nach Strich und Faden.

Wenn sie mit ihm zur Konditorei Demel am Hohen Markt ging, weil es dort die »besten Krapfen« von Wien gab, lachte der verwirrte Karl und fand das originell. Theo allerdings verleiteten solche Ausflüge zu Leas Lieblingsspruch: »Aufgewachsen bei grünen Jalousien!«

Simon wusste das Privileg, eine etwas verrückte Großmutter zu haben, durchaus zu schätzen. Manchmal, wenn Lea ihn abends abholen kam, wollte er gar nicht weg, und Lea ärgerte sich und war ein bisschen eifersüchtig auf ihre Mutter.

Er gedieh prächtig. Und manchmal sah Lea ihn an und fand Albert und dessen ganze Familie in ihrem Sohn versammelt und fragte sich, was wohl aus ihm werden würde. »Eisenbahner, Schornsteinfeger oder Tanzlehrer? Oder vielleicht Ingenieur, so wie in ›dem Ingenieur ist nichts zu schwör‹?«, machte sich Albert dann über sie lustig.

Aber was Simon wirklich liebte, waren Autos. Mit vier konnte er sämtliche Automarken unterscheiden, und Lea litt, weil sie nie geglaubt hätte, dass Buben sich tatsächlich so wie Buben entwickeln mussten.

Albert lachte, sagte, alle seine Schwestern hätten nur mit Puppen gespielt und Friseurin werden wollen, und erklärte ihr, welche Vorteile ihnen beiden später erwachsen würden, wenn Simon Autoverkäufer werden sollte. Lea lachte mit, hatte aber ein kleines mulmiges Gefühl in der Magengegend. Ihr Sohn ein Autoverkäufer? Als Simon fünf wurde, hatte Lea ihr Studium abgeschlossen und begonnen, als Lehrerin für Geschichte zu arbeiten – und stellte am Ende des ersten Schuljahrs fest, dass sie wieder schwanger war.

Albert freute sich und sagte, er wünsche sich, wie sie ja wisse, eine ganze Fußballmannschaft und sie seien in der Planung ohnehin im Verzug.

Die zweite Schwangerschaft war leicht für Lea. Sie hatte jetzt einen Beruf und konnte sich mit dem Wiedereinstieg Zeit lassen. Sie kündigte der Tagesmutter und ließ Simon seltener zu Fritzi oder Theo. Stattdessen ging sie mit ihm ins Museum, ins Kino und ins Kindertheater, und Simon dankte es ihr mit Fragen, für die er eigentlich noch viel zu jung war.

Fritzi hatte zunächst bezweifelt, ob das wirklich der richtige Zeitpunkt für ein zweites Kind sei. Sie, Fritzi, hätte sich nicht vorstellen können, zwei Kinder zu lieben, ihr habe ihre Tochter Lea vollauf genügt. Lea ging nach diesem Gespräch beleidigt nach Hause und rief Fritzi eine Woche lang nicht an. Bis diese plötzlich vor der Tür stand, in der Hand eine Schachtel mit Demelkrapfen für Simon und einem speziellen Parfüm für Lea und sie fragte, was eigentlich los sei. Lea warf ihr daraufhin vor, ihre zweite Schwangerschaft nicht richtig zu finden.

»Weißt du, mein Schatz, damals in England wollte ich gar keine Kinder haben, weil die Welt so war, wie sie war. Und dann hab ich dich gekriegt, weil Frieden war und Lollo sich das auch getraut hatte, weil so viele doch ermordet worden sind und wir den Auftrag hatten, weiterzuleben und neues Leben zu schaffen. Und natürlich warst du alles, was ich mir wünschen konnte. Und der Papa war auch glücklich mit dir. Aber ob die Welt soweit wieder gesund ist, dass wir noch ein zweites Kind kriegen, darüber haben der Papa und ich oft geredet. Und wir waren uns nicht sicher genug. Und jetzt kriegst du also noch so einen Zwerg und das ist einerseits schön, aber andererseits auch ein bisschen beängstigend. Und könnt ihr euch das überhaupt leisten?«

Nach dieser Ansprache weinte Lea, und erst als Albert am späten Nachmittag nach Hause kam und ihre Zweifel mit den Erzählungen aus seiner geschwisterreichen Kindheit zerstreute, beruhigte sie sich wieder.

Mimi war perfekt. Sie kam zum genau errechneten Geburtstermin auf die Welt, machte es Lea unglaublich leicht, weil sie nach nur zwei Stunden Wehen schon »einfach so rausgeflutscht ist«, wie Fritzi Theo begeistert berichtete, als dieser ins Spital kam, um die neue Enkelin zu begrüßen, und hatte auch sonst keine der schlechten Gewohnheiten übernommen, mit denen ihr älterer Bruder die Eltern gequält hatte. Sie schlief und aß und wenn sie wach war, lachte sie alle an, die sich ihr näherten – vor allem Simon. Den himmelte sie vom ersten Tag ihres Lebens an. Obwohl er gar nicht so begeistert war. Zum einen hatte er natürlich einen Bruder haben wollen, zum anderen aber fand er das Baby langweilig. Lea erzählte ihm, wie Mimi ihn liebte, weil er ihr großer Bruder sei, und dass die kleine Schwester ihm bald schon eine wunderbare Spielgefährtin sein werde, aber er ließ sich nicht davon abbringen, dass er lieber ein großes Auto bekommen hätte, in dem er selbst fahren konnte, als eine kleine Schwester, die die Mutter mit Beschlag belegte.

Lea war zunächst erschöpft. Simon verlangte sein Recht, das ihm als einziges Kind zugestanden worden war und ihm jetzt von dem Baby streitig gemacht zu werden schien. Er war heftig eifersüchtig, aber bald auch sehr stolz auf die kleine Schwester, und wenn Besuch kam, brüstete er sich damit, dass er sie schon alleine herumtragen durfte. Dass er, wenn ihn keiner beobachtete, manchmal auch den einen oder anderen Baustein in Mimis Kinderbettchen schmiss, verriet er nie, sodass Lea lange brauchte, bevor sie begriff, was es mit den bunten Spielsteinen in der Wiege auf sich hatte.

Fritzi allerdings verliebte sich unsterblich in das kleine Menschlein mit den nach allen Seiten wegstehenden, dichten, schwarzen Haaren. Es verging keine Woche, in der sie nicht Kleidchen, Haarreifen und Spangen, Strumpfhosen und Jäckchen mitbrachte, in allen Schattierungen von Rosa und mit Blümchen und Maschen dicht besetzt.

Lea wusste nicht so genau, ob sie sich darüber freuen sollte, aber Mimi sah hinreißend aus in Fritzis Geschenken, und als sie größer wurde, machte sie alle Versuche Leas zunichte, indem sie auf rosafarbener Kleidung und jeder Menge Schmuck bestand. Fritzi fand das entzückend und nahm die Enkelin später häufig und gerne zu ausgedehnten Einkaufstagen mit, nach denen Mimi mit den Händen voller Papiertaschen und dem Bauch voller Süßigkeiten nach Hause zurückkam.

Als Mimi ein Jahr geworden war, fing Lea wieder an, als Geschichtelehrerin zu arbeiten. Es fiel ihr schwer. Die Kinder, die sie unterrichtete, kamen aus vielen verschiedenen Ländern und Kulturen, und vieles, was sie erzählte, erschien ihnen völlig absurd. Lea, die Simon schon jetzt zu erzählen begann, was es hieß, fremd oder verfolgt zu sein, kam nicht zurecht mit dem, was die Wiener Kinder da plötzlich von zu Hause mitbrachten und vor ihr ausbreiteten. Dass zu viele »Fremde« da seien, die sich »nicht anpassen wollten«, die man nicht verstehe, weil sie nicht ordentlich deutsch sprächen, und die überhaupt nur störten und »von unseren Steuergeldern leben«. Der 15-jährige Bub, der diese letzte Weisheit im Brustton der Überzeugung von sich gab, kam aus einer sehr wohlsituierten Zahnarztfamilie, die im 18. Bezirk in einer Villa lebte. Als ein türkischer Mitschüler ihn fragte, seit wann er denn Steuern zahle, gab er patzig zurück, sein Vater zahle mehr Steuern als Mohammeds Vater verdiene. Lea warf sich zwischen die beiden, die sich gerne geprügelt hätten, und versuchte, ihnen etwas beizubringen über die Geschichte, die schon einmal mit derlei Auseinandersetzungen begonnen habe. Später erzählte ihr ein Kollege, dass die beiden sich am Ende doch noch geprügelt hatten, weil der eine die Mutter des anderen eine Kopftuchschlampe genannt hatte.

Als Lea Albert davon erzählte, sah der sie mitleidig an und sagte, er sei froh, nur die Unterstufenschüler zu unterrichten, die kannten wenigstens solche Ausdrücke noch nicht. Lea musste lachen und erinnerte Albert an die Schimpfworte, die Simon manchmal aus dem Kindergarten mitbrachte.

Simon war ein guter Schüler und ein erstaunlich friedlicher Bub. Das sollte er auch in der Pubertät bleiben. Er tat, was er tun sollte, war kaum je frech und lernte gut. Lea fand ihn etwas zurückhaltend. Wenn sie versuchte, ihn zu umarmen und zu küssen, wurde er steif wie ein Brett und ließ es geschehen. Nicht so wie Mimi, die mindestens einmal pro Tag in einem Anfall von Liebe ihre Mutter fast umwarf und mit Küssen bedeckte.

»Er ist eben dein Sohn«, sagte Lea zu Albert, dem sie diese Art der Distanz auch erst hatte abgewöhnen müssen. Wobei Fritzi ihr sehr geholfen hatte, die jegliche Zurückhaltung einfach ignorierte und – nachdem sie Albert einmal akzeptiert hatte – gar nicht daran dachte, ihn mit ihren Überschwänglichkeiten zu verschonen.

Inzwischen war auch Harry schon auf der Welt, der zu Simon aufsah, sich aber auch ein bisschen vor ihm fürchtete. Harry, der tagelang an seinem kleinen Schreibtisch sitzen und malen konnte. Harry, der auf seinem Bett lag und las, bis ihm die Augen zufielen. Romane, über deren Inhalt er sich dann stundenlang mit Albert oder Lea unterhalten wollte. Harry, der so ganz anders war als Mimi und Simon. Mimi betete ihn an – er war ihr Baby. Simon hielt sich zurück, er war zuerst von Mimi entthront worden, aber die war wenigstens ein Mädchen gewesen. Aber jetzt war da noch ein Bub, fast noch ein Baby, und den umhätschelte die ganze Familie, einschließlich Albert. Das war zu viel für Simon. Er fand bei Theo Unterstützung, schloss sich diesem so eng an, wie Theo es zuließ, und schien auch seine Berufswahl mit dem Großvater abzusprechen. Denn als Simon mit der Schule fertig war, eröffnete er Lea, dass er Wirtschaft studieren werde, weil er später in einer Bank arbeiten und Karriere machen wolle.

Lea fragte Albert, was sie falsch gemacht hätten.

»Ist doch o.k.«, sagte Albert, »wenn es das ist, was er machen will, dann soll er doch, das finde ich nicht so schlimm!«

»Nicht so schlimm? Nicht so schlimm? Er interessiert sich nur fürs Geld, wenn ich ihm was von den Großeltern oder den Urgroßeltern erzähle, sagt er, ich soll damit aufhören, das ist doch Geschichte und aus und vorbei, und lesen will er auch nur Wirtschaftszeitungen oder Bücher, die damit zu tun haben! Wie kann das bei einem meiner Kinder passieren?«

Aber Simon hielt stur an seinem Berufswunsch fest und wurde dabei von seinem Großvater tatkräftig unterstützt. Als Lea sich bei Fritzi deswegen ausweinte, sagte die nur: »Na ja, wenigstens einer in der Familie, der Geld verdienen wird, ist doch nicht schlecht, oder?«

Mimi, Fritzis Liebling, hatte von allem Anfang an einen anderen Weg eingeschlagen. Als kleines Mädchen hatte sie sich einen Arztkoffer gewünscht und damit gespielt. Später würde sie Medizin studieren und eine sehr engagierte Ärztin werden, auf die Lea unglaublich stolz war, wenn ihr auch schien, als ob es für Mimi gar kein anderes Thema mehr gebe als ihre ärztliche Arbeit.

Doch nachts lag Lea wach und machte sich Sorgen. Simon, der sich nur für Wirtschaft und Bankwesen interessierte und ihr so fremd geworden war. Mimi, die sich jede Woche aufs Neue unglücklich verliebte. Und Harry. Harry, ihr Kleiner, der ihr längst über den Kopf gewachsen war und um den sie sich die meisten Sorgen machte, obwohl er brav Mathematik studierte, so wie das sein Vater gemacht hatte. Harry erschien ihr der Unsicherste von allen ihren Kindern und der, der ihre schützende Hand am meisten brauchte.

Albert macht sich lustig über ihre Mutterängste. Er findet seine drei Sprösslinge sehr gelungen und versichert ihr, dass es keinen Grund gibt, nachts wach zu liegen und sich zu sorgen.

Aber Lea kann nichts gegen ihre Schlaflosigkeit tun. Sie sorgt sich um Simon, der sich gerade seine erste Wohnung gemeinsam mit seiner Freundin Lilly, einer herzlichen, energischen, jungen Frau, genommen hat, von der sie hofft, dass sie ihren Ältesten auf andere Gedanken bringen wird. Denkt Lea, wenn sie nachts wach liegt neben Albert, der ruhig vor sich hin schnarcht.

Um Mimi, die gerade mit ihrem Medizinstudium fertig geworden ist und sich von der neuesten Enttäuschung in Sachen Liebe so gar nicht erholen will. Die ihre Arbeit als Ärztin liebt, aber keinen Mann findet, der ihr gerecht würde, und deshalb Lea manchmal genauso anschreit, wie Lea früher Fritzi angeschrien hat. Jetzt schüttet Mimi Fritzi ihr Herz aus und ist ungeduldig mit ihrer eigenen Mutter. Die sich darüber kränkt, von Albert dafür aber wenig Verständnis erntet.

»Bist du vielleicht eifersüchtig auf die Oma? Sei doch froh, dass die Mimi sich so gut mit ihr versteht«, sagt er, und Lea schreit ihn wieder einmal an, dass er sie nicht verstehe und keine Ahnung habe, wie sie sich fühle.

Und Harry.

Harry, der studiert und schweigt. Der ihr nie sagt, wenn ihn etwas bedrückt, dem sie jedes Wort aus der Nase ziehen muss. Der ihr immer zuhört, immer lieb und freundlich ist und den sie nicht versteht.

Fritzi versucht sie zu beruhigen, Harry sei so wie Theo, einer, der nicht viel rede und sich sein Teil denke, das sei doch nichts Außergewöhnliches, meint sie, als Lea ihr von ihren Ängsten erzählt. Harry studiere doch brav, mache seine Prüfungen und habe Freunde. Dass er noch keine Freundin habe, sei nicht weiter schlimm, das werde schon noch kommen, sagt Fritzi auch, und Lea denkt wieder einmal, dass Fritzi ein bisschen eindimensional denkt.

Seit Karl im Pflegeheim ist und Fritzi nicht mehr erkennt, besucht Mimi sie, so oft sie freihat.

»Worüber redet ihr?«, fragt Lea, wenn Mimi wieder einmal einen halben Tag bei Fritzi verbracht hat.

»Über das Leben«, sagt Mimi spitz.

»Warum redest du nicht mit mir über das Leben?«

»Mit dir kann man darüber ja nicht reden, dich interessiert nur, ob ich verliebt bin und wie viel ich gezahlt krieg«, sagt Mimi.

Mit ihr kann man nicht reden? Sie interessiert sich nur für Männer und Geld? Wie kommt Mimi dazu, ihr so etwas an den Kopf zu werfen?

Später liegen sie sich in den Armen und weinen ein bisschen miteinander und dann kuschelt sich Mimi zu ihr aufs Sofa wie früher, als sie ein kleines Mädchen war und wollte, dass Lea ihr eine Geschichte erzählt.

»Eine ganz für mich allein, die der Simon und der Harry nicht wissen dürfen!«, hat sie verlangt, und Lea hat nur für sie ganz allein die unmöglichsten Märchen erfunden. Und für die Buben genauso, aber eben abgewandelt, sodass jeder der drei seine ganz eigene Geschichte bekommen hat, zu besonderen Gelegenheiten.

Jetzt will Mimi nur bei ihr liegen, sich fest an sie drücken und gestreichelt werden, und Lea ist so glücklich über diese Nähe, dass sie gleich wieder weinen würde, wenn sie nicht Angst hätte, Mimi damit zu verstören.

Simon jedenfalls studierte nicht nur eifrig, sondern auch schnell.

Mit 24 hatte er das Studium abgeschlossen und fand rasch einen Arbeitsplatz bei einer großen internationalen Bank, die ihn schon bald zunächst in ihre Zentrale nach London berief und später in die entlegensten Ecken der Welt schickte, was Lea durchaus gefiel, auch wenn es zur Trennung von Lilly führte, die dieses Leben nicht teilen wollte. Natürlich fuhr sie ihn mehrmals in London besuchen, aber irgendwie war es nicht mehr das London, das sie mit 16 so in seinen Bann gezogen hatte. Malvine fehlte, und als sie sich aus blanker Langeweile, weil Simon den ganzen Tag beschäftigt war und sie es hasste, alleine umherzuziehen, entschloss, Boris anzurufen, wurde es auch nicht besser. Boris war dick geworden, hatte eine Glatze bekommen und kam mit seiner ebenso dicken Frau, mit der er schon vier Kinder hatte. Lea erkannte ihn kaum wieder und wusste nach wenigen Minuten schon nicht mehr, worüber sie mit ihm sprechen könnte. Zum Glück hatten sie sich zum Tee verabredet und so konnte sie nach einer qualvollen Stunde erklären, sie müsse jetzt gehen, Simon wolle sie zum Abendessen ausführen. Boris entschwand damit für immer aus ihrem Kopf.

Sie fuhr nach Leeds, um sich auf Fritzis und Theos Spuren zu begeben. In dem Haus, in dem sie damals gelebt hatten, hauste jetzt ein junger Mann. Er machte ihr auf, als sie läutete, und als sie ihm erzählte, dass ihre Mutter früher hier gelebt hatte, lud er sie freundlich ein, einzutreten. Allerdings verließ sie das Haus bald fluchtartig, weil der junge Mann dort mit fünf riesigen Hunden lebte, die zwar zutraulich waren, aber auch unglaublich stanken. Lea bekam einen Hustenanfall, verabschiedete sich schleunigst, fuhr zurück ins Hotel und duschte ausgiebig. Trotzdem hatte sie tagelang das Gefühl, es stecke ihr ein Hundehaar im Hals.

Mit 30 hatte Simon einen Führungsposten in der Zweigstelle einer kanadischen Bank in Frankfurt, und als er zu Mimis Promotion auf Besuch kam, stellte er Lea und Albert seine »Verlobte« Gerlinde vor.

»Wir haben uns nie verlobt«, sagte Lea zu Albert, als sie nach dieser Begegnung endlich im Bett lagen.

»Nein, aber das heißt ja nicht, dass er das nicht darf ...«

»Du hast für alles immer eine Entschuldigung, ich find das so spießig, wieso hab ich so einen spießigen Sohn?«

»Na, vielleicht hat er das von mir?«, sagte Albert, und an seinem Tonfall erkannte Lea, dass ihn die Diskussion zu irritieren begann.

»Ja, von dir und deinen Schwestern!«

»Und überhaupt, was hast du dagegen? Ist er also verlobt, was stört dich das?«

»Mich stört, dass sie Gerlinde heißt«, sagte Lea und dachte plötzlich, dass sie sich wie Fritzi anhörte.

Die verabscheute die »Braut« ihres Enkels von allem Anfang an aus ganzem Herzen.

»Eine echte Gojte«, sagte sie, als sie Gerlinde kennengelernt hatte.

Dabei war Gerlinde eine schüchterne, liebenswerte junge Frau mit großen blauen Augen und dichtem, dunkelblondem Haar, das ihr in großen Wellen auf den Rücken hing. Sie war von Lea und Albert, von Mimi und Harry und Fritzi sehr angetan gewesen und hatte alles getan, um von der Familie gemocht und akzeptiert zu werden. Das sollte erst anders werden, als sie selbst ihr erstes Kind, Ludwig, zur Welt gebracht hatte und nicht nur darauf bestand, dass es getauft würde, sondern die Familie ihres Mannes nicht dabeihaben wollte – »die haben ja mit der Kirche nichts am Hut«, hatte sie Simon erklärt und der hatte ihr nachgegeben. Lea hatte ihm das sehr übel genommen. Trotzdem buhlte sie von da an um Gerlindes Liebe – weil sie das

Kind Ludwig liebte und froh war, wenn sie den Kleinen wenigstens zu Weihnachten und Ostern zu Gesicht bekam.

Gerlinde und Simon setzen der Reihe nach drei Buben in die Welt. Simon machte Karriere und Geld spielte keine Rolle. Als Gerlinde zum vierten Mal schwanger wurde, fragte Lea vorsichtig nach, wie viele Kinder Simon denn noch zu zeugen beabsichtige. Simon sah sie kalt an und sagte, er habe ja im Gegensatz zu ihr und seinem Vater genug Geld, um seine Kinder entsprechend aufzuziehen, und sie solle sich keine Sorgen machen, er und Gerlinde kämen sehr gut auch ohne sie zurecht.

Lea weinte zwei Tage lang. Theo verteidigte Simon und auch Albert fand, sie sei wohl ein bisschen geschmacklos gewesen mit ihrer Frage. Lea aber konnte es nicht fassen. Ihr Baby, ihr Simon war ihr plötzlich so fremd, er war plötzlich so deutsch geworden. Als Banker in Frankfurt, immer in Anzug und Krawatte, mit einer Frau namens Gerlinde und drei Buben, die Ludwig, Leopold und Lars hießen. Und keine Ahnung hatten, welche Geschichte es in ihrer Familie auch gab. Und auch nicht wussten, was vor 70 Jahren aus ihrer Wiener Großmutter geworden wäre und dass möglicherweise ihr Frankfurter Großvater damals ihre Wiener Großmutter umgebracht hätte …

Als Lea versuchte, mit Albert darüber zu sprechen, sah der sie nur kopfschüttelnd an und sagte, sie solle nicht versuchen, ihre Enkelkinder mit dem zu belasten, was ihr selbst schlaflose Nächte verursache.

»Aber schau dich doch um. Es beginnt doch schon wieder genau so wie damals! Sie reden schon wieder über Menschen erster und zweiter Klasse, sie verdächtigen schon wieder Gruppen von Leuten pauschal als Verbrecher. Es sind vielleicht nicht mehr die Juden, aber halt andere, die man plötzlich nicht haben will, weil sie anders sind. Das hat es doch alles schon einmal gegeben. Und meine Enkelkinder sehen und hören das und keiner impft sie dagegen. Simon arbeitet Tag und Nacht, und wenn er da ist, redet er nicht darüber. Und seine Gojte erzählt ihnen schon gar nichts. Und wenn meine Enkelkinder mir nächstens erklären, dass Muslime keine Menschen sind? Was mach ich dann?«

Albert warf ihr vor, ein bisschen hysterisch zu sein, versicherte ihr, dass es sicher nicht mehr so weit kommen werde wie damals, und gab ihr dann deutlich zu verstehen, dass sie sich da in etwas verrenne und sich lieber über ihre zahlreichen Enkelkinder freuen solle.

Fritzi wiederum beeindruckte ihre Freundinnen mit der Tatsache, dass sie stolze Urgroßmutter sei, und wich jedem Gespräch über die Erziehung der Urenkel geschickt aus. Mit dem Hinweis auf ihr biblisches Alter und die Tatsache, dass sie schon genug am Tod ihres geliebten Karl zu leiden habe.

Dass auch Theo inzwischen 92 Jahre alt und vollständig dement war und somit nicht mehr als ihr Gesprächspartner zur Verfügung stand, war ein weiteres Argument dafür, nichts mehr von Leas Sorgen wissen zu wollen.

Obwohl sie selbst voller Sorgen war. Wann immer Lea sie besuchte, fand sie sie entweder über eine Zeitung gebeugt oder vor dem Fernseher sitzend, mit dem Fritzi gerne und laut stritt.

»Ich erinnere mich, ich erinnere mich und jetzt ist es wieder so weit«, sagte sie, und Lea brach es fast das Herz, wenn sie die Mutter so sah.

Sie selbst war unruhig und dachte an alles, was sie gelesen und gehört hatte. Und fragte sich, wieso ihre drei Kinder so unterschiedlich geraten waren. Ihr Simon, ihr erstes Baby, der nichts wissen wollte von ihrer Familiengeschichte und ihr vorwarf, ihn damit einfach nur fester an sich binden zu wollen. Ihr erster »Bub«, den sie so unendlich geliebt hatte und der ihr jetzt so unendlich fremd geworden war.

Zu Fritzis 90. Geburtstag kam er mit seinen vier Söhnen und seiner blonden Frau zu Besuch. Die Buben waren bezaubernd, und Lea wurde nicht müde, sie mit allem möglichen zu verwöhnen und sich alle möglichen Vergnügungen für sie auszudenken. Gerlinde war kühl und abweisend und fand Leas »Getue« um die Buben übertrieben und schädlich. Mimi sah die Schwägerin ein einziges Mal und erklärte Lea, sie werde es vermeiden, dieses Treffen zu wiederholen. Simon aber hielt mit der kalten Blondine Händchen, gab ihr in allem recht und sagte zu Lea, sie solle sich nicht aufführen wie eine »jiddische Mame«. Sogar Albert, der Leas Empfindlichkeiten sonst eher belächelte, fand, dass der Sohn sich für diese Äußerung zu entschuldigen habe. Auch wenn Lea selbst später im Bett, als sie länger auf Albert eingeredet hatte, lachen musste über die, wie sie fand, ja durchaus irgendwie zutreffende Bezeichnung.

»Weil, ich bin ja eine jiddische Mame! Und ich bin stolz darauf!«, sagte sie, und Albert nahm sie in die Arme und küsste sie lange und ausführlich auf den Mund.

»Solang du noch über dich selbst lachen kannst, ist nichts verloren«, sagte er, und Lea dachte, dass es genauso war. Solange ihr das Lachen nicht verging, gab es noch Hoffnung. Zum Beispiel auch auf die vier L´s, wie sie Simons Buben bei sich nannte. Denn auch der vierte, der gerade drei gewordene Bub, war ein L. Er hieß Lorenz, was Lea, als Simon es ihr mitteilte, mit der schnippischen Bemerkung quittiert hatte, seine Gerlinde habe wohl an den alten Nazi Konrad Lorenz gedacht in der Schwangerschaft, woraufhin ihr Sohn beleidigt die Augen verdreht hatte und aus dem Zimmer gegangen war.

Lorenz war ein entzückender kleiner Fratz. Er war charmanter als seine drei großen Brüder und wusste das geschickt einzusetzen. Lea verfiel ihm von der ersten Minute an und verteidigte ihn gegen die Angriffe seiner wohl zu Recht ziemlich eifersüchtigen drei älteren Brüder. Lorenz dankte es ihr mit heftigen Umarmungen und schokolade- oder zuckerverschmierten Küssen, die er ihr mitten auf ihre runden Backen drückte, wobei er sie mit beiden Ärmchen fest umfangen hielt.

Zu Fritzis Geburtstag wurden die vier Buben in weiße Hemden und rote Krawatten gesteckt und Lea murmelte, es fehlten nur noch kurze schwarze Hosen und weiße Kniestrümpfe, dann wären sie perfekte Pimpfe. Albert sah sie strafend an und sagte dann laut, er sei sehr stolz auf seine vier feschen Enkel. Fritzi war begeistert und ließ sich mit den Buben fotografieren, während Lea, Mimi und Harry etwas abseits standen und sich köstlich damit unterhielten, Bösartigkeiten über Gerlinde auszutauschen, die sich in ein pompöses Dirndl gezwängt hatte, was einigermaßen fehl am Platz wirkte. Albert schüttelte von jenseits des Tisches streng den Kopf, aber Lea und Mimi kicherten immer weiter, während Harry unverdrossen über seine Schwägerin herzog.

»So viel gelacht hab ich schon lang nicht«, sagte Lea später zu Albert, und der antwortete: »So nachhaltig, wie ihr die Gerlinde verärgert habt, werden wir die Buben wahrscheinlich erst wieder zu Gesicht bekommen, wenn sie heiraten – wenn überhaupt.«

Aber damit sollte er sich irren, auch wenn keiner von ihnen das voraussehen konnte.

»Überhaupt, was seid ihr doch alle für intolerante Menschen!«, sagte Albert später, als sie längst zu Hause waren und Lea immer weiterlachte.

»Dann ist sie halt blond und trägt Dirndl, na und? Sie ist die Frau unseres Sohnes und die Mutter unserer Enkelkinder und deshalb sollten wir sie annehmen, wie sie ist!«

»Sie ist blöd und unfreundlich und zieht ihre Kinder an wie kleine HJ-Buben!«

»Das ist doch Unsinn, wieso bist du in letzter Zeit so empfindlich in die Richtung?«

»Nicht in letzter Zeit, immer schon, und bisher hast du das immer verstanden!«

Albert wandte sich seinem Buch zu, das auf dem Nachtkästchen lag, und Lea drehte ihm den Rücken zu.

Aber an Schlaf war nicht zu denken. Plötzlich hatte sie wieder das Bild von dem ertrunkenen dreijährigen Buben am Strand von Lampedusa vor sich und hörte die Leute sagen, die Eltern seien schuld, sie hätten das Kind eben nicht auf so eine gefährliche Überfahrt mitnehmen dürfen. Und gleichzeitig hörte sie die anderen reden, die meinten, es sei doch bedenklich, dass so viele junge Männer auf der Flucht seien, die ihre Angehörigen dort im Krieg und Terror zurückließen, nur um sich hier ins gemachte Bett zu legen.

Lea dachte daran, was Fritzi und Erna, Theo und Karl ihr immer wieder erzählt hatten, daran, was sie selbst später als Historikerin erforscht hatte. Wie man jede nur erdenkliche Ausrede gefunden hatte, um die Juden zu Halsabschneidern und insgesamt verlogenen, widerlichen Figuren zu degradieren.

Natürlich sagte sie sich als erwachsene Historikerin, dass man das nicht mit dem Heute vergleichen dürfe. Aber es fiel ihr neuerdings immer schwerer, die Vorfälle des Jetzt von denen des Damals zu trennen.

Und wieder fiel ihr ihre Forschungsarbeit ein, mit der sie nach Harrys Geburt begonnen hatte und die sie immer noch beschäftigte. Die sie irgendwie nicht abschließen konnte. Jetzt weniger denn je.

Sie hatte in letzter Zeit öfter Streit angefangen. In der Straßenbahn, im Kaffeehaus oder beim Bäcker, wenn sie die Leute reden hörte über »die Asylanten«, die nichts könnten und nichts wüssten und hier »auf unsere Kosten« lebten. Wenn sie hörte, wie man den Geflüchteten vorwarf, dass sie Mobiltelefone besäßen, was ja heiße, dass sie gar nicht so arm seien und es sich nur »auf unsere Kosten« gut gehen lassen wollten. Wenn sie daran dachte, wie Fritzi und all ihre Freunde im England der Emigration verzweifelt auf Post ihrer Lieben gewartet hatten, die im nationalsozialistischen Österreich zurückgeblieben waren. Wenn sie an Theo dachte, der emigriert war mit dem von seiner Familie für ihn zusammengetragenen Hausrat im Gepäck.

Wenn sie dann dagegenredete, sagte, dass das Mobiltelefon ja die einzige Verbindung zu den Daheimgebliebenen sei, dass die Menschen um ihr Leben rannten und lieber heute als morgen zurück in ihre Heimat gehen würden, wenn sie dort nicht Tod und Verfolgung erwarten würden, erntete sie hämische Antworten, manchmal auch einfach lautes verächtliches Lachen. Und hatte das Gefühl, nicht die richtigen Worte zu finden.

# 6
# Hanna

Zu Leas 15. Geburtstag hatte Fritzis Freundin Erna ihr eine dünne Broschüre geschenkt. Der Titel war ein Name: Hanna.

Als Lea Erna verständnislos ansah, sagte diese: »Das war eine Freundin von mir. Sie war so alt wie du jetzt, als sie im Warschauer Ghetto-Aufstand kämpfte und dann in den Wäldern überleben musste bis nach dem Krieg. Du solltest das lesen, es wird dir vieles erklären.«

Lea war nicht in der Stimmung, sich Gruselgeschichten aus dem Krieg zu widmen. Lea war jung, sie wollte die Beatles hören und mit ihren Freundinnen tanzen gehen.

Sie hatte das Tagebuch der Anne Frank, das ihr die Eltern ein Jahr zuvor zum Geburtstag geschenkt hatten, gelesen und dabei gebührend geweint. Sie wollte gerade jetzt nicht noch einmal in die Tiefen des damaligen Elends gestürzt werden. Sie dankte Erna mit einer Umarmung und einem festen Kuss auf die Wange und legte die Broschüre beiseite.

Erst viele Jahre später, als Harry schon auf der Welt war und sie nach einem Forschungsthema suchte, fand sie das Büchlein, las es in einer Nacht aus und rief am nächsten Tag Erna an.

»Kann ich dich über Hanna interviewen?«

»Jetzt auf einmal?«

»Bitte, das ist wichtig, ich will meine Forschungsarbeit über sie schreiben, über sie und über die Frauen im Warschauer Ghetto-Aufstand.«

»Gut! Wann kannst du?«

Drei Tage später saß sie vor einer Schale dunkelrotem Tee in Ernas kleiner Wohnung, die etwas von einer Höhle hatte, in die man sich verkriechen konnte, um die feindliche Umwelt auszuschließen aus dem eigenen Leben. Erna leugnete gar nicht, dass es genau das war, was sie brauchte. Eine Höhle außerhalb von Zeit und Raum, in der sie sich sicher fühlen konnte. Soweit ihr das überhaupt möglich war.

Erna war mit knapp 18 Jahren auf der Flucht verhaftet worden. Sie war mit ihren beiden jüngeren Schwestern nach Jugoslawien gegangen. Sie waren Zionistinnen und wollten versuchen, per Schiff nach Palästina zu kommen, um dort in einem Kibbuz zu leben. Das Schiff hatten sie erreicht, aber als sie es besteigen wollten, hatte man Erna aufgehalten. Ihre Schwestern waren 15 und 16, sie galten noch als Kinder und durften deshalb mit. Die 18-jährige Erna nicht. Sie stand am Kai und winkte, als das Schiff ablegte, und versuchte noch von dort aus die beiden unglücklichen Kinder zu trösten, die ohne ihre große Schwester ganz verloren wirkten. Erna selbst wurde von Schuldgefühlen geplagt, weil die Eltern ihr aufgetragen hatten, auf ihre jüngeren Schwestern aufzupassen. Doch Erna hatte sich dafür entschieden, sie alleine nach Palästina fahren zu lassen, weil sie wohl geahnt hatte, dass sie dort auch ohne sie sicherer wären als hier in Europa.

Zwei Tage später war sie bei einer Razzia verhaftet und bald danach nach Auschwitz deportiert worden. Sie hatte überlebt. Wie, das wollte sie Lea auch jetzt noch nicht erzählen. Fritzi hatte Andeutungen gemacht. Davon, wie schön Erna gewesen war und wie sehr die Männer sich um sie geschart hätten, noch vor dem Krieg. Dass das einer Frau auch in der Hölle von Auschwitz das Leben retten konnte, hätte Lea zwar nicht für möglich gehalten, aber es musste wohl so gewesen sein. Eines war jedenfalls klar: Als Erna nach dem Krieg auf vielen verschlungenen Wegen endlich nach Wien zurückkam und sehr bald Fritzi und Theo kennenlernte, hatte sie keinen Zweifel daran gelassen, dass sie nie wieder etwas mit einem Mann zu tun haben wollte.

Die Schwestern hatten sie immer wieder aufgefordert, zu ihnen nach Israel zu kommen. Erna hatte sie auch immer wieder besucht und schwärmte danach vom Leben im Süden. Aber sie wollte nie dorthin übersiedeln, und manchmal scherzte sie mit Fritzi darüber, dass man es doch nicht in einem Land aushalten könnte, in dem nur Juden lebten. Sehr zur Empörung von Lea, die solche Witze geschmacklos fand. Was ihr regelmäßig Gelächter und den Vorwurf eintrug, sie habe eben leider gar keinen Humor. Einmal, als Lea schon erwachsen war und es wieder einmal mit Fritzi Streit gegeben hatte, weil Lea auch ihre dritte Schwangerschaft nicht abgebrochen hatte, deutete Erna leise etwas von einem Kind an. Einem nie geborenen Kind. Fritzi erklärte es Lea später. Erna sei schwanger gewesen, als man sie in Jugoslawien »erwischt« habe. Der Vater des Kindes sei ein Österreicher gewesen, der sie verleugnet habe, als »die Nazis gekommen sind«. Sie habe das Kind in Auschwitz heimlich zur Welt gebracht, es sei aber schon tot gewesen. Und sie sei danach nie mehr schwanger geworden, trotz aller »Erlebnisse«, die sie im Lager gehabt habe, wie Fritzi es sehr diskret umschrieb.

Erna hatte nach dem Krieg einen Job als Sekretärin gefunden, hatte sich mit Freunden umgeben, sich vor allem sehr an Fritzi angeschlossen und Lea als eine Art

Ersatzkind angenommen. Und sie hatte sich »die Höhle« eingerichtet, in der sie jetzt mit Lea saß und Tee trank.

»Hanna hab ich im Kibbuz kennengelernt, in dem auch meine Schwestern leben«, sagte sie zu Lea und legte ihr noch ein Stück Gugelhupf auf den Teller.

Es gab bei Erna immer Gugelhupf. Fritzi behauptete, das habe etwas mit Ernas Mutter zu tun, die Gugelhupf geliebt hatte. Und die im von den Nazis besetzten Wien verhungert war, nachdem ihr Mann Selbstmord begangen hatte.

Hanna war in eine arme jüdisch-polnische Familie hineingeboren worden, erzählte Erna. Der Vater war Schuster und sehr fromm, die Mutter, was sehr ungewöhnlich war für die damalige Zeit, war Sozialistin und machte Hanna sehr früh mit ihren Freunden vom »Bund«, der sozialistischen jüdischen Organisation, bekannt. Wie die Sozialistin und der orthodoxe Schuster zusammengekommen waren, konnte Erna Lea nicht erklären, aber nach Hannas Erzählung waren sie trotz aller Unterschiede ein verliebtes und sehr inniges Paar. Hanna hatte zwei jüngere Brüder, Jakov und Leon. Jakov stand sie sehr nahe, er war nur zwei Jahre nach ihr geboren und die beiden waren so eng verbunden, dass sie in der Familie »die falschen Zwillinge« genannt wurden.

Am Tag, bevor die Familie ins Ghetto übersiedeln sollte, wurde Hannas Vater auf offener Straße totgeprügelt. Hannas Mutter raubte der Mord an ihrem Mann den Verstand. Zumal sie zu jenem Zeitpunkt mit ihrem vierten Kind schwanger war. Hanna war vierzehn, als sie die Verantwortung für Mutter und Brüder übernehmen musste. Im Ghetto fand sie eine winzige Kammer unter einer Stiege in einem alten, heruntergekommenen Haus. In der Kammer breitete sie gestohlene Matratzen aus, auf denen sie schliefen. Essen stahlen Hanna und Jakov auf der Straße. Als die Mutter im sechsten Monat offensichtlich Wehen bekam, brachten Hanna und Jakov sie auf einem geborgten Handwägelchen zu einem der Ärzte. Kind und Mutter starben bei dem Versuch, das Baby vorzeitig auf die Welt zu bringen. Hanna war plötzlich die Einzige, die noch für Jakov und Leon da war. Leon war fünf und verstand nicht, was vor sich ging. Hanna beschloss, ihn ins Kinderheim im Ghetto zu bringen. Sie war sicher, dass sie ihn damit retten würde, zumindest, so dachte sie, würde er dort zu essen bekommen und es warm haben. Als alle Kinder des Kinderheims samt Betreuerinnen deportiert wurden, rannten sie und Jakov hin, umarmten Leon und versprachen ihm, dass er dort, wo er jetzt hinfahre, ein eigenes Fahrrad bekommen werde. Ein rotes Fahrrad mit einer großen, lauten Klingel. Leon, klein, blass und schmal, weinte und klammerte sich an Hanna, als eine Betreuerin ihn holen kam.

Kurze Zeit später begann der Aufstand im Ghetto. Hanna hatte trotz allen Elends im Ghetto eine Liebe gefunden. Ruben hatte im Nachbarhaus gelebt und kam aus einer Rabbiner-Familie. Sie waren sich manchmal auf der Straße begegnet, aber der Rabbiner-Sohn und die sozialistische Schusterstochter hatten nicht viel gemeinsam gehabt, damals, bevor ihre Welt völlig aus den Fugen geriet. Jetzt, im Ghetto, hatte sich alles verändert, Ruben hatte sich einer Untergrund-Widerstandsgruppe angeschlossen, und als er Hanna nun immer öfter begegnete, hatte er sie, nachdem sie sich ihre plötzlich entflammte Liebe gestanden hatten, gefragt, ob sie mithelfen wolle, gegen die Barbaren zu kämpfen. Hanna wollte. Jakov wollte auch. Die Mitglieder der Gruppe drückten dem 12-Jährigen ein grob aus Holz geschnitztes Gewehr in die Hand und ließen ihn damit üben. Hanna, die auch schießen lernen wollte, erklärte man, sie sei eine größere Hilfe, wenn sie als Kurier Nachrichten zwischen den Kellern, in denen man sich sammelte, hin- und hertransportiere. Zudem könne sie mit ihren blonden Zöpfen und den blauen Augen leichter zwischen den Nazis hindurchschlüpfen. Tatsächlich war Hanna in der Familie die Einzige mit blonden Haaren gewesen. Und wenn sie ihre Mutter danach gefragt hatte, hatte die gelacht und gemeint, da sei wohl irgendwo in der fernen Vergangenheit etwas passiert …

Was, hatte Hanna wissen wollen, und die Mutter hatte etwas mystisch erklärt, na ja, es könne ja vorkommen, dass man sich in den falschen Mann verliebe …

Hanna hatte nicht mehr nachgefragt und sich einen schönen, blonden, blauäugigen Ritter zusammenfantasiert, der eine ihrer Ururgroßmütter über alle Maßen geliebt hatte …

Erst im Ghetto begriff sie, dass es wohl anders gewesen sein musste. Während des Aufstands, als sie zwischen den Kellern hin- und herlief und Nachrichten weitergab, beobachtete sie, wie zwei Frauen mitten auf der Straße von mehreren Uniformierten stundenlang und vor aller Augen vergewaltigt wurden. Die Vergewaltiger waren blond und groß gewachsen. Es waren keine Deutschen, es waren ukrainische Hilfspolizisten. Sie hockte wie erstarrt hinter einer Mauer und konnte sich nicht davonschleichen, obwohl sie die versteckten Wege durch die Keller und zwischen den eng stehenden Häusern hindurch besser kannte als ihre Hosentaschen.

Sie blieb, bis die Männer den Frauen in den Kopf geschossen und sie dann achtlos auf der Straße liegen gelassen hatten. Dann rannte sie davon, weg, zu Ruben, dem sie doch nicht erzählen konnte, was sie gesehen hatte. Sie vergrub das Erlebte tief in ihrem Innersten, versprach sich aber, die beiden unbekannten Frauen irgendeinmal zu rächen. Dass es ihr nie gelingen sollte, diesen ihren Eid einzuhalten, nagte bis ans Ende ihres Lebens an Hanna.

Noch bevor der Aufstand begonnen hatte, hatte sie auf Anordnung des Anführers ihrer Gruppe den gelben Judenstern von ihrem alten Mantel abgetrennt, die blonden Zöpfe nach der damaligen polnischen Mode zurechtgezupft und war mit frechem Augenaufschlag hinter einer Krankenschwester aus dem Ghetto hinausgeschlüpft, indem sie so tat, als gehöre sie zu ihr. Hanna war geschickt worden, um jene Waffen zu holen, die polnische Kontaktleute auf der anderen Seite den Widerstandskämpfern versprochen hatten. Sie sprach akzentfrei Polnisch und der Hunger hatte sie so abmagern lassen, dass sie nicht wie fünfzehn, sondern wie zwölf aussah. Man beachtete sie nicht, auch nicht, als sie später, unter einem schweren Rucksack gebückt, auf verschlungenen Schleichwegen ins Ghetto zurückfand.

Die Waffen waren alt und nur zwei von ihnen waren tatsächlich funktionsfähig. Und es gab zu wenig Munition. Hanna fühlte sich schuldig. Aber Ruben und Jakov trösteten sie. Ruben nahm sie in den Arm und küsste sie. Und irgendwie fühlte sich das falsch an, aber Hanna wusste nicht so genau, warum.

Nachdem sie gesehen hatte, was mit den beiden jungen Frauen geschehen war, hatte sie nicht mehr die Blondine mit den schönen, langen Zöpfen und den blauen Augen sein wollen. Sie war zurück in jenes Kämmerchen gerannt, in dem sie am Anfang gehaust hatten. Sie fand die Schere, die die Mutter immer bei sich getragen hatte, unter einem Haufen Lumpen. Zwischen den Lumpen lag auch ein alter Mantel. Hanna nahm die Schere und schnitt sich die blonden Zöpfe ab. Sie schnitt so lange, bis sie ihre Kopfhaut durch die kurzen Haare hindurch spüren konnte. Dann zerschnitt sie den Mantel und nähte sich mit grobem Zwirn und einer Nadel, die ebenfalls bei den zurückgelassenen Dingen der Mutter versteckt gewesen war, eine dicke, weite Hose zurecht. Sie fand eine Bubenmütze, die einmal Leon gehört hatte und diesem immer viel zu groß gewesen war, und zog den Rest des Mantels als Jacke an. Die Schere, die Nadel und den Faden steckte sie in die Innentasche des Mantels. Dann ging sie zurück in den Keller. Als Ruben und Jakov sie sahen, erkannten sie sie nicht. Als sie sich ihnen zu erkennen gegeben hatte, brachen sie in haltloses Gelächter aus und erklärten, sie sei jetzt eine etwas größere Version von Leon. Leon? Wie es ihm wohl ging? Sie hatten so manches gehört über die Transporte, aber sie wollte nicht glauben, dass man hunderte Kinder so einfach ermordete. Sie stellte sich Leon sauber, gut genährt und fröhlich vor und weigerte sich, zu denken, was nahelag. Dass er nicht mehr lebte? Unvorstellbar. Viel unvorstellbarer noch als der Mord am Vater und der sinnlose Tod der Mutter in völliger geistiger Umnachtung.

Hanna stiegen Tränen in die Augen, die sie schnell wegwischte und mit der Kälte draußen auf der Straße erklärte, und sagte, sie würde sich die Haare nie mehr lange wachsen lassen.

So wie sie jetzt aussah, konnte sie im Ghetto überallhin gehen, weil sie wie unsichtbar war. Sie stahl Lebensmittel und Medikamente, wo sie welche fand, sie rannte zwischen den einzelnen Gruppen hin und her und nie fiel ihr auf, dass man sie nicht als vollwertiges Mitglied der Gruppe betrachtete. Einzelne Mädchen in anderen Gruppen hatten Waffen, aber insgesamt gab es einfach zu wenige. Jakov hatte sein Holzgewehr, das er hütete wie einen Schatz. Wenn sie ihn damit aufzog und ihn fragte, wie er denn damit zu kämpfen gedenke, war er beleidigt und sagte, er könne immerhin sehr fest damit zuschlagen. Jedenfalls werde er sie auch damit beschützen, jederzeit und gegen jeden. Hanna wollte weinen und lachen, dann aber umarmte sie ihn einfach fest und sagte, er sei ihr Ritter ohne Furcht und Tadel, was er nicht verstand. Ruben und Hanna sahen sich kaum. Aber einmal gelang es ihnen, sich heimlich ins leere Kämmerchen, in dem Hannas Familie gehaust hatte, zu stehlen und sich zu lieben. Eine Stunde ohne Angst in dieser grausamen, grauenhaften Zeit, in der sie lebten. Hanna hatte keine Angst, als sie bei Ruben lag, und es schien ihr ganz natürlich, mit ihm zusammen zu sein – auch wenn sie die Bilder dessen, was sie gesehen hatte, immer noch nicht losließen. Aber Ruben war zärtlich, und er gab ihr das Gefühl, in Sicherheit zu sein. Für diesen einen kurzen Moment. Ruben, der knapp zwei Jahre älter war als sie, ging es wohl ähnlich. Seine gesamte Familie, Vater, Mutter, drei Schwestern und zwei Brüder, war deportiert worden. Ruben war unterwegs gewesen auf der Suche nach Essen. Als er zurückkam, war die Wohnung leer gewesen, und er hatte begriffen, was das bedeutete. Er war weggegangen, ohne sich umzudrehen, und im Untergrund abgetaucht. Hanna und er waren zwei Waisenkinder, die sich aneinanderklammerten, deshalb konnten sie auch miteinander schlafen. Es war eine Art, sich gegenseitig zu trösten.

Aber dieser Augenblick des Vergessens rächte sich sogleich auf das Bitterste. Als sie zurück in den Keller kamen, in dem die Gruppe ihr Hauptquartier aufgeschlagen hatte, erwarteten sie erstarrte Gesichter. Hanna fragte, wo Jakov sei, den sie zwischen den wie eingefroren dastehenden Figuren nicht entdecken konnten.

Jakov sei fort, sagte Henryk, der Anführer ihrer Gruppe.

Hanna verstand nicht. Sie hatte mit ihrem Bruder eine Vereinbarung getroffen. Er sollte den Keller nie ohne sie oder Ruben oder ein anderes der älteren Gruppenmitglieder verlassen.

Er sei hinausgelaufen, als er einen Freund aus ihrer ehemaligen Gasse durch das schmale Kellerfenster gesehen habe. Der Freund, der so alt war wie Jakov, war mit erhobenen Händen inmitten einer Gruppe von anderen Menschen mit erhobenen Händen vorbeigegangen, hinter ihnen ein Trupp Soldaten, die Gewehre im Anschlag. Neben Jakovs Freund sei dessen Schwester und ihrer beider Mutter gegangen. Jakov sei nicht aufzuhalten gewesen, habe geschrien, dass er helfen müsse, sagte Henryk. Der Bub habe sein Holzgewehr genommen und sei mitten in die Soldaten hineingesprungen. Sie hatten ihm mit einem Gewehrkolben den Kopf eingeschlagen und ihn dann liegen lassen. Als Hanna hinausstürzen wollte zu ihrem toten Bruder, hielt Ruben sie zurück. Draußen waren Schüsse zu hören und der Klang von Stiefeln im Marschtritt. Henryk versprach Hanna, Jakov zu rächen und ihn von der Straße zu holen, aber auch Henryk und die drei anderen, die sich später hinausgewagt hatten, kamen nicht mehr zurück.

Plötzlich, unerwartet und unerwünscht, sieht Lea Bilder. Sie sieht Kinder in zerrissenen Kleidern vor Soldaten weglaufen. In ihren Augen der Tod. Jener Tod, den sie Tag für Tag zu sehen bekommen. In den Augen uraltes Leid. Die Kinder laufen auf die Kamera zu, die Gesichter verzweifelt, schmutzig, ohne Tränen. Ohne Ausweg. Kinder heute. Sie sieht sie, während sie an Hanna und Jakov denkt, an Leon vor dem Transport. Die Gesichter ähneln sich so sehr. Diese riesigen Augen in den abgemagerten Gesichtern, alte Augen ohne Zukunft.

Nach Jakovs Tod verlangte Hanna eine Waffe. Aber im Keller gab es keine funktionierenden Waffen mehr. Henryk hatte die einzige Pistole mitgenommen, die sie noch besaßen. Und Henryk war tot, so wie Michal und Rahel und Josip, die mit ihm gegangen waren. Draußen fuhren Panzer vorbei und sie hörten die Soldaten die Häuser systematisch nach Lebenden absuchen. Sie saßen im Keller fest, in dem Haus, vor dessen Tor immer noch Jakovs Leiche lag, und dachten, dass sie den Soldaten nicht in die Hände fallen durften. Zu den Anführern des Aufstands gab es keine Verbindung mehr, die hatte Henryk gehalten. Sie waren sich selbst überlassen. Die Soldaten waren noch nicht bis in ihre Gasse vorgedrungen, aber sie sahen sie auf den Erkundungsgängen, die sie immer noch wagten.

Ihre Liebe zu Ruben war mit Jakov gestorben. Wann immer er sich ihr näherte, dachte sie daran, dass sie mit ihm zusammen gewesen war, als Jakov gestorben war. Sie konnte es sich selbst und ihm nicht verzeihen. Und sie ließ es ihn spüren. Ruben sollte ihr später im Wald mehrere Male das Leben retten – aber Hanna hatte ihn ein für alle Mal so sehr mit Jakovs Tod verbunden, dass sie ihm nie mehr offen in die Augen sehen konnte.

Als die ersten Häuser am Ende ihrer Gasse schon von Soldaten wimmelten, sahen sie einen kleinen Buben, der sich verzweifelt an den Hauswänden entlangschob. Ruben sprang hinaus, nahm den Kleinen an der Hand und holte ihn in ihren Keller. Aron war zehn Jahre alt, sah aber viel jünger aus, sodass Hanna zunächst dachte, er sei sogar jünger als Leon. Aron rettete sie. Er war während des Aufstandes Kundschafter und Bote gewesen und kannte die Wege durch die Kanalisation. Er zeigte ihnen den Weg aus dem Ghetto in den Wald. Zum Dank nahmen sie ihn mit. Neben Ruben und Hanna waren nur noch vier andere ihrer Gruppe übrig.

Hanna und Rosa waren die einzigen Mädchen, Rosa war älter und nahm Hanna unter ihre Fittiche.

Die eineinhalb Jahre im Wald müssen grauenhaft gewesen sein, sagte Erna. Sie hatten nichts. Kein Essen, keine Kleidung, kein Dach über dem Kopf, keine Medikamente. Und sie wurden gejagt. Nicht nur von den Deutschen, sondern auch von den polnischen Partisanen, die mit Juden nichts zu tun haben wollten. Sie konnten niemandem vertrauen.

Manchmal wagten sie sich in ein Dorf, stahlen dort, was sie finden konnten, und verschwanden, bevor die Bewohner oder eine deutsche Streife sie aufstöberten. Manchmal trafen sie auf eine Gruppe jüdischer Partisanen. Die gaben ihnen zu essen, schickten sie dann aber weg. Eine Gruppe halb verhungerter Kinder war eine Gefahr in dieser unmenschlichen Zeit. Meistens, so sagte Erna, hätten sie sich in Höhlen oder hohlen Bäumen versteckt und darauf gewartet, dass die Zeit verginge, so habe Hanna es ihr erzählt.

An diesem Abend kam Lea nach Hause, als die Kinder schon schliefen. Sie ging in das Zimmer und trat an die drei Betten heran. Sie sah in die kleinen, friedlich schlafenden, vertrauten Gesichter, Simon, der im Traum die Zähne knirschend zusammenbiss, als wolle ihm jemand sein Lieblingsspielzeug wegnehmen. Mimi, die ihren Teddybären fest umarmt hielt, und Harry in seinem Gitterbettchen, der glücklich lächelte im Schlaf. Und sie dachte, dass sie nur wenig jünger waren, als Hanna, Jakov und Leon damals gewesen waren, und dass sie es nicht ertragen könnte, ihre Kinder in solcher Gefahr zu sehen, sie zu verlieren, sie nicht beschützen zu können.

Sie hatte mit Erna ein weiteres Treffen vereinbart, zögerte dieses aber hinaus. Sie müsse erst die entsprechenden historischen Dokumente einsehen, um besser verstehen zu können, was Hanna erlebt hatte, sagte sie zu Erna und vertröstete sie auf die nächste Woche und dann auf die Woche danach. Schließlich rief Fritzi an und fragte sie empört, was sie sich eigentlich dabei denke, Erna so zu behandeln.

»Wieso?«

»Du lässt sie diese furchtbare Geschichte von Hanna anfangen und dann gehst du ihr aus dem Weg? Das tut man nicht! Ruf sie sofort an und mach dir einen Termin aus. Am besten, du lädst sie zu dir ein und kochst ihr was Gutes, sie isst ja nie was Vernünftiges!«

Lea wollte antworten, sich verteidigen, die Mutter auch anfauchen und ihr sagen, sie solle sich um ihre eigenen Sachen kümmern. Aber natürlich tat sie das nicht, sondern lud Erna für das kommende Wochenende zum Mittagessen ein, entschuldigte sich und bat sie, ihr Hannas Geschichte fertig zu erzählen.

Erna war nicht beleidigt, und als Lea ihr etwas schuldbewusst von Fritzis Anruf erzählte, lachte sie und sagte, Leas Mutter übertreibe manchmal ein wenig.

»Was heißt ein wenig?«, antwortete Lea mürrisch. »Manchmal macht sie mich wahnsinnig!«

»Aber Lea, sie hat doch nur dich und sie liebt dich und die Kinder. Sie kann halt nur nicht aus ihrer Haut heraus!«

Nachdem sie gegessen und Erna ihr Mittagsschläfchen auf Leas und Alberts Bett gehalten hatte, nahm Albert die drei Kinder und erklärte, er werde jetzt mit den beiden großen zum Eislaufplatz gehen und Harry werde sicher auch gerne zuschauen.

»Damit ihr Ruhe habt«, sagte er, und Lea küsste ihn dafür.

»Wo sind wir denn eigentlich gewesen, letztes Mal?«

»Wie sie durch die Kanalisation entkommen sind!«

Sie vegetierten also im Wald dahin. Immer gehetzt, immer voller Angst. Drei Burschen, die mit ihnen entkommen waren, wurden in dieser Zeit ermordet. Sie gerieten in einen deutschen Hinterhalt, der eigentlich den polnischen Partisanen gegolten hatte, denen sie auf diese Art und mit ihrem Tod das Leben retteten, denn als die Deutschen die drei erschossen, war das für die Partisanengruppe das Signal zur Flucht. Hanna hatte die drei nur flüchtig gekannt, sie hatten sich erst kurz vor dem Ende des Aufstands in jenen Keller geflüchtet, in dem auch Rosa, Ruben und Hanna abwarteten.

Als sie schließlich von sowjetischen Soldaten aufgelesen wurden, waren sie nur noch zu viert. Hanna, Aron, Rosa und Ruben. Die Soldaten gehörten zur kämpfenden Truppe und waren fassungslos, als sie die verdreckten, abgemagerten Kinder sahen.

Sie waren so verhungert, verlaust und heruntergekommen, dass die Soldaten sogleich ihre Essensrationen mit ihnen teilten. Dann schickten sie sie hinter die vorrückende Front zum Stab ihrer Armee, und dort begannen die Verhöre. Wer sie seien, wo sie herkämen, wieso sie da so alleine, ohne Eltern, im Wald gefunden werden konnten.

Sie erzählten. Immer wieder. Vom Ghetto, von den Transporten, vom Hunger, von der Angst, vom täglichen Terror der SS, vom Tod ihrer Eltern und Geschwister. Sie erzählten auch, wie sie entkommen waren. Und der Politoffizier, der sie verhörte, glaubte ihnen.

Er schickte sie ins Feldlazarett, wo die dicke, große Krankenschwester sich ihrer annahm. Sie zwang sie alle, ihre Kleider auszuziehen, die sie sofort ins Feuer warf. Es krachte und knirschte, als die Läuse mit den Kleidern verbrannten. Dann schor sie alle vier kahl, übergoss ihre Köpfe mit Benzin und wickelte saubere Streifen aus einem alten Hemd darum. Sie gab ihnen gewaschene, gestreifte Männerleibchen, wie sie sowjetische Soldaten unter der Uniform trugen, die allen, bis auf dem groß gewachsenen Ruben, bis zu den Knien gingen. Als sie sich solcher Art gewaschen und kahlgeschoren wiedertrafen – Ruben, Aron und die Mädchen –, brachen sie in fast schon hysterisches Lachen aus. Sie sahen alle aus wie Gespenster in ihren zu langen und zu weiten Streifenhemden mit weiß umwickelten Köpfen.

»Hanna sagt, es hat keine Spiegel gegeben, aber wenn sie die anderen angeschaut hat, hat sie sich vorstellen können, wie sie selbst ausschaut!«

»Wie hat Hanna denn ausgesehen?«

»Sie war eine sehr schöne Frau, auch noch, wie ich sie kennengelernt hab. Sie hat schneeweißes, kurzes, lockiges Haar gehabt und große blaue Augen. Und sie war dünn wie ein Spargel. Dabei kannst du dir gar nicht vorstellen, was sie essen konnte. Auf dem Tisch in ihrem Zimmer gab's immer einen großen Teller mit Süßigkeiten. Aber nicht dass du glaubst, sie hätte trockene Kekse gegessen. Überhaupt nicht. Sie hat immer alle gebeten, ihr diese wahnsinnig süßen, arabischen Kuchen mitzubringen. Die hat sie geliebt. Und ich glaub, sie hat jeden Tag mindestens zehn davon verschlungen. Zwischen den Mahlzeiten, die es im Kibbuz ohnehin drei Mal am Tag gegeben hat und bei denen sie auch ordentlich in sich hineingestopft hat. Dicker ist sie trotzdem nicht geworden. Sie ist jeden Tag mindestens fünf Kilometer marschiert. Rund um den Kibbuz. Meine Schwestern haben versucht, sie davon abzubringen, aber sie hat gesagt, sie braucht das. Und sie macht das auch für Jakov und Leon, die sie im Stich gelassen hat. Geraucht hat sie auch wie ein Schlot. Auch das konnten meine Schwestern, die sie irgendwie ins Herz geschlossen hatten, ihr nicht abgewöhnen. Und geschlafen hat sie immer nur zwischen sechs Uhr früh und elf Uhr vormittags. Meine Schwestern haben das Frühstück für sie aufgehoben und ihr vor die Zimmertüre gestellt. In der Nacht konnte sie nicht schlafen. Da ist sie in ihrem Zimmer gesessen, hat geraucht und Kaffee getrunken und versucht, nicht an Warschau zu denken, was ihr nie gelungen ist. Als ich meine Schwestern besuchen kam, haben sie mir von Hanna erzählt und gesagt, dass sie vielleicht mit mir gerne reden würde. Weil ich doch in Auschwitz war und sie vielleicht das Gefühl haben könnte, ich wisse besser als die anderen hier, was geschehen sei.

Zuerst war sie höflich und sehr abweisend, dann, nach ein paar Tagen, bin ich nach Jerusalem gefahren, hab eine Packung frisch gebackener, süßer Krapfen gekauft und bin damit am späten Nachmittag zu ihr gegangen. Sie hat mich sofort gefragt, ob ich auch so ein unstillbares Verlangen nach Süßem hätte, und ich habe ihr gesagt, dass es mir genauso ginge. Da hat sie mich hineingebeten, und wir haben gegessen und später hat sie ganz plötzlich und ohne offensichtlichen Anlass zu erzählen begonnen.

Die sowjetische Krankenschwester kleidete sie ein, so gut sie konnte, und schickte sie mit einem Trupp Verwundeter weiter nach Osten, Richtung sowjetische Grenze. Ruben und Rosa waren inzwischen ein Paar, aber, so erzählte Hanna es Erna schon in jener ersten Nacht, das habe sie nicht weiter gekränkt, sie sei damals viel zu abgestumpft gewesen. Erst viel später, als sie es alle vier nach Israel geschafft hatten und Ruben und Rosa heirateten und mehrere Kinder bekamen, empfand sie so etwas wie Kränkung, auch wenn sie wusste, dass sie nie mehr mit Ruben zusammensein hätte können. Sie selbst hatte sich gegen jeden Annäherungsversuch heftig zur Wehr gesetzt, obwohl es derer im Kibbuz einige gegeben hatte. Aber sie hatte das Gefühl, nicht das Recht zu haben, sich zu verlieben und vielleicht ein wenig glücklich zu sein. Sie hatte zufällig überlebt und war es ihren Toten schuldig, sie nie auch nur eine Minute zugunsten eines Lebenden zu vernachlässigen. Auf ihren Märschen rund um den Kibbuz sagte sie ihre Namen auf, wie eine Art Mantra, jeder Schritt war ihnen gewidmet.

Ihre einzige Familie war Aron.

Als klar wurde, dass man sie in die Sowjetunion bringen würde und nicht, wie sie es sich gewünscht hatten, nach Palästina, beratschlagten sie. Von den Verwundeten, die sie begleiteten, erfuhren sie, dass es einen Zug mit überlebenden italienischen und französischen Kriegsgefangenen gebe, der Richtung Westen fahre. Ihr Zug stand damals an einem zerschossenen Bahnhof und niemand wusste, wann es weitergehen würde. Ihre Begleiter hatten den anderen Zug drei Gleise weiter entdeckt und mit dem Lokomotivführer geredet. Danach war für Hanna klar, was zu tun war. Sie warteten, bis es dunkel war, huschten dann unbemerkt aus ihrem Zug hinüber zu dem mit den Kriegsgefangenen und versteckten sich so lange, bis dieser sich in Bewegung setzte und sie sich ziemlich sicher sein konnten, dass man sie nicht hinauswerfen würde. Sie waren immer noch zu klein und viel zu dünn für ihr Alter. Zudem hatte Aron eine verletzte Hand. Er war auf einen Baum geklettert, um nach Feinden Ausschau zu halten, und hatte sich beim Hinuntersteigen das linke Handgelenk gebrochen. Die Krankenschwester im Feldlazarett hatte seine Hand geschient, in eine Schlinge gelegt und gesagt, zu Hause in Moskau werde man Arons Hand schon richtig kurieren. Genau das hatte sie gesagt: zu Hause in Moskau. Aber Hanna und die anderen hatte der Gedanke an Moskau erschreckt. In den langen, schlaflosen Nächten im Wald waren sie sich einig geworden, dass sie um keinen Preis in Polen bleiben wollten. Sie hatten lange diskutiert, wo sie nach dem Krieg ihre Zelte aufschlagen würden, am Ende hatten sie sich darauf geeinigt, dass sie sich zu den Zionisten nach Palästina durchschlagen wollten, um dort in einem Kibbuz so frei zu leben, wie es ihnen bisher in ihrem kurzen, schrecklichen Leben nie gelungen war. Moskau, das wussten sie, war die falsche Richtung.

Sie hatten Glück. Als man sie im Zug gegen Westen fand, erfanden sie eine wilde Geschichte über Großeltern in Spanien, zu denen sie sich durchschlagen wollten, und erstaunlicherweise glaubte man ihnen. Damals glaubte man viele Geschichten. Sei es, weil alles möglich schien, sei es aus Müdigkeit. Jedenfalls ließ man sie weiter mitfahren. Die Reise nach Palästina dauerte mehr als ein Jahr. Sie führte die vier in mehrere Lager für »Displaced persons«, also für Menschen, die, wie sie, kein Zuhause und keine Familie mehr hatten und nicht wussten, wohin sie sich wenden könnten. Sie hörte viele schreckliche Geschichten in dieser Zeit, Geschichten von Mord und Vergewaltigung, von Terror, Demütigung und Angst. Wo immer sie Menschen begegnete, die aus den Lagern kamen, fragte sie nach Leon. Irgendwann traf sie eine Frau, die gesehen hatte, wie der Transport mit den Kindern aus dem Warschauer Ghetto angekommen war. Die Kinder seien alle sofort ins Gas gegangen, sagte die Frau in seltsam gleichmütigem Ton, und als Hanna sie nur anstarrte und nicht antworten konnte, drehte sie sich um und ging einfach davon.

In den Auffanglagern kümmerte man sich um Arons Hand. Hanna hatte begonnen, ihn als ihren kleinen Bruder auszugeben, und manchmal, wenn sie müde war, sagte sie Leon zu ihm. Das Handgelenk war falsch zusammengewachsen und musste noch einmal gebrochen werden, was Aron starke Schmerzen verursachte, die dieser aber mit starrem Gesicht und ohne einen Ton von sich zu geben, über sich ergehen ließ. Hanna nahm ihn danach in die Arme und sagte, er sei der tapferste kleine Leon, den es auf der Welt geben könne. Da weinte Aron ein bisschen.

Sie schafften es schließlich nach Italien, von wo es Schiffe nach Palästina gab. Und dann warteten sie. Es dauerte mehrere Monate, bevor sie eine Überfahrt fanden. In jener Zeit waren sie von einer Hilfsorganisation zur nächsten weitergereicht worden und hatten auch da immer weiter gelogen. Jetzt sagten sie, dass sie Überlebende aus Theresienstadt wären, dass ihre Eltern tot seien, dass sie aber Onkel und Tanten in Palästina hätten, zu denen sie jetzt reisen wollten. Sie erfanden Namen und Familiengeschichten und hatten damit Erfolg. Im Wald, als die sowjetischen Soldaten ihnen zu essen gegeben und versichert hatten, dass ihnen jetzt nichts mehr geschehen könne, hatten sie sich noch bemüht, die Wahrheit zu sagen. Zu erzählen, was ihnen und anderen zugestoßen war. Aber bald schon hatten sie begriffen, dass ihre wirkliche Geschichte den meisten wie frei erfunden erschien. Und so hatten sie begonnen, sich neue Lebensgeschichten zurechtzulegen.

In Palästina angekommen, hatte man sie in jenen Kibbuz gebracht, in dem Hanna dann bis zu ihrem Tod leben sollte. Man hatte sie in die Schule geschickt, ihnen Hebräisch und Englisch beigebracht und sie auf den Feldern und bei den Tieren mitarbeiten lassen. Aron, ihr Aron, war erwachsen geworden, hatte vom Kibbuz die Genehmigung bekommen, in Tel Aviv Mathematik zu studieren, wofür er schon früh eine große Begabung gezeigt hatte, und war nicht mehr zu ihr zurückgekommen. Natürlich besuchte er sie regelmäßig, aber im Lauf der Jahre immer seltener. Er fand eine Frau, heiratete, wurde Professor und wohnte in Haifa am Strand. Hanna aber blieb alleine. Sie arbeitete als Kindergärtnerin in ihrem Kibbuz, zog dort die Kinder anderer groß – auch die Söhne und die Töchter von Ruben und Rosa, die hiergeblieben waren – und verbrachte ihre freie Zeit damit, lange Briefe an die Toten zu schreiben. Briefe über ihr Leben in Palästina und später dann in diesem neuen Staat Israel. Briefe darüber, dass sie sie nicht vergessen würde, niemals.«

Als Erna an diesen Punkt gekommen war, schwieg sie und sah aus dem Fenster. Lea wagte nicht zu sprechen. Was schreibt man an Tote? Wie kann man so leben, umgeben von Toten? Und welcher Teil von Hannas Erzählung entstammte ihrer Fantasie und nicht ihren wirklichen Erlebnissen? Lea hatte genug Literatur gelesen, um zu wissen, dass die individuelle Erinnerung nicht immer mit der Realität in Einklang zu bringen war, aber Hannas Erzählung erschien ihr doch sehr plausibel, wenn auch an manchen Stellen etwas vage.

Sie dankte Erna leise und fragte, ob Hanna noch lebe, ob sie diese wohl selbst in Israel besuchen könne?

Hanna sei früh gestorben, sagte Erna. Bald nachdem Erna sie kennengelernt und ihr ihre Geschichte entlockt habe, hätten die Schwestern geschrieben, dass es Hanna nicht gut ginge, sie habe aufgehört zu essen. Hanna war damals gerade 70 Jahre alt geworden, arbeitete nicht mehr im Kindergarten und hatte sich von allen zurückgezogen. Nur wenn Aron zu Besuch kam, lebte sie ein bisschen auf. Aber Aron fielen die Besuche bei Hanna, die ihn nur mehr Leon nannte, immer schwerer. Hanna war die Vergangenheit, an die er nicht denken wollte. Er hatte sich ein neues Leben geschaffen, in dem er das Grauen von damals nicht sehen wollte. Ruben und Rosa waren, nachdem ihre Kinder groß geworden waren, aus dem Kibbuz weggezogen. Ruben war mit zunehmendem Alter zur Orthodoxie seiner Kindheit zurückgekehrt und lebte jetzt mit Rosa streng nach den Gesetzen in Mea Shearim, dem orthodoxen Bezirk von Jerusalem. Es gab niemanden mehr, der Hanna und ihre wahre Geschichte kannte. Und es gab auch niemanden, der diese Geschichte hören wollte. Die jungen Leute im Kibbuz, die unter Hannas Aufsicht groß geworden waren, liebten sie zwar und schauten immer wieder bei ihr vorbei, aber sie konnte sich nie dazu überwinden, ihnen von ihrer Kindheit im Ghetto von Warschau, in den Wäldern und auf der Flucht zu erzählen.

Sie starb ganz alleine, bei einem ihrer täglichen Märsche. Die hatte sie sich bis zum Schluss nicht nehmen lassen. Als sie eines Abends nicht zurückkehrte, machten sich ein paar Junge auf die Suche. Sie fanden sie, am Boden liegend, zusammengerollt wie ein kleiner Igel, die Augen geschlossen, als ob sie schliefe. Ihr Herz hatte aufgehört zu schlagen, so wie sie schon lange davor aufgehört hatte zu leben, und als man sie begrub, sagte Ruben, ihr Herz habe vor vielen Jahren aufgegeben und nur etwas länger gebraucht, bevor es begriff, dass es auch zu schlagen aufhören müsse.

Über diesen Satz musste Lea noch oft nachdenken, und sie fragte sich immer wieder, wie Hannas Herz so lange hatte weiterschlagen können. Wie die Herzen all jener, die so Grauenhaftes erlebt hatten, danach weiterschlagen konnten.

Am Abend nahm sie noch einmal die dünne Broschüre zur Hand und stellte fest, dass diese eigentlich nur wenig über Hannas Martyrium und viel über ihr Leben in Israel enthielt.

Als Kind hatte Lea Ernas Geschichten oder auch jene über die Ermordung ihrer eigenen Großeltern gehört. Aber sie hatte sie nicht wirklich gefühlt.

Jetzt, als Erwachsene, begann sie zu begreifen. Und sie begann auch die Lebensgeschichten derer, die jetzt auf der Flucht waren, anders zu sehen. Auch deren Herz schlug weiter, obwohl es bei vielen sicher genauso aufgegeben hatte wie Hannas Herz. Dachte Lea.

Konnte sie Erna danach fragen?

»Hat dein Herz auch aufgegeben, Erna?«

»Nein, mein Schatz, nie! Ich war ja älter als Hanna und meine Schwestern waren in Sicherheit. Und ich habe überlebt. Und auch wenn ich viel Grauenhaftes erlebt hab, ich habe mich nicht selbst aufgegeben. Hanna hat zwar die Kinder betreut, aber sie hat nie jemanden erzogen, sie hat eigentlich vor allem dafür gesorgt, dass sie satt und sauber und gesund waren. Das wäre mir zu wenig gewesen. Das hätte ich nicht können. Aber das ist wieder eine andere Geschichte. Jedenfalls habe ich mir das Leben gegönnt. Einfach so. Aber wie gesagt, ich habe meine Schwestern noch …«

Ob Simon Mimi und Harry wohl auch so beschützen würde? Wenn es wieder so weit kommen sollte? Ob Alberts Familie sie alle beschützen würde? Ob es überhaupt jemanden gebe, der sie beschützen würde, falls …?

Als Kind hatte sich Lea bei fremden Erwachsenen, denen sie begegnete, immer gefragt, wo sie während des großen Mordens gewesen sein mochten und ob sie wohl ihre Großeltern ermordet haben konnten.

Jetzt als Erwachsene, als Mutter, stellte sie sich immer öfter die Frage, ob sie imstande wäre, die Ihren zu beschützen.

Als sie versuchte, mit Albert darüber zu sprechen, sah der sie verständnislos an und sagte, es gebe gar keinen Grund darüber nachzudenken, sie sei eine wunderbare Mutter und die Kinder bald groß genug, um auf sich selbst aufzupassen. Er verstehe gar nicht, wie sie auf diesen Gedanken käme.

Lea winkte ab, dachte bei sich aber, dass auch all die anderen Mütter ihre Kinder geliebt hatten, dass all jene, die jetzt auf der Flucht waren, ihre Kinder liebten, und dass sie alle diese Kinder doch nicht beschützen konnten und können. Albert aber hatte nicht ihre Albträume, die jetzt öfter wiederkamen. Er dachte nicht daran, dass ihnen geschehen könnte, was den Menschen gerade geschah, die jetzt an die Türen Europas klopften und abgewiesen wurden.

Und auch wenn die Kinder groß wurden, ja sogar erwachsen wurden, hieß das doch keineswegs, dass sie nicht beschützt werden müssten, dachte Lea und rief Fritzi an.

Fritzi war damals Anfang 70, aber stets wach und neugierig, und abends saß sie vor dem Fernsehapparat und stritt mit jenen Politikern, die ihr unsympathisch waren. Sie bedachte sie mit speziellen Schimpfnamen und wiederholte gerne Theos Lieblingssatz, dass Politik ein dreckiges Geschäft sei und deshalb auch nur Nichtskönner und Dummköpfe in die Politik gingen. Natürlich stritt Lea dann mit ihr, wie sie mit Theo gestritten hatte, und sagte, wenn dem so wäre, dann wären sie ja in noch größerer Gefahr, als sie bisher geglaubt hatte. Dann lachte Fritzi, umarmte sie, nannte sie ihre kleine Maus und versicherte ihr, dass alles gut sei.

Als Lea sie aber fragte, ob sie jemals Angst gehabt hätte, sie, Lea, aber auch Lollo, Theo, Karl und Erna nicht beschützen zu können, schloss Fritzi müde die Augen und sagte dann leise, diese Angst begleite sie ihr ganzes Leben und auch die Schuld, ihre Eltern und ihre Schwester Gerti nicht beschützt zu haben, als die Nazis kamen. Lea tat es sofort leid, dass sie Fritzi danach gefragt hatte, denn die hatte, solange Lea denken konnte, immer behauptet, so etwas wie Angst nicht zu kennen. Lea küsste die Mutter auf ihre altersfaltige Wange.

Fritzi erschien ihr plötzlich so verletzlich wie nie zuvor in ihrem Leben. Solange Lea denken konnte, war Fritzi eine Art Fels in der Brandung gewesen, auch wenn sie ihre schwierigen Momente gehabt hatte, die Zeiten, in denen sie morgens nicht aufstehen konnte. Ein zuzeiten durchaus unbequemer Fels, der manchmal über einem dräute wie eine dunkle Wolke. Trotzdem hatte sie ihr Sicherheit gegeben. Jetzt, da Fritzi älter wurde, fand Lea sich selbst plötzlich in der Rolle des Felsens. Und fand diese Rolle schwerer als die des erdrückten Kindes.

Sie fragte Fritzi nach Hanna. Sie habe diese einmal kennengelernt, als sie Erna zu deren Schwestern nach Israel begleitet habe, sagte Fritzi, und Lea wunderte sich, dass sie erst jetzt davon erzählte.

»Aber geh, natürlich hast du das gewusst, also dass ich mit der Erna nach Israel geflogen bin. Ich habe dir doch von dort diesen Korallenring mitgebracht, den du so gern hast. Ja, genau, den da, den du gerade trägst …«

»Aber du hast nie was von Hanna erwähnt …«

»Na ja, hab ich vielleicht nicht. Ich hab ja auch nicht viel mit ihr geredet. Wir haben sie getroffen, beim Abendessen, und da hat sie Erna überschwänglich begrüßt, aber mit mir hat sie gar nicht geredet. Und du weißt doch, wie das ist, wenn jemand dich gar nicht beachtet, den vergisst man dann halt leicht …«

»Hat dir Erna denn nie was von ihr erzählt?«

»Schon, aber du musst wissen, dass ja schon die Geschichten von der Erna selbst schlimm genug waren … Ich glaub, ich habe diese Hanna einfach wieder vergessen …«

»Wie kannst du so was vergessen?«

»Wie kannst du, wie kannst du? Ich kann! Und ich muss mich vor dir nicht rechtfertigen. Außerdem warst du damals noch klein und da hätte ich dir ganz sicher nicht über diese Hanna erzählt! Und überhaupt, wer ist die für uns, dass du dich so aufregst?«

»Ich schreibe meine Doktorarbeit über sie! Über sie und die Frauen im Warschauer Ghetto-Aufstand!«

»Na Mahlzeit, was weniger Grausliches hast du nicht gefunden?«

»Nein, hab ich nicht! Das hat außerdem sehr viel mit mir und dir und dem Papa und dem Karl zu tun, also find ich das ziemlich komisch, wie du damit umgehst …«

Mochte sein, dass Fritzi älter geworden war, aber sie war immer noch imstande, so mit Lea zu streiten, dass diese danach tagelang unglücklich herumlief.

»Ich bin komisch? Wie kommst du dazu, so was zu mir zu sagen! Ich bin nur nicht so verklemmt und vergangenheitsfixiert wie du! Mach halt, was du willst, aber lass mich damit in Ruhe!«

»Du willst mir nur zeigen, dass du mich und was ich mache, überhaupt nicht respektierst!«

»Ah so, ich hab keinen Respekt? Und was ist mit dir?«

Lea kam dunkelgrau gestimmt nach Hause, biss um sich, was ihr von den Kindern den Vorwurf eintrug, sich schlimmer als Fritzi, ihre geliebte und gefürchtete Großmutter, zu benehmen, und schloss sich daraufhin in ihrem Arbeitszimmer ein, wo sie begann, das Gespräch mit Erna, das sie aufgezeichnet hatte, abzuschreiben.

Aber während sie noch einmal Hannas Geschichte hörte, dachte sie unaufhörlich weiter an ihren Streit mit Fritzi und versuchte eine Erklärung zu finden. Warum hatte Fritzi so reagiert? Warum konnte sie Leas Arbeit nicht ernst nehmen? Oder waren es Schuldgefühle?

»Ich hätte Schuldgefühle. Wenn ich in England in Sicherheit gewesen wäre, würde ich nicht an das erinnert werden wollen, was dieser Hanna geschehen ist. Das muss es sein, was sie so aggressiv macht, wenn sie hört, womit ich mich beschäftige. Aber über die englische Emigration und was sie dort so gemacht haben, weiß ich ja schon alles. Na ja. Das meiste auf jeden Fall. Jedenfalls viel mehr als über die Frauen im Warschauer Ghetto. Ach Fritzi …«

Natürlich rief sie die Mutter am nächsten Tag an und sie versöhnten sich, indem sie sich gegenseitig versicherten, dass sie »es nicht so gemeint« hätten. Aber Lea wurde den Verdacht nicht los, dass es Fritzi irritierte, womit sie sich da so beschäftigte, und dass diese Irritation vielleicht sogar einfach damit zu tun hatte, dass Leas Interesse, und sei es auch nur ihr wissenschaftliches Interesse, einer anderen Frau galt.

Ihr fiel die Geschichte von dem jungen Burschen ein, der sich um seine kleine Schwester kümmerte und dabei mehr Mütterlichkeit an den Tag legte als so manche Mutter. Er war mit dem Kind aus Syrien geflohen, nachdem seine Eltern ums Leben gekommen waren. Jetzt kämpfte er dafür, dass das kleine Mädchen in die Schule ging, und auch darum, dass sie Klavierunterricht bekam, weil das nicht nur ihr eigener, sondern auch der große Wunsch ihrer toten Mutter gewesen war. Und er kämpfte um die Erlaubnis, zu Verwandten nach Deutschland weiterzureisen. Und kämpfte erfolglos.

Sie hatte über ihn in der Zeitung gelesen und sich sofort daran erinnert, dass Hanna im Ghetto nicht nur für die verrückt gewordene Mutter, sondern auch für ihre beiden Brüder gesorgt hatte. Hanna, die überlebt hatte und doch nie mehr richtig gelebt hatte.

Und sie dachte verzweifelt, dass es diesem Jungen nicht so ergehen dürfe. Dass man ihm und seiner kleinen Schwester helfen müsse. Und sie fühlte sich nicht nur sprach-, sondern auch ganz und gar hilflos. Sie spendete Geld an jene Adresse, die dem Zeitungsartikel angefügt war, dachte aber, dass das nicht genug sei. Sie fühlte sich schuldig und wusste gleichzeitig nicht, was sie sonst noch tun könnte. Und bewunderte ihre Tochter, die all das tat, wozu sie, Lea, sich außerstande fühlte.

# 7
# Leas zweiter Traum

Es ist so kalt. Überall tiefer Schnee und dicke Eiszapfen. Sie steht vor einem Zelt in einer Schlange. Rund um sie Kinder in dünnen Jacken und Schuhen, die die Kälte durchlassen.

Es ist so kalt. Lea zittert.

Die Gesichter der Kinder sind fast so weiß wie der Schnee.

Die Kinder bewegen sich nicht. Sie stehen still da, jedes hält eine kleine Blechschüssel und einen Blechlöffel in der Hand. Sie sprechen nicht, sie lachen nicht, sie hüpfen nicht herum, wie das Kinder normalerweise tun würden. Sie stehen ganz still.

Lea sieht sich um.

Weit vorne, dort, wo sich die Schlange in der eisigen Weiße zu verlieren scheint, steigt Dampf auf. Und Lea versteht, dass die Kinder auf Essen warten.

Lea tritt aus der Schlange heraus und geht nach vorne.

Es sind tausende Kinder, die auf Essen warten.

Aber warten sie wirklich auf Essen? Sie stehen starr wie Säulen und aus ihren Mündern tritt kein Dampf.

Lea sieht sie an und begreift, dass sie tot sind.

Eine Schlange von toten Kindern, die auf Essen warten. Für die das Essen zu spät kommt.

Lea will schreien und hat den Mund plötzlich voller Wasser.

Es ist immer noch bitterkalt, aber jetzt ist sie nicht mehr in der Schneewüste, sie liegt im Wasser.

Rund um sie Kinder in Rettungswesten.

Auch diese Kinder bewegen sich nicht. Sie hängen im eisigen Wasser, die Augen in die Ferne gerichtet und doch blind, tot.

Und dann sitzt Lea in Ernas Wohnung und Erna fragt sie: »Was tust du?«

»Nichts«, antwortet Lea und versteht die Frage nicht.

»Du musst etwas tun! Was du kannst! Tu etwas!«

»Ich kann nicht!«, sagt Lea, obwohl sie immer noch nicht weiß, was Erna eigentlich von ihr will.

Und dann ist sie zu Hause und Albert sitzt mit Simon, Mimi und Harry am Tisch und isst zu Abend und sie sieht, dass er für sie nicht aufgedeckt hat.

Sie ruft ihn, aber er hört sie nicht.

Sie geht zu ihren Kindern und streicht ihnen über die weichen Haare, aber die Kinder schauen nicht von ihren Tellern auf.

Sie ist unsichtbar.

Sie ist nicht vorhanden.

Sie hat keine Stimme, keine Hände, kein Gewicht.

Sie weint, aber sie hat keine Tränen.

# 8
# Mimi

Lea steht am Bahnsteig und sieht suchend in den Zug hinein. Sie kann Mimi nicht sehen. Die Jalousien vor den Fenstern der Liegewagen sind zugezogen, so wie immer, wenn ein Zug abends losfährt.

Dann sieht sie, wie eine Jalousie hochgezogen wird. Sie läuft hin und sieht die blassen, angespannten Gesichter von Mimi und Farid, die sich gegen das Fenster pressen. Lea winkt mit beiden Armen, als müsse sie eine Windmühle in Gang halten, und Mimi lacht und winkt zurück. Farid lächelt und macht eine kleine, freundliche Geste. Er sieht ängstlich aus und Leas Herz macht einen kleinen Sprung vor Sorge um »den Buben«, wie sie den 25-Jährigen für sich nennt. Farid – Mimis große Liebe. Farid, der in ihre Familie gekommen ist. Unerwartet, unerwünscht, und der sich so sehr in ihrer aller Herzen eingenistet hat, dass sie sich das Leben ohne ihn gar nicht mehr vorstellen kann. Und Mimis Leben genauso wenig.

Lea steht am Bahnsteig und plötzlich wird ihr ein bisschen kalt trotz des warmen Frühherbst-Tages.

Sie stellt sich einen anderen Bahnhof vor. Fritzi und Lollo im Zug, die blassen Gesichter an die Fensterscheiben gepresst. Und draußen die Mutter, die verzweifelt winkt, und der Haustyrann mit versteinertem Gesicht. Das letzte Bild, das Fritzi mitgenommen hat in die Emigration, der letzte Augenblick, in dem sie ihre Eltern sah und nicht wusste, dass es der letzte war. Fritzi hat immer wieder davon erzählt. Wenn Lollo dabei war, hat sie noch heftiger gegen den Haustyrannen gewettert, der sich nicht einmal richtig verabschiedet habe. Und Lollo hat dann mit Tränen in den Augen den Vater, dem Fritzi so viel vorzuwerfen hatte, verteidigt. Lea schaut Mimi und Farid im Zug nach und ruft sich selbst zur Ordnung. Sie gehen ja nicht für immer, denkt sie. Mimi jedenfalls nicht. Und auch Farid nicht, wenn alles halbwegs gut geht.

Mimi war ein so einfaches Kind gewesen. Sie ließ Lea schlafen, sie weinte nur ganz selten, wenn ihr der Bauch wehtat oder ein Zahn sich gerade seinen Weg bahnte. Die meiste Zeit lachte sie in die Welt und war guter Dinge. Und sie liebte Fritzi, so wie diese das winzige Mädchen liebte. Abgöttisch. Wenn Lea etwas vorhatte, konnte sie Mimi jederzeit bei Fritzi lassen. Mit Simon war es schwieriger, der klammerte sich an seine Mutter und schrie und weinte, wenn sie sich losriss. Mimi nicht. Manchmal kränkte das Lea. Aber als Mimi erwachsen wurde, begriff Lea, dass ihre Tochter einfach stark, mutig und ohne jede Angst war, was sie, die doch so viele Ängste mit sich herumtrug, manchmal sehr erstaunte. Mimi aber schien ganz und gar furchtlos. Und voller Energie.

Sie hatte von klein auf gewusst, was sie aus ihrem Leben machen wollte. Als sie fünf geworden war, hatte sie sich einen Arztkoffer zum Geburtstag gewünscht. So einen kleinen, roten Koffer mit einem weißen Kreuz darauf, in dem ein kleines Stethoskop, ein Plastik-Skalpell, eine Plastik-Spritze und ein wenig Verbandsmaterial mit einer stumpfen Schere kunstvoll arrangiert waren. Es war das einzige Geschenk gewesen, das Mimi beachtet hatte, und das einzige, das viele Jahre lang neben ihrem Bett stand, und mit dem sie täglich spielte. Bis sie zu alt war, um

Puppen zu verarzten. Dann hatte sie den Koffer penibel aufgeräumt, geschlossen und an einen Ehrenplatz auf dem Bücherregal neben ihrem Schreibtisch gestellt, wo er ihr gesamtes Medizin-Studium lang gethront hatte. Ihre Brüder hatten damals erleichtert aufgeatmet. Vor allem Harry, der Kleine, den Mimi häufig als lebendes Versuchsobjekt ihrer frühen medizinischen Versuche benutzt hatte. Harry war jahrelang mit merkwürdigen Verbänden und Pflastern an allen möglichen und unmöglichen Körperstellen umhergelaufen, und manchmal hatte Mimi ihm mit Buntstiften Wunden und Hautausschläge ins Gesicht und auf die Arme gemalt. Harry hatte die medizinische Raserei seiner geliebten großen Schwester lange Zeit gefallen. Vor allem, wenn er mit grünen Punkten im Gesicht in die Schule gehen musste, die Lea nicht hatte abwaschen können, und seinen Schulkollegen sowie den Lehrern im Brustton der Überzeugung erklärte, er leide an der schwer lebensgefährlichen Grüneritis, die er sich bei einem Ausflug auf den Schneeberg zugezogen habe, wo diese Krankheit zurzeit kursiere, sodass das ganze Gebiet zur Ausnahmezone erklärt worden sei. Ob sie das denn nicht in den Nachrichten gehört hätten?

Als Lea wegen Harrys »Grüneritis«-Anfall in die Schule gerufen wurde, wo sie Lehrer antraf, die sich nur mit Mühe das Lachen verkneifen konnten und ihr erzählten, sie hätten sie informieren müssen, weil sich einige Eltern beschwert hätten, dass sie ihr Kind schwer krank in die Schule geschickt habe, erklärte sie Mimi, sie dürfe den verhängnisvollen Koffer nur behalten, wenn sie es künftig unterlassen würde, Harry verschiedene Fantasiekrankheiten anzudichten und aufzumalen. Innerlich war sie angetan von der Kreativität ihrer Kinder, denn den Grüneritis-Anfall hatte sich zwar Mimi ausgedacht, Harry hatte ihn aber so ausgeschmückt, wie es nun mal seine Art war.

Und sie erinnerte sich daran, wie sie einmal mit Martina, ihrer Schulfreundin, ein ähnliches Spektakel veranstaltet hatte. Sie waren gemeinsam in die Schule gekommen, Lea mit neuer Frisur und von Martina geborgten modischen Hosen, und er hatte behauptet, ihre eigene Cousine aus Frankreich zu sein. Sie hatte sich den Namen Françoise gegeben und mit heftig übertriebenem französischem Akzent behauptet, ihre Cousine Lea sei krank und habe deshalb sie gebeten, an ihrer Stelle in die Schule zu gehen. Natürlich könne sie weder Hausaufgaben vorweisen noch so richtig mitarbeiten, dazu genügten ihre Deutschkenntnisse nicht, aber sie werde Lea alles berichten, was an diesem Tag gelernt wurde. Die Lehrer hatten gute Miene zum leicht durchschaubaren Spiel gemacht, Fritzi aber beim nächsten Sprechtag haarklein von der angeblichen Cousine Françoise erzählt. Fritzi hatte gelacht und den Lehrern erklärt, ihre Tochter habe eben eine blühende Fantasie. Und natürlich hatte sie zu Hause ein mittleres Donnerwetter über Lea ausgeschüttet.

Simon hatte sich gegen Mimis Arztspiele von allem Anfang an erfolgreich zur Wehr gesetzt, indem er ihr drohte, ihren kostbaren Koffer in den Ofen zu werfen, wenn sie ihn nicht zufriedenlassen sollte. Mimi wusste, dass er durchaus imstande war, seine Drohung wahr zu machen, und hatte sich danach eben ausschließlich an Harry gehalten, der aus Liebe zu ihr mitgespielt hatte. Und sei es nur, weil Mimi ihm auf diese Art viel Zeit widmete.

Als Mimi ihr Studium abgeschlossen hatte, wurde der geliebte Koffer feierlich von der Reichsbrücke aus in die Donau geworfen. Lea hatte die Ehre gehabt, sie dabei begleiten zu dürfen. Der Koffer, so hatte Mimi ihr erklärt, sei ihr Glücksbringer gewesen, solange sie studiert habe. Jetzt aber fühle sie sich erwachsen genug, um auf derlei kindisches Getue verzichten zu können, und den Koffer in die Donau zu schmeißen, sei ein Akt der Befreiung, der jetzt dringend nötig sei. Lea hatte sich gewundert, es aber nicht gewagt, etwas zu antworten, weil Mimi der Mutter keinen Widerspruch zu gestatten pflegte.

Als sie später Fritzi besuchten und bei ihr Tee und Krapfen serviert bekamen, erzählte Lea vom weggeworfenen Koffer, und Fritzi rief völlig fassungslos, das sei doch ungeheuerlich, der Koffer wäre ein Geschenk gewesen.

»Und du wirfst den einfach weg? Unglaublich, und wenn du ein Kind kriegst? Vielleicht tut's dir dann leid …«

Zu Leas Verwunderung reagierte Mimi völlig unaufgeregt.

»Aber geh, Omi, wenn ich irgendwann ein Kind krieg, kauf ich ihm anderes Spielzeug, das kannst du mir glauben …«

Lea sah von einer zur anderen und dachte plötzlich, dass sie weder ihre Tochter noch ihre Mutter wirklich kannte.

Und dass die beiden sie wieder einmal ausschlossen. Was sie natürlich nicht sagte. Stattdessen räumte sie die Teeschalen weg und stellte die restlichen zwei Krapfen in den Kasten, aus dem Fritzi sie sofort wieder herausnahm, einpackte und Mimi aufdrängte, die man mit Krapfen immer kaufen konnte.

Zu Mimis Promotion veranstalteten sie ein großes Fest, bei dem Harry mit grünen Punkten im Gesicht erschien und den staunenden Gästen erklärte, seine wunderbare große Schwester müsse demnächst den Medizin-Nobelpreis erhalten, sie sei nämlich die Entdeckerin der gefährlichen »Grüneritis«, deren offensichtlichstes Opfer er selbst sei. Mimi lachte so, dass ihr die Tränen über das Gesicht liefen, und Simon, der sich inzwischen sehr zum Leidwesen aller von Lilly getrennt und seiner Familie gerade Gerlinde, die künftige Mutter seiner vier Buben, zum ersten Mal vorstellte, wäre ganz offensichtlich vor Peinlichkeit am liebsten im Boden versunken.

Mimi reiste ein paar Monate mit Rucksack und Reiseführer und sehr zur Sorge ihrer Eltern alleine durch die Welt. Dann kam sie zurück, fand innerhalb kürzester Zeit Arbeit und erfreute die Familie regelmäßig mit Erzählungen aus jenem absurden Land, das das Spital zu sein schien, in dem sie arbeitete. Sie hatte sich in das Fach Unfallchirurgie verliebt, was Lea schon gar nicht nachvollziehen konnte, und wenn Mimi mit leuchtenden Augen davon berichtete, dass sie mit Schrauben und Metallplatten gegen gebrochene Gliedmaßen vorgehen durfte, überkam ihre Mutter manchmal ein Gefühl der vollkommenen Fremdheit und gleichzeitig der unendlichen Bewunderung für diese Tochter, die so fest im Leben stand.

Fritzi nahm Mimi gerne zu ihren Freundinnen mit.

»Sie kommt ganz nach mir«, erklärte sie Erna und den anderen voller Stolz und plusterte sich auch sonst auf, so gut sie konnte, wenn Mimi die Zeit fand, mit ihr auszugehen. Mimi mochte die Freundinnen ihrer Großmutter, die ihre ganz besonderen Eigenheiten hatten und ihr deshalb besonders interessant erschienen. Vor allem auch, weil Mimi im Spital immer wieder auf Kranke in Fritzis Alter traf, denen ihr Herz zuflog, obwohl sie nicht immer zu den leichtesten Patienten gehörten.

Und dann kam jener Sommer, in dem die Menschen in und rund um Syrien vor dem Krieg in ihrer Heimat fliehen mussten und viele auf der Suche nach Sicherheit und einem Ort zum Leben eben auch nach Österreich kamen. Menschen, die Furchtbares erlebt hatten, die vor Bomben, Mord, Vergewaltigung und Versklavung auf der

Flucht waren. Alte und junge Menschen und vor allem viele Kinder.

An einem Tag drehte Lea das Radio auf, um die Nachrichten zu hören: In einem Kühlwagen habe man 71 Leichen gefunden. Männer, Frauen und Kinder. Offenbar erstickt. Der Wagen war achtlos irgendwo an einer Straße abgestellt worden. Mit den Toten darin. Einfach so, als handle es sich um irgendwelche unverkäufliche Waren.

Entsetzt rief Lea Fritzi an, und die sagte mit heiserer Stimme: »An was erinnert dich das? Ich muss dauernd an die Gaswägen denken. Bevor sie die Gaskammern gebaut haben, geht's dir auch so?«

Lea ging es auch so. Und als Mimi am Abend nach Hause kam und fassungslos sagte, das erinnere ja an die Nazis mit ihren Gaswägen, da dachte Lea, dass sie ihren Kindern weitergegeben hatte, was ihren Eltern und Großeltern zugestoßen war.

Das Trauma der Verfolgten. Mit dem sie ihre Kinder nie belasten wollte.

Lea saß jetzt jeden Abend vor dem Fernsehen und sah die Menschen, die da kamen. Auch die, die diese Elendsgestalten nicht hier haben wollten, sah sie. Und sie weinte. Mimi und Harry aber knirschten mit den Zähnen, wenn sie zu Hause waren und gemeinsam mit ihr die Nachrichten verfolgten. Albert versuchte sie zu beruhigen, aber es gelang ihm nur selten. Lea fühlte sich hilf- und sprachlos.

Als die Menschen auf dem Hauptbahnhof in Wien anzukommen begannen und es schien, als habe sich der Staat in den Sommerurlaub verabschiedet, um mit diesem Ansturm der zufällig dem Tod Entronnenen nichts zu tun zu haben, erklärte Mimi eines Tages, sie habe sich zwei Wochen Urlaub genommen und werde zum Bahnhof gehen, wo ja wohl auch Ärzte gebraucht würden. Harry, der neben der Schwester saß, sagte, er werde auch mitkommen, und sei es nur, um Mimi ihre Instrumente zu reichen.

Lea war zutiefst beeindruckt und fühlte sich gleichzeitig auch ein bisschen beschämt. Sie dachte, dass sie wohl auch dorthin gehen müsse. Zum Bahnhof, zu den Geflüchteten, dass sie das aber nicht könne. Dass sie es nicht ertragen würde, das Elend, das Leid zu sehen und danach in ihre gemütliche Wohnung zurückzukehren.

Sie sprach mit Albert.

»Du spendest ständig Geld an die Caritas, an Amnesty International, ans Rote Kreuz, an Asyl in Not. Du musst nicht selbst hingehen. Jeder macht das, was er kann«, sagte Albert.

»Aber ich mache doch nichts. Geld hergeben ist ja leicht. Aber ich kann mich nicht überwinden, ich kann nicht hingehen und den Leuten in die Augen schauen, aber das müsste ich!«

Albert umarmte sie und sagte, sie solle sich nicht das Leid der ganzen Welt aufhalsen. Mimi und Harry seien ja dort, das genüge wohl, nicht wahr?

Wenn die Kinder, die ja eigentlich keine Kinder mehr waren, nach Hause kamen und sich erschöpft auf das von Lea vorbereitete Essen stürzten und erzählten, was sie erlebt hatten, fand Lea keine Worte.

Mimi verarztete Wunden, die oft mehrere Monate alt waren und doch nicht heilen konnten, weil die Menschen keine richtige Hilfe bekommen hatten. Mehrere Male hatte sie verzweifelt zusammen mit anderen Helfern durchgesetzt, dass der eine oder die andere in ein

Wiener Spital gebracht wurden, weil sie sie am Bahnhof nicht ausreichend hatte behandeln können.

Sie erzählte von einer hochschwangeren Frau, bei der sie keinen Herzton des Babys mehr hatte hören können. Das Kind war im Mutterleib gestorben. Es hatte die Strapazen der Flucht nicht überlebt. Die Mutter war so schwach, dass Mimi dachte, auch sie würde sterben. Im Spital konnte sie gerettet werden, aber als Mimi Lea davon erzählte, dachte diese an Erna und ihr verlorenes Kind und daran, wie unmöglich es war, nach solch einem Erlebnis wieder in ein normales Leben zurückzufinden.

Harry weinte manchmal, wenn er nach Hause kam. Und sprach dann von seiner Schwester wie von einer Heiligen. Mimi, so sagte er, sei unglaublich. Sie zeige Mitgefühl und Wärme und gleichzeitig verarzte sie die Menschen und organisiere Spitalsbetten oder Zuweisungen in Unterkünfte für jene, die nicht weiterwussten. Für die, die weiter wollten zu Verwandten oder Bekannten in anderen Ländern, fand sie Fahrkarten und Helfer, die sie zu den richtigen Zügen brachten. Vor allem aber habe sie eine unglaubliche Fähigkeit entwickelt, mit den Kindern zu kommunizieren, obwohl sie diese gar nicht verstehe. Und sie habe einen jungen Mann gefunden, der ihr als Übersetzer zur Seite stehe. Dieser Farid sei sehr zuvorkommend, aber auch sehr hilfsbereit, und er himmle Mimi offensichtlich an. Sagte Harry und grinste sein charmantes Grinsen, mit dem er sich schon in der Schule aus mancher Schwierigkeit herausgelächelt hatte.

Lea fragte Harry jeden Abend, ob sie etwas tun könne, und jeden Abend sagte Harry: »Aber Mama, du hast keine Ahnung, wie anstrengend das ist. Das ist nichts für dich. Wir machen das schon, die Mimi und ich und die vielen anderen jungen Leute. Das ist unsere Sache … Wir sind viel mehr, als du glaubst. So viele freundliche Menschen, die helfen, das ist fantastisch, das baut mich so auf …«

Lea umarmte ihn dann und küsste ihn so lange, bis es ihm zu viel wurde und er sie lachend von sich schob.

Lea besuchte Fritzi, die inzwischen kaum noch das Haus verließ, und wenn sie im Fernsehen sah, was geschah, schnell abdrehte.

»Ich bin zu nichts mehr nutze«, sagte sie zu Lea und auch, dass sie so oft daran denken müsse, wie das damals gewesen war, als sie und Lollo aus dem Zug geholt worden waren.

»Was ist das für eine schreckliche Welt, in der wir leben!«, sagte sie auch, und Lea versuchte, Gründe zu finden, warum diese Welt doch nicht ganz so schrecklich war.

»Wie wir jung waren, haben wir gedacht, wir können was verändern, und jetzt schau dir an, was sich da abspielt. Dauernd redet wer von Sicherheit und Grenzen schließen. Das ist ja einfach nicht auszuhalten …«

Lea erzählte von Mimis und Harrys Erlebnissen am Bahnhof, und Fritzi, die nur selten sentimental wurde, wischte sich plötzlich eine kleine Träne von der Wange und sagte, was Lea nur für fantastische Kinder habe und wie stolz sie auf ihre Tochter und die Enkel sei.

Lea schwieg. Und sagte dann, dass sie sich gar nicht fantastisch fühle und ob Fritzi nicht denke, dass auch sie, Lea, etwas tun müsse.

Fritzi sagte, Lea habe genug getan, indem sie zwei Menschen wie Harry und Mimi aufgezogen habe, und es sei jetzt tatsächlich deren Sache, die Welt zu einem sicheren und vor allem lebenswerten Ort zu machen.

Kurz nach diesem Gespräch starb Fritzi. Ganz schnell und ganz überraschend für Lea, die immer der Meinung gewesen war, ihre Mutter sei unsterblich.

Sie rief Lea eines Tages an, sagte, sie fühle sich nicht gut und werde sich von einem Taxi ins Spital bringen lassen.

Lea dachte sich nichts dabei. Fritzi hatte manchmal solche Ideen. Von Zeit zu Zeit brauchte sie ein wenig ärztliche Zuwendung, auch wenn sie Lea immer versicherte, dass sie alle Quacksalber hasste und nichts mit ihnen zu tun haben wollte. Aber hie und da, wenn das Alter sie zu sehr bedrückte, begab sie sich in die Hände der Ärzte. Ihre Enkelin war da natürlich die große Ausnahme, und wenn Mimi ihr befahl, irgendwelche Medikamente zu nehmen oder diese oder jene Untersuchung über sich ergehen zu lassen, ließ Fritzi das ohne zu murren mit sich geschehen.

Lea machte sich also keine besonderen Sorgen, stöhnte ein bisschen, weil sie gerade anderes vorhatte, und fuhr zur Mutter ins Spital. Aber als sie sie da in dem viel zu großen Bett liegen sah, in dem die so klein und zart gewordene Fritzi fast zu verschwinden drohte, begriff sie, dass jener Augenblick gekommen war, den sie nicht hatte wahrhaben wollen. Fritzi war dabei, sie zu verlassen.

Sie saßen einen Tag und eine Nacht bei ihr. Lea, Albert, Mimi und Harry. Simon riefen sie an und sagten ihm, dass es wohl besser wäre, er mache sich auf den Weg. Was er auch sogleich tat. Theo und Karl lebten schon nicht mehr, ebenso wenig Erna.

Fritzi schlief viel, aber zwischendurch wurde sie wach, sah die versammelte Familie an und sagte: »Ich hab so ein Glück, so ein Glück, so viel Liebe, so viele geliebte Menschen …«

Und Lea dachte, dass Glück etwas sehr Relatives sei und dass Fritzi in ihrem Leben eigentlich nicht viel Glück gehabt hatte. Es beruhigte sie ein wenig, dass die Mutter sich jetzt in ihrer letzten Stunde so geliebt fühlte, dass sie alle Sorgen, Ängste und auch Verletzungen verlassen zu haben schienen.

Sie waren nicht da, als sie starb. Sie waren für einen kurzen Moment alle gemeinsam hinunter in die Cafeteria gegangen, um Mittag zu essen. Simon war eine Stunde zuvor angekommen und hatte Fritzi in einem ihrer wachen Momente umarmen und küssen können, was diese ganz offensichtlich unendlich gefreut hatte, auch wenn sie schon zu schwach war, um in einen ihrer üblichen Freudenschreie auszubrechen oder den ältesten Enkel gar in die Wange zu beißen, was sie in jeder anderen Situation ganz sicher getan hätte. Sie machte ihm nicht einmal Vorwürfe, dass er sich so lange nicht hatte blicken lassen, und daran ermaß Lea, wie geschwächt die Mutter schon sein musste. Der Arzt hatte ihnen allerdings versichert, dass Fritzi so weit stabil sei. Und Mimi hatte der Großmutter eingeschärft, dass sie auf sie zu warten habe, sie würden gleich zurück sein. Und Fritzi hatte gelächelt und wie immer mit falschem tschechischem Akzent gesagt: »Zu Befehl …«

Aber als sie zurückkamen, war sie hinübergeschlafen.

»Sie hat nicht gehen können, solange wir da waren«, sagte Mimi und küsste die tote Großmutter auf die Stirn. Lea dachte, dass ihre über alle Maßen kluge Tochter natürlich recht hatte. Dass sie es Fritzi aber nicht verzeihen konnte.

»Jetzt bin ich eine Waise«, sagte sie später zu Albert, und der nickte nur und sagte, dass man mit über sechzig ja wohl keine Waise mehr sei. Lea brach in einen völlig unerklärlichen Wutanfall aus, in dessen Verlauf sie Albert anschrie, er habe die Sensibilität einer Betonwand und sei nichts als ein Elefant im Porzellanladen. Albert antwortete, er hasse Beton und liebe Elefanten, wo auch immer sie sich befänden. Und natürlich musste Lea dann lachen und vertrug sich wieder mit ihm, auch wenn sie sich nach wie vor als Waise fühlte.

Lea ging in Fritzis Wohnung, die all ihre Gemütlichkeit verloren hatte.

Sie sah sich um und fragte sich, was sie tun müsse. Sie machte verschiedene Schubladen auf und wieder zu. Sie nahm Fritzis wenige Schmuckstücke an sich und verließ die Wohnung fluchtartig wieder.

Später übernahmen es Mimi, Harry und Simon, die Wohnung ihrer Großmutter zu entrümpeln, und Harry eröffnete Lea, er und Mimi hätten beschlossen, dort einzuziehen, sie liebten diese Wohnung und es sei ohnehin an der Zeit, dass sie sich abnabelten. Lea gefiel der Gedanke, dass ihre Kinder in der Wohnung und den Möbeln ihrer Großmutter leben würden, gleichzeitig aber konnte sie den Gedanken, dass sie auszogen, kaum ertragen.

Albert lachte sie aus und meinte, das sei wunderbar, jetzt könnten sie beide sich endlich so richtig ausbreiten in der Wohnung, die bisher ohnehin immer viel zu klein gewesen war. Aber Lea fragte sich, wie sie jetzt wohl leben sollte, ohne die Kinder immer in ihrer Nähe zu wissen.

Es passierte ihr jetzt ständig, dass sie etwas sah, las oder erlebte, wovon sie dringend Fritzi erzählen wollte, und es fiel ihr schwer, sich selbst in Erinnerung zu rufen, dass es diese Gesprächspartnerin, die ihre Mutter immer gewesen war, jetzt einfach nicht mehr gab. Sie konnte sich nicht daran gewöhnen. Und dann war da noch die Angst, die sie nun immer wieder befiel.

»Ich steh jetzt plötzlich in der ersten Reihe«, sagte sie zu Albert und überlegte, dass es das nicht so ganz treffe. Denn sie dachte eigentlich nicht so sehr daran, dass sie wohl die Nächste sein würde, die ging. Sie dachte vor allem daran, dass sie jetzt weitertragen müsse, was Fritzi und allen anderen ihr nahen Menschen widerfahren war. Denn sie war überzeugt, dass das nie vergessen werden dürfe, auch wenn die Betroffenen nicht mehr da waren. Und sie empfand das als eine Last, die sie niederzudrücken drohte.

Albert streichelte ihr zerstreut die Hand und meinte, sie sei zu jung, um sich derlei Gedanken zu machen, und es sei traurig, dass Fritzi gegangen sei, aber immerhin habe sie ein langes und trotz aller schlimmen Erlebnisse im Wesentlichen auch glückliches Leben gelebt und sei zufrieden gegangen.

»Du verstehst das nicht, du mit deiner unbelasteten, nur ein bisserl an die Nazis angestreiften Familie«, erwiderte Lea, und Albert zog beleidigt seine Hand zurück und wandte sich wortlos wieder dem Buch zu, das er gerade las.

Mimi arbeitete solange am Bahnhof, bis sie krank wurde. Lea kochte Hühnersuppe mit viel Ingwer und machte ihr kühlende Umschläge. Mimi lag in ihrem Bett, hielt ihren alten Teddybären im Arm und sagte zur Mutter, es sei klar, sie habe krank werden müssen, es wäre ihr einfach zu viel geworden, und sie sei nur froh, dass Lea nicht zum Bahnhof gekommen sei, weil sie dort so viel Elend gesehen habe, wie sie es sich nie habe vorstellen können, trotz aller Erzählungen der Eltern und Großeltern. Es sei eben etwas anderes, die Gräuel des Zweiten Weltkrieges erzählt zu hören, oder das Grauen der jetzigen Kriege in Afghanistan, Syrien und dem Irak direkt vor Augen geführt zu bekommen.

Lea saß bei ihr, sah in ihr blasses Gesicht und fragte sich, was Mimi aus dieser Erfahrung wohl für Schlüsse ziehen würde.

Vor allem aber war Farid inzwischen zu einem wichtigen Bestandteil ihres Lebens geworden. Was Lea zunächst gar nicht verstand.

Farid war ein schüchterner junger Mann mit dichtem schwarzem Haar und einer großen, schwarz geränderten Brille, die ihm ständig die Nase entlangrutschte. Als Lea ihn aber öfter sah, verlor sie ihr Herz an ihn. Er erinnerte sie so sehr an die vielen Kinder, die im vergangenen Jahrhundert so alleine gelassen worden waren und von denen erwartet wurde, dass sie trotzdem zu anständigen Menschen heranwuchsen, und die gar nicht wussten, wie sie das überhaupt bewerkstelligen sollten.

Er stammte aus Afghanistan, war also ein Kind des Krieges. Als sie ihn besser kennenlernte, weil Mimi krank war und Farid fast jeden Abend zum Essen kam, erzählte er ein bisschen aus seiner Geschichte.

Sein Vater und sein großer Bruder waren von den Taliban ermordet worden, weil sie beide bei der Polizei gearbeitet hatten. Seine Mutter hatte die kleine Schwester und den neugeborenen Bruder mit zu ihren Verwandten genommen, bei denen sie sich halbwegs sicher fühlte, und Farid aufgetragen, das Land zu verlassen, denn die Taliban würden auch ihn finden, wenn er nicht wegging. Und sie würden ihn zwingen, ihnen zu folgen, oder ihn umbringen. Er war damals gerade 16 geworden und die Terrortruppe rekrutierte skrupellos auch viel jüngere

Buben. Die Mutter hatte von ihren Brüdern Geld erbeten, und so hatten sie seine Flucht finanziert, die ihn eigentlich nach Frankreich hätte führen sollen, wo ein Bruder seines Vaters lebte. Dieser Bruder hatte im Süden Frankreichs eine Reihe von Imbissstuben aufgebaut und galt in der Familie als wohlhabend. Und Farids Mutter hatte gemeint, er werde sich um den Sohn des ermordeten Bruders kümmern. Aber das zusammengekratzte Geld hatte nicht gereicht und der Schlepper hatte Farid und zehn andere irgendwo im Niemandsland zwischen Ungarn und Österreich ausgesetzt.

Farid war nach Österreich gekommen und sagte, er habe großes Glück gehabt. Als unbegleiteter Minderjähriger habe er nämlich eine Schule besuchen dürfen, weshalb er sehr schnell Deutsch gelernt hätte. Als er aber 18 geworden war, hatten seine Probleme begonnen. Er wartete seit sieben Jahren auf einen Asylbescheid. Von der Mutter hatte er nur ganz sporadisch Nachrichten erhalten. Wenn es ihm gelang, mit ihr zu telefonieren, sagte sie immer, es gehe ihr und den Kindern gut, er solle sich keine Sorgen machen und nur dafür sorgen, das er ein anständiges Leben führe. Anständig sein, das sei das Wichtigste, hatte ihm auch sein Vater immer eingebläut, solange er noch gelebt habe, erzählte Farid Lea, und die glaubte zu verstehen, was Farids Vater gemeint hatte. Er habe ja eigentlich zu seinem Onkel nach Frankreich gehen wollen, sagte Farid auch. Aber er sei eben in Österreich hängengeblieben, und ohne Reisedokumente komme er nicht weiter.

Er hatte Architektur studieren wollen, erzählte Farid. Aber er lebe ja hier in einer Art Zwischenwelt. Ohne Papiere und ohne Möglichkeiten. Er sei oft verzweifelt und habe auch schon daran gedacht, sich das Leben zu nehmen, sagte Farid. Er sehe nicht, wie es weitergehen könne. Aber dann seien die Menschen aus Syrien und Afghanistan gekommen, und ein Freund, der von allem Anfang an geholfen hatte, habe ihm gesagt, dass er etwas Wichtiges tun könne. Er könne für die Helfer und die Geflüchteten übersetzen. Farids Deutsch war, so fand Lea, erstaunlich gepflegt, und an einem Abend sagte sie zu ihm, wenn es nicht unbedingt Architektur sein müsse, so könne er doch eine Dolmetscher-Ausbildung machen, das würde heute mehr denn je gebraucht, wie er ja auch am Bahnhof jeden Tag erfahre. Farid nickte traurig, erwiderte aber, er könne nicht studieren, bevor er nicht seinen Asylbescheid bekomme, und dann vielleicht auch nicht, weil ihm einfach das Geld dafür fehle.

Als Lea Farid und ihre kranke Tochter miteinander beobachtete, wurde ihr klar, dass sie da ein Paar vor sich hatte und dass das Band zwischen den beiden stärker war, als sie vermutet hatte. Und sie begann sich zu sorgen. Um Mimi und um Farid.

Sie hatten sich am Bahnhof getroffen. Mimi hatte einen Dolmetscher gebraucht, weil sie mit einer Mutter, deren Tochter hohes Fieber hatte, ganz und gar nicht zu reden vermochte. Farid hatte gekonnt übersetzt, und Mimi hatte ihn für die Gelassenheit bewundert, mit der er ihr die grausame Geschichte der Frau und des Kindes erklärt hatte. Eine Geschichte von Mord und Verfolgung, wie so viele, die sie in diesen Tagen zu hören bekamen. Sie hatte dann sehr schnell einen Krankentransport ins Kinderspital organisiert und gleich die nächsten Patienten auszufragen begonnen und Farids Dienste als Vermittler ganz selbstverständlich in Anspruch genommen. Und Farid – so sollte er Lea später gestehen – war wie verzaubert gewesen von der kleinen, zarten Frau mit den dunklen Locken, die da auf dem Boden hockte und ein Baby am Bauch kitzelte.

Von da an waren sie ein untrennbares Team geworden, und am Bahnhof kannte man sie bald schon unter dem wenig einfallsreichen Namen »die Zwei«. Man verließ sich auf ihre Fähigkeit, Probleme zu lösen und Hilfe zu finden. Dass Mimi das Elend, dem sie da Tag für Tag gegenüberstand, krank machte, hatten zunächst weder sie selbst noch ihr getreuer Dolmetscher bemerkt. Erst als sie mit den Zähnen klappernd und leichenblass nach Hause gekommen und von Lea ins Bett gesteckt worden war, erst als sie tagelang Fieber hatte ohne jedes andere Symptom, da dämmerte es allen in der Familie und auch Farid, dass Mimis Körper beschlossen hatte zu streiken. Als sie wieder gesund war und die zwei Wochen Urlaub vorbei waren, ging Mimi weiterhin in jeder freien Minute mit Farid in die Flüchtlingsunterkünfte, um zu helfen. Und sie beschwerte sich lautstark bei den Eltern, dass offiziell eigentlich nur alles getan würde, um die Menschen loszuwerden, wenig aber, um ihnen zu helfen.

Lea sah, was Mimi auch sah, und fragte sich, wieso es jetzt, siebzig Jahre nach dem Ende der Barbarenherrschaft, plötzlich wieder so barbarisch zuging. Wieso man wieder Menschen in verschiedene Kategorien einteilte und die wichtigsten Kriterien Religion und Nationalität zu sein schienen. Sie, die Historikerin, ermahnte sich selbst immer wieder, die Vergangenheit und die Gegenwart nicht zu vermischen, aber sie stellte fest, dass ihr das immer schwerer fiel. Vieles, was sie jetzt hörte und sah, erinnerte zu sehr an Fritzis und Theos Erzählungen.

Vor allem die Vorstellung, dass so vielen die Abschiebung drohte, zurück dorthin, von wo sie oft unter Lebensgefahr geflüchtet waren, erzeugte in ihr hilflose Wut und völlige Hoffnungslosigkeit.

»Glaubst du, dass es wieder Krieg gibt?«, fragte sie Albert eines Tages, und der lachte sie aus und sagte, sie solle sich da nichts zusammenfantasieren.

Aber Lea wurde das Gefühl drohender Gefahr nicht mehr los. Sie wunderte sich jeden Tag über die Kälte, die rund um sie zu herrschen schien, über das Unverständnis für das Leid anderer, über Kleinlichkeit und Unrecht, die ihr zuzunehmen schienen. Sie sah die missbilligenden oder bösartigen Blicke, mit denen Mädchen mit Kopftuch und Burschen mit dunklerer Hautfarbe in der Straßenbahn bedacht wurden, und ertappte sich dabei, dass sie Angst um diese Kinder hatte. Sie hörte Halbsätze, die sie in die so fern erscheinende Vergangenheit verbannt gedacht hatte und die jetzt mit leicht geänderten Vorzeichen vielen so leicht über die Lippen gingen.

Wenn sie Albert ihre Ängste vortrug, winkte der nur ab und meinte, sie solle sich und den anderen das Leben nicht schwerer machen, als es ohnehin sei.

»Aber Farid ...«, setzte Lea an, und Albert antwortete, Farids Sache werde sich schon regeln, wenn er wirklich Anspruch auf Asyl habe, werde er auch welches erhalten.

Die Zeiten, so sagte Albert auch immer wieder, die Zeiten seien andere als damals. Die Geschichte wiederhole sich nicht, das müsse sie als Historikerin doch am besten wissen. Und die Flüchtenden, die jetzt hierherkämen, seien ja unter ganz anderen Bedingungen geflohen, als damals die mit dem Tod bedrohten Juden.

»Ja«, sagte Lea dann bitter, »damals konnte man ziemlich geordnet emigrieren, so wie Fritzi und Theo. Gut, die mussten sich um ein Visum kümmern, aber dann sind sie einfach mit dem Zug weggefahren. Nicht zu Fuß, nicht mit einem kaputten Boot, in dem man nicht weiß, ob man überhaupt lebend ankommt. Und man hat sie nicht beschuldigt, selbst den Krieg mitzubringen …«

»Aber Lea, du weißt doch selbst, wie das damals war. Hast du nicht vor Kurzem den Georg Stefan Troller gehört, wie der erzählt hat, dass keiner sie haben wollte und alle nur Angst gehabt haben, dass sie jemandem die Arbeit wegnehmen könnten? Eigentlich war das gar nicht so anders, na ja, also zumindest der Empfang in England zum Beispiel war auch nicht besser als jetzt hier …«

»Aber hat man den Juden auch vorgeworfen, dass sie den Nazismus mitbringen? Das glaub ich nicht … Na ja, die Engländer haben sie gemeinsam mit den Nazis auf der Isle of Man eingesperrt, als Enemy aliens … ach, ich weiß es auch nicht, es macht mich ganz wahnsinnig, wenn ich höre, wie man darüber redet, dass die Flüchtlinge den Antisemitismus mitbringen, als ob wir jemanden bräuchten, der uns den Antisemitismus mitbringt, den haben wir doch hier auch ohne die Flüchtlinge reichlich …«

»Aber«, meinte Albert, »die kommen eben aus einer anderen Kultur und das macht alles viel schwerer. Die Juden damals, die sind ja auch aus Europa gekommen, die Kultur war die gleiche und es gab nicht solche Anpassungsschwierigkeiten wie bei den Flüchtlingen, die aus Syrien oder Afghanistan kommen. Bei den Afghanen gibt's doch sogar viele Analphabeten, hab ich in der Zeitung gelesen.« Worauf Lea erwiderte, das sei ein Argument, das jene verwendeten, die am liebsten alle Grenzen nach Europa dichtmachen wollten. Was Albert wütend werden ließ, der ihr vorwarf, ihn mit den Rechtsaußen der Gegenwart in einen Topf zu werfen.

Nach derlei Diskussionen fühlte Lea sich noch hilfloser und konnte sich lange nicht beruhigen. Es war, als würden sich dunkle Wolken über ihrer Welt zusammenziehen, und keiner wollte diese Wolken sehen.

Als Mimi sich gerade von ihrer Krankheit zu erholen begann, brach das nächste Unglück über sie herein. Farid erhielt die Aufforderung, Österreich freiwillig zu verlassen, andernfalls werde er zwangsweise außer Landes gebracht. Zurück nach Afghanistan. Im Bescheid stand, er sei nicht direkt nach Österreich gekommen, und im Übrigen sei nicht ersichtlich, dass er irgendeiner Verfolgung ausgesetzt sei. Afghanistan gelte außerdem nicht als Kriegsgebiet.

»Afghanistan kein Kriegsgebiet?«, schrie Mimi, als sie Lea berichtete, was geschehen war. »Ist dir klar, was das heißt? Dort bringen sie ihn doch gleich um, entweder die einen, weil er nicht bei ihnen mitmacht, oder die anderen, weil sie glauben, er macht bei den einen mit. Dorthin kann man doch einen Menschen nicht zurückschicken? Was denken sich die eigentlich, die solche Bescheide ausgeben? Denken die überhaupt? Wissen die eigentlich, was auf der Welt los ist? Sehen die im Fernsehen manchmal auch was anderes als den Musikantenstadel, oder sitzen die nur auf ihren fetten Ärschen und lesen die Kronen-Zeitung? Sind die in ihrem Leben je weiter als bis St. Pölten gekommen?«

Lea erschrak vor Mimis Empörung und auch vor dem Unheil, das sich über Farids Kopf zusammenzubrauen begann. Sie überlegte fieberhaft, was man tun könnte, wen man um Hilfe bitten könnte, wer Rat wissen könnte. Aber sie hätte sich die Mühe sparen können, denn Mimi hatte sofort ihre Fühler ausgestreckt und jene befragt, die sie in den zwei Wochen am Hauptbahnhof kennengelernt hatte.

»Wir fahren nach Italien, dort ist alles chaotischer, aber auch einfacher. Von dort kommt er leichter nach Frankreich zu seinen Verwandten. Und an den Grenzen wird nicht kontrolliert, wir sind ja schließlich in Schengen-Europa. Ich fahr mit, damit nichts passiert, und von Genua aus kann er eine Fähre nehmen.«

Mimis Überzeugung, dass sie Farid auf diese Weise helfen könnte, war so fest und so unerschütterlich, obwohl Lea und auch Albert ihr vorrechneten, wie verschwindend klein die Wahrscheinlichkeit sei, dass Farid es in Italien leichter haben würde. So blieb Lea nichts anderes übrig, als ihr nachzugeben und die beiden zum Bahnhof zu begleiten. Albert weigerte sich, mitzukommen. Dass seine Tochter nicht auf ihn hören wollte, erschien ihm als persönliche Beleidigung. Und so stand Lea schließlich alleine auf dem Bahnsteig und fragte sich, was Mimi und Farid wohl erreichen würden.

Natürlich scheiterten sie.

Als Lea am nächsten Morgen aufwachte, stand Albert vor ihr und reichte ihr mit einem traurigen, aber auch ein wenig triumphierenden kleinen Lächeln ihr Handy, das sie am Abend zuvor auf den Esstisch gelegt hatte.

Es war Mimi. Aus Tarvis. Am Abend war sie wieder in Wien. Alleine. Farid hatte man direkt in Abschiebehaft genommen. Wann man ihn ins Flugzeug setzen würde, wusste Mimi nicht.

»Sie haben uns an der Grenze aus dem Zug geholt. Also uns ist falsch. Farid. Der hat ja keinen Pass, nur eine weiße Karte, die er hier bekommen hat. Und sie haben an der Grenze kontrolliert, das hab ich garnicht gedacht, dass die wirklich kontrollieren. Ich hab mich natürlich eingemischt und erklärt, dass der Farid zu mir gehört und wir gemeinsam unterwegs sind. Und stell dir vor, da haben diese Arschlöcher freundlich gelächelt und gesagt, dass ich eh mit ihm aussteigen darf. Und dass ich froh sein soll, dass sie mich nicht gleich als Schlepperin festnehmen …«

»Und jetzt?«, fragte Lea.

»Jetzt geh ich an die Öffentlichkeit«, sagte Mimi mit rotem Gesicht und verweinten Augen und etwas zu selbstbewusst, wie es Lea schien.

»Die werden ihn nicht abschieben, das sag ich dir, das werd ich nicht erlauben! Ich mach auch einen Sitzstreik vor dem Innenministerium, wenn's sein muss! Ich hol ihn da raus, er kann nicht zurück und ich brauch ihn, ich kann ihn nicht einfach so gehen lassen …«

Da wusste Lea plötzlich, dass Mimi schwanger war und hier nicht nur um ihre Liebe, sondern auch um ihr Kind kämpfte. Sie riet Mimi, mit einem Anwalt zu reden, und dann die vielen Menschen, die Farid am Bahnhof kennengelernt hatten, zu mobilisieren. Sogar Albert machte ein paar Telefonate. Die Helfer vom Bahnhof organisierten sich. Es wurden Briefe geschrieben und es gab eine Demonstration vor dem Polizeigebäude, in dem Farid festgehalten wurde. Als auch das Radio und das Fernsehen über seinen Fall zu berichten begannen, wurde er freigelassen.

Sie feierten seine Freilassung, auch wenn es immer noch keine Garantie gab, dass er bleiben könne. Mimi wollte sofort heiraten, was sich allerdings als außerordentlich schwierig erwies, weil Farid keine Papiere und keinen »Aufenthaltstitel« hatte, wie es im wunderbaren Bürokratendeutsch hieß. Mimi tobte und bettelte, weinte und wies auf ihre Schwangerschaft hin, aber es war nichts zu machen. Da beschloss Leas verzweifelt pragmatische Tochter einfach so zu tun, als ob alles geregelt wäre, und ihr Leben zu leben, als ob es keine ständige Bedrohung gebe.

Sie richtete sich mit Farid in Fritzis ehemaliger Wohnung ein und begann die Ausstattung für ihr Kind zusammenzutragen. Lea half. Und war glücklich. Ein Enkelkind ganz in der Nähe half ihr über ihre düstere Stimmung hinweg, das war etwas, worauf sie sich freuen konnte. Mimi rief sie jetzt oft an, und manchmal weinten sie gemeinsam um Fritzi, die so glücklich gewesen wäre über Mimis Kind, wie sie sich gegenseitig versicherten.

Als Mimi im vierten Monat schwanger war, stand die Polizei eines Morgens vor ihrer Türe. Sie erlaubten Farid weder ein Handy noch einen Koffer mit seinen Habseligkeiten einzupacken. Sie nahmen ihn mit, wie er war. Mit dem, was er sich rasch hatte überwerfen können. Mimi fuhr ihnen nach zum Flughafen, konnte Farid aber nicht mehr sehen. Das Flugzeug hob ab und Mimi stand da und konnte nicht glauben, dass ihr Leben so plötzlich so zerstört wurde. Sie fuhr zu Lea, legte sich in deren Bett mit dem Gesicht zur Wand und weigerte sich, mit irgendjemandem zu sprechen. Farid rief am nächsten Tag an, versicherte Mimi, dass es ihm gut gehe, dass er bei seiner Mutter sei und versuchen werde, Papiere zu bekommen, damit sie doch noch heiraten könnten. Aber Mimi wusste ganz genau, dass er das nur sagte, um sie und sich selbst zu trösten.

Zwei Tage später verlor Mimi ihr Kind. Es wäre ein Mädchen gewesen, sagten ihr die Ärzte in jenem Spital, in dem sie selbst arbeitete. Es sei aber nicht richtig entwickelt gewesen und hätte auf keinen Fall überlebt, sagten sie ihr auch. Mimi schwieg. Sie weinte nicht, sie schrie nicht, sie wollte mit niemandem reden. Lea saß neben ihr und versuchte den Schmerz ihrer Tochter nachzufühlen. Was hätte sie getan, wenn sie eines ihrer drei Kinder nicht hätte auf die Welt bringen können? Ihr Herz barst vor Mitgefühl für ihre Tochter, die in einer Woche alles verloren hatte, was ihr wichtig gewesen war.

Farid rief an, so oft er konnte. Mimi schwieg. Sie arbeitete wieder, sogar mehr denn je, ging wieder in jeder freien Minute in die Flüchtlingsheime, machte viel mehr Nachtdienste, als eigentlich vorgesehen waren, und sprach mit niemandem. Weder über Farid noch über das verlorene Baby. Lea tat alles, um ihr Kind ins Leben zurückzuholen, denn Mimi funktionierte, aber sie schien jede Lebensfreude verloren zu haben. Aber es fiel Lea schwer, etwas zu finden, womit sie Mimi aufheitern konnte. Alle ihre Versuche, die Tochter zu einem Ausflug, einem Theater- oder Kino-, Konzert- oder Museumsbesuch zu bewegen, schlugen fehl. Mimi lehnte alles ab und verschloss sich immer mehr. Und Harry, der vielleicht als Einziger einen Weg in Mimis Herz gefunden hätte, Harry war nicht da, Harry war in Paris. Lea fragte Mimi, ob sie Harry besuchen wollte, aber auch das lehnte ihre Tochter ab. Zu anstrengend, zu wenig Zeit, zu viel Arbeit …

Da rief Lea Harry an und sagte ihm, er müsse nach Wien kommen, seine Schwester brauche ihn ganz dringend. Und Harry kam für ein verlängertes Wochenende. Er habe eben einen billigen Flug gefunden, und länger könne er nicht bleiben, weil sein Fotografiekurs dann weitergehe.

Er schleppte Mimi zu ihrem Lieblingsthailänder. Aber als er Lea danach besuchte, meinte er, man müsse seiner Schwester einfach Zeit lassen, sie müsse mit sich selbst ins Reine kommen und mit dem, was ihr geschehen sei. Sie würde versuchen, Lösungen zu finden und ihr Leben wieder in den Griff zu bekommen, und dabei könne ihr nun einmal niemand helfen, nicht einmal er.

Lea fragte ihn, ob Mimi mit ihm über das gesprochen habe, was geschehen war, und er nickte mit dem Kopf, sagte aber nichts weiter. Und Lea schwieg gekränkt, weil sie begriff, dass die Geschwister Dinge miteinander teilten, die sie ihr vorenthielten.

Und dann eines Tages redete Mimi auch mit Lea.

»Es gibt eine Möglichkeit, Farid zurückzuholen«, sagte sie bei einem Abendessen, zu dem sie sich selbst eingeladen hatte. »Und diese Möglichkeit werde ich nutzen.« In Leas Ohren klang das ein bisschen steif und als ob Mimi sich diese Rede lange zurechtgelegt und sie auch geübt hätte.

»Und was ist das für eine Möglichkeit?«, fragte Albert, der so tat, als bemerke er weder Leas noch Mimis Anspannung.

»Es gibt ein Projekt von Ärzte ohne Grenzen in Afghanistan, und dafür habe ich mich angemeldet. Ich fahr ihn einfach holen. Und wir können dort heiraten und dann kann er sicher mit zurückkommen. Ich muss nur alle meine Papiere zusammensuchen. Und Farid auch. Das wird dauern, aber das schaffen wir, und in der Zwischenzeit bin ich mit Ärzte ohne Grenzen dort und wir können zusammen sein und das ist das Wichtigste!«

Lea schwieg. Simon war in Deutschland, Harry in Paris und Mimi ging nach Afghanistan. Und sie würde mit Albert alleine zurückbleiben. Es schien ihr, als breche ihre Welt auseinander. Und ihre Tochter, die zumeist eher streng mit ihr war und die sentimentalen oder ängstlichen Anfälle ihrer Mutter nie leiden hatte können, beugte sich über den Tisch, streichelte Leas Hand und als ob diese ihre Angst laut ausgesprochen hätte, sagte Mimi leise: »Wir kommen zurück. Mach dir keine Sorgen, Mama, wir lassen dich nicht allein. Ich fahr ja nur den Farid holen, dann kommen wir wieder. Und Simon und Harry werden auch nach Wien zurückkommen. Du weißt doch, dass wir dich lieben.«

Lea nickte, lächelte und sah Albert an. Und der verdrehte ganz kurz die Augen, als wolle er ihr mitteilen, sie möge sich bitte zusammenreißen und der Tochter das Leben nicht noch schwerer machen, als es ohnehin schon sei, und sich überhaupt bitte nicht so aufführen.

»Ich mach mir halt Sorgen um euch. Und ihr fehlt mir, wenn ihr so weit weg seid und ich nicht immer mit euch reden kann …«, sagte sie, sowohl zur Tochter als auch zu ihrem Mann gewandt.

»Ich genüg ihr halt nicht«, sagte Albert, und Mimi lachte und streichelte jetzt auch den Vater und redete ihm zu, er müsse sich halt mehr um die Mutter kümmern, wenn sie jetzt wegfahre, und mit ihr sprechen, so wie sie und Harry und Simon das immer täten.

»Na ja, was ich zu sagen hab, interessiert sie halt nicht!«

»Du bist so ein Idiot!«, erwiderte Lea und musste lachen. Albert und Mimi lachten mit und dann setzten sich alle drei an den Couchtisch und spielten bis in die späte Nacht Canasta. Das hatten sie schon ewig nicht mehr gemacht, obwohl es früher ihrer aller Lieblingsspiel gewesen war, meistens hatten alle geschwindelt und geschimpft. Und Harry und Mimi waren die Meisterschwindler gewesen und hatten deshalb fast immer gewonnen, was Simon zu wahren Tobsuchtsanfällen getrieben hatte, worüber sich die Geschwister fast noch mehr gefreut hatten als über das erschwindelte Gewinnen.

An diesem Abend ließen Mimi und Albert Lea zwei Mal gewinnen, und obwohl sie wusste, dass die beiden zu ihren Gunsten geschwindelt hatten, freute sie sich und ging etwas beruhigter schlafen. Aber mitten in der Nacht wachte sie völlig verängstigt auf und überlegte, wie gefährlich es für Mimi in Afghanistan sein werde und wie hilflos sie doch war, wie wenig sie ihre Kinder beschützen konnte.

Dieses Mal war sie es, die sich weigerte, Mimi bei ihrer Abreise zu begleiten. Albert brachte die Tochter zum Flughafen und erzählte Lea danach, Mimi sei mit einer Gruppe sehr nett aussehender Ärzte abgeflogen, und er verstehe nicht, warum sie sich nicht mit einem von denen zusammentun könne, statt sich auf diesen Farid zu konzentrieren, der zwar auch sehr nett sei, aber eben doch aus einer anderen Kultur stamme, was früher oder später zu Problemen führen werde, spätestens dann, wenn der seiner jüdisch-österreichischen Frau plötzlich ein Kopftuch aufzwingen und ihr verbieten würde, als Ärztin zu arbeiten.

Lea antwortete nicht und dachte, dass sie Albert manchmal wirklich gerne hinauswerfen würde. Sie rief Harry in Paris an, erzählte ihm von Mimi, und Harry war voller Bewunderung für die Schwester, die sich ihre Liebe unter so schwierigen Bedingungen nicht nehmen ließ. Das beruhigte Lea, auch wenn sie wusste, wie groß ihre Angst um Mimi war und wie sehr sie wünschte, ihre Tochter würde so bald wie möglich zurückkommen, mit oder ohne Farid. Denn sie mochte ihn zwar sehr, aber Alberts Bedenken hatten auch bei ihr Fantasien ausgelöst, die sie lieber nicht näher betrachten wollte.

Mimi meldete sich häufig, sagte, dass sie Farid gefunden habe und es ihm gut gehe, dass sie sich oft sehen könnten und wie schrecklich die allgemeine Lage in Afghanistan sei. Sie habe sich aber schon beim österreichischen Konsulat in Kabul gemeldet, und Farid versuche gerade, seine Papiere zusammenzubekommen, damit sie heiraten könnten. Sie würden das so schnell wie möglich erledigen und dann in Wien ein großes Fest geben. Wenn sie dann wieder da wären. Nach einigen Telefonaten bemerkte Lea, dass Mimi immer das Gleiche sagte, immer die gleichen Worte benutzte, und begann, mehr über ihre Arbeit als Ärztin in Afghanistan zu erzählen als über Farid und die bevorstehende Hochzeit. Albert fand das wiederum beruhigend und sagte, vielleicht habe Mimi sich diesen Farid endlich doch aus dem Kopf geschlagen. Lea hasste ihn dafür. Sie wollte ein Happy End auch für Farid und konnte sich nicht vorstellen, dass Mimi es sich plötzlich anders überlegen sollte.

Mimi kam alleine zurück. Und Lea wagte nicht zu fragen. Es sei ihnen nicht gelungen, zu heiraten, sagte Mimi eines Abends kurz. Die Verwandtschaft habe sie zwar ins Herz geschlossen, ihr aber auch klargemacht, dass eine Heirat mit einer Europäerin für Farid nur ein noch größeres Risiko darstellen würde. Es wäre etwas anderes, wenn sie in Österreich heiraten würden, aber solange Farid in Afghanistan sei, wäre das undenkbar. Die Familie habe beschlossen, dass das nicht infrage käme. Mimi habe versucht, Farid zu überreden, aber dieser habe ihr erklärt, dass er sich niemals gegen seine Familie stellen würde und dass eine Heirat mit ihr hier in Afghanistan ihn tatsächlich noch mehr gefährden würde. Sie habe lange mit Farids Mutter und dessen Onkeln gesprochen, sie zu überreden versucht. Aber sie habe sie nicht umstimmen können. Sie wisse aber, dass Farid auch ohne die Heirat in Gefahr sei, weshalb sie nicht aufgeben könne. Sie mache sich jetzt auf einen langen, mühsamen Kampf um Farids Leben bereit.

Lea dachte an Theo, der damals versucht hatte, seine jüngere Schwester nach England nachzuholen, was ihm nicht gelungen war. Die englischen Behörden hatten immer wieder neue Einwände gehabt, bis der Krieg ausbrach und es vollends unmöglich wurde, irgendjemanden aus Österreich nach England zu holen. Hilde, Theos jüngere Schwester, war mit ihren Eltern nach Maly Trostinec bei Minsk deportiert und dort ermordet worden.

Natürlich sagte sich Lea, die Historikerin, dass es nicht das Gleiche sei. Und ebenso natürlich dachte Lea, die Mutter, wie sorglos diese im sicheren Österreich, mit dem Sicherheit garantierenden österreichischen Pass lebenden Menschen mit der Existenz von solchen wie Farid umgingen. Und wie immer in den letzten Monaten behielt die Mutter die Oberhand.

Mimi kämpfte verbissen um Farid. Sie rannte von Amt zu Amt, sie wandte sich an Zeitungen, Radio und Fernsehen. Sie trat einer Gruppe von Frauen bei, deren Männer deportiert worden waren und die so wie sie um deren Rückkehr zu ihren Familien kämpften. Sie wurde in Talkshows in Österreich und Deutschland eingeladen und sprach auf Kundgebungen. Aber es gelang ihr nicht, Farid zurückzuholen. Und eines Tages rief sie einer der Ärzte an, der mit ihr nach Afghanistan gegangen war, und teilte ihr vorsichtig mit, dass Farid verschwunden war und seine Verwandten davon ausgingen, dass er von den Taliban verschleppt worden sei.

Mimi war zu müde, um zu weinen. Einige Jahre später sollte sie über Umwege erfahren, dass die Taliban Farid getötet hatten, weil er sich ihnen auch unter Zwang nicht hatte anschließen wollen.

# 9
# Harry

»Mama, ich hab Zuckermangel!«

Der Fünfjährige saß auf dem Boden im Wohnzimmer, umgeben von einer unglaublichen Menge Legosteine in allen Größen, baute an einem futuristisch anmutenden Gebilde, das, wie er Lea erklärte, ein Schloss auf dem Mars sei, und gierte offenbar nach einem jener Krapfen, die so appetitlich auf der Anrichte im Wohnzimmer thronten.

»Erst isst du mit uns allen zu Abend und dann kriegst du deinen Krapfen«, sagte Lea, die hie und da das Bedürfnis hatte, sich pädagogisch zu verhalten.

»Aber ich hab doch Zuckermangel. Frag die Mimi, die ist Ärztin, das ist sehr gefährlich!«

»Harry, ärger mich nicht, du isst zuerst mindestens ein Wurstbrot, dann gibt's Krapfen, und aus!«

»Du bist so gnadenlos, du wirst mich noch sterben sehen, hier in meinem Marsschloss, du böse, gefühllose …«

»Noch ein Wort und ich hau dich auf den Hintern …«

»Da musst du mich aber erst erwischen …«, kicherte der Bub, hüpfte über seine Legosteine und rannte kreischend um den Esstisch, verfolgt von seiner Mutter, die kaum Luft bekam vor Lachen.

»Was wird das?«, fragte Albert, der in der Tür stand.

»Das ist eine Kur gegen den gefährlichen Zuckermangel!«, rief Lea, und Harry lachte so, dass er sich den Bauch halten musste.

»Und jetzt wird gegessen, geh und hol deine Geschwister, du armes, geplagtes Kind mit dieser bösen Hexe von einer Mama …«

Harry war Leas Herzenskind. Mimi war ihre Tochter und damit stand sie ihr von Natur aus so nahe wie keines ihrer anderen Kinder. Aber Harry, der Kobold, der Spitzbub mit den Einfällen, die die ganze Familie zum Lachen brachten, Harry war ihr Herzenskind. Simon, der Große, war entsprechend eifersüchtig und später entsprechend böse, weil ihn zuerst die Schwester und dann der kleine Bruder so sehr an den Rand gedrängt hatten. Als er klein gewesen war, hatte er an der Mutter geklebt wie ein kleiner Affe. Doch mit zunehmendem Alter hatte er sich von ihr entfernt. Mit Albert verstand er sich gut, aber Lea reizte ihn ständig zu Widerspruch und Wut. Und als Harry auf die Welt kam, fühlte Simon sich endgültig von der Mutter verstoßen. Albert versuchte, das abzufedern. Aber er war zu zerstreut, zu überzeugt, dass Kinder sich selbst erziehen und nicht allzu viel Aufmerksamkeit brauchten, um Simons Kränkung irgendwie wettzumachen. Lea liebte ihren Erstgeborenen, aber sie hatte das Gefühl, als entzöge er sich ihr immer mehr, und sie wusste nicht, was sie dagegen tun könnte. Fritzi war ihr keine Hilfe. Fritzi verstand überhaupt nicht, wie man mehr als ein Kind in die Welt setzen konnte, hatte sich aber rasch Mimi als ihre Lieblingsenkelin erkoren und nach deren Geburt sehr viel weniger Interesse an ihrem ersten Enkel gezeigt. Simon nahm ihr und Lea das gleichermaßen übel und rächte sich, indem er sich in die Herzen von Alberts Eltern lächelte. Diese hatten eine Schwäche für den ersten Enkel, den ihnen ihr einziger Sohn geschenkt hatte, und verwöhnten Simon in dem Maße, wie Fritzi Mimi verwöhnte: Bis zu Harrys Geburt herrschte also in der Familie ein gewisses

Gleichgewicht, auch wenn dieses etwas auf Mimis Seite zu neigen schien, da Alberts Eltern nur in den Schulferien vorhanden waren, wenn Albert sie mit den Kindern und Lea besuchte. Harry jedoch brachte dieses Gleichgewicht sogleich durcheinander.

Er kam mit dem Gesicht eines Kobolds auf die Welt, und jeder, den er mit seinen großen grünen Augen ansah, hatte das Gefühl, er sehe bis in das Innerste hinein. Lea wusste, dass es falsch war, aber sie konnte nicht anders. Sie verliebte sich in Harry, als gebe es niemand anderen auf der Welt. Sie stillte ihn drei Jahre lang, nur um ihm so lange wie möglich auch körperlich nahe bleiben zu können.

Er war viele Jahre lang klein und zart. Bis er in die Schule kam. Manchmal schien es Lea, als könne man durch ihn hindurchsehen, und sie dachte, ihr kleiner Liebling sei eine Art männliche Elfe, die man behüten müsse, weil sie so zerbrechlich sei.

Einmal, als Leas Freundin Mia mit ihrer Tochter Hanni, die so alt war wie Harry, zu Besuch kam, beschlossen die beiden Kinder, die einander seit ihrer Geburt kannten und liebten, sich zu verkleiden. Sie schlichen in Mimis Zimmer und räumten deren Kleiderschrank aus. Hanni zog ein Jeansröckchen von Mimi an, das ihr bis zu den Knöcheln hing, und stolzierte darin herum. Harry aber zog unter vielen anderen Dingen aus dem hintersten Winkel des Schranks Mimis einstiges Lieblingskleid hervor. Ein rosa Spitzenkleidchen mit Puffärmeln, ein Geschenk von Fritzi, denn Lea hätte Mimi niemals so etwas gekauft. Harry aber zog das Kleidchen an und tänzelte auf Fußspitzen ins Wohnzimmer, wo Lea und Mia Kaffee tranken. Als Lea ihn sah, dachte sie, sie müsse sich auf den Boden werfen vor Lachen, so komisch sah ihr Sohn mit dem Koboldgesicht, der nichts Mädchenhaftes an sich hatte, in dem Spitzenkleidchen aus. Mia tat das einzig Richtige und fragte die Kinder ganz ernsthaft, ob sie Fasching spielten. Harry aber sagte, nein, er habe nur einfach einmal sehen wollen, wie das sei, ein Kleid anzuhaben, Mimi dürfe ja schließlich auch Hosen tragen, warum sollten er und Simon dann nicht auch Kleider anziehen dürfen. Simon, der gerade bei der Türe hereinkam und schon ins Gymnasium ging, gab dem kleinen Bruder eine Kopfnuss und meinte, er werde sicher nicht wie eine »Transe« herumgehen, so was passe nur zu diesem Idioten von seinem kleinen Bruder. Lea tobte, schrie Simon an, was ihm einfalle, solche Ausdrücke zu benutzen, und wo er den überhaupt herhabe, und versuchte dann verzweifelt, dem fünfjährigen Harry zu erklären, was eigentlich eine »Transe« sei, ohne wirklich deutlich zu sagen, worum es ging. Harry hingegen hatte zwar verstanden, dass ihn der Bruder beleidigt hatte, woran er allerdings gewohnt war, weshalb er eher damit beschäftigt war, die Art der Beleidigung zu verstehen, als sich zu kränken. Mia sagte später zu Lea, sie habe sich schon lange nicht mehr so gut unterhalten, und küsste Harry zum Abschied lang und ausgiebig.

Das war Harry: Familienclown, Kobold und Herzensbrecher. Alle, die ihn sahen, waren verzaubert, auch als er noch ein Baby war. Aber niemandes Liebe schien so tief zu gehen wie Leas.

Auch Fritzi war nicht immun gegen Harrys Charme. Theo aber spielte den verliebten Großvater so überzeugend, dass Lea ihn einmal fragte, wieso er sie nie so verwöhnt hatte, als sie klein war. Sie sei süß gewesen, sagte ihr Vater, aber Harry, der sei eine Persönlichkeit in Miniatur, so was habe er noch nie erlebt.

Als Lea Albert davon erzählte, wurde der richtig zornig und sagte, Leas Eltern hätten schon eine komische Art, mit ihren Enkelkindern umzugehen. Lea antwortete beleidigt, immerhin interessierten sie sich für die Enkel, während Alberts Eltern ja schon ihre eigenen Kinder emotional sich selbst überlassen hätten, was man an ihrem einzigen Sohn ja deutlich sehe. Der Streit endete damit, dass sich Albert in ein Buch vertiefte und Lea mit Aufmerksamkeitsentzug strafte, und Lea Theo anschrie, er solle ihre beiden anderen Kinder gefälligst auch wahrnehmen. Familienstreit eben.

Harry weinte selten, verehrte Lea und Mimi, bewunderte Simon und versuchte, auch Albert für sich zu gewinnen, der schon aus Prinzip seinem jüngsten Sohn gegenüber skeptisch zu sein schien.

Als er mit der Schule fertig war, erklärte Harry seinen Eltern, er werde, wie der Vater, Mathematik studieren und Lehrer werden. Lea war erstaunt. Harry hatte sich im Zeichenunterricht besonders hervorgetan, alle Familienmitglieder im Laufe seiner Schulzeit mit wunderbar bunten, selbst gemalten Bildern beglückt, und Lea war überzeugt gewesen, er werde einen kreativen Beruf ergreifen. Vielleicht hatte sie sich das aber auch nur gewünscht, weil ihr schien, dass ihr jüngster Sohn so viel Fantasie besaß, die in sinnvolle Bahnen gelenkt werden sollte. Das Mathematik-Studium schien ihr dafür wenig geeignet. Albert aber freute sich. Und Harry hatte endlich die ganze Aufmerksamkeit seines Vaters.

Er studierte brav und bestand alle Prüfungen zur richtigen Zeit. Er genoss es, wenn der Vater mit ihm über bestimmte Formeln diskutierte und über die Frage, wie man Kindern die Freude an der Mathematik wohl am besten vermitteln konnte. Gleichzeitig aber bat er Lea immer wieder um Bücher über Geschichte und interessierte sich auch für Mimis Knochenbrüche und ihre chirurgischen Nähkünste. Nur mit Simon gelang keine Annäherung.

Der große Bruder nahm ihn entweder nicht ernst oder ärgerte sich über ihn.

Harry war ein vorbildlicher Student, was Lea erstaunte. Sie konnte sich ihren elfenhaften Sohn nicht als ernsthaften Mathematiker vorstellen. Allerdings dachte sie, dass er wohl ein guter Lehrer werden könnte, weil er Kinder liebte und mit ihnen stets leicht ins Gespräch kam. Albert war glücklich. Harry interessierte sich als Einziger in der Familie tatsächlich für das, was er tat, und war ihm ein aufmerksamer Zuhörer. Als Simons erster Sohn zur Welt kam, fuhr Harry mit Mimi und Albert zum großen Bruder, bewunderte dessen Nachwuchs gebührend und schaffte es sogar, mit Gerlinde freundlich umzugehen, die keiner in der Familie so recht leiden konnte.

Lea war da gerade sehr um Fritzi besorgt, die sich wieder einmal selbst ins Spital eingewiesen hatte und erklärte, sie sei zu krank, um alleine gelassen zu werden. Dass sie gerade Urgroßmutter geworden war, machte sie zwar sehr stolz – keine ihrer Freundinnen hatte das bisher erreicht –, aber gleichzeitig war allen klar, dass sie Leas deutsche Schwiegertochter und somit die Mutter ihres ersten Urenkels nicht ausstehen konnte.

»Ausgerechnet eine Piefke hat er nehmen müssen, der Depp«, sagte sie, und Lea widersprach nicht.

Harry aber gelang es irgendwie, die Familie mit Gerlinde auszusöhnen, oder besser jenen Teil der Familie, der mitgekommen war, um das neue Familienmitglied zu begrüßen. Albert kehrte von dem Besuch zurück und begrüßte Lea mit den Worten: »Servus Omi, du hast wirklich was versäumt, der Bub ist so herzig …«

»Sag noch einmal Omi zu mir und ich hau dir eine runter …«

»Oh, jetzt sei doch nicht so beleidigt. Schließlich haben wir jetzt einen Enkelsohn!«

»Ja, und der darf zu mir Omi sagen, wenn er irgendwann reden kann, aber deine Omi bin ich nicht …«

Albert zeigte ihr die rund hundert Fotos, die er von Ludwig, so hieß der Enkel nach Gerlindes Großvater, gemacht hatte, Lea telefonierte mit dem stolzen Vater, ließ die stolze Mutter, die noch in der Klinik war, herzlich grüßen – herzlich, sagte sie und wiederholte es mehrmals – und kaufte ein silbernes Kinderbesteck für den Buben.

Harry meinte, der Bub sehe aus wie Opa Theo und habe nichts von der piefkenesischen Verwandtschaft an sich, außer dem Namen, worüber Mimi und Lea sich amüsierten, während Albert missbilligend den Kopf schüttelte.

Ein Jahr später war Gerlinde wieder schwanger und Harry mit seinem Mathematik-Studium fertig. Lea wunderte sich über die Geschwindigkeit, mit der ihr erster Sohn Kinder produzierte und mit der ihr Herzenskind sein Studium vorangetrieben hatte.

Zur Geburt von Leopold, dem zweiten Enkel, der wiederum nach Gerlindes Onkel benannt wurde, kam Lea mit Albert zu Besuch. Sie hatte auch für diesen zweiten Enkel das übliche silberne Kinderbesteck gekauft und für die glückliche Mutter einen seidenen Schal, der dieser natürlich nicht gefiel. Sie blieben über ein verlängertes Wochenende. Albert hatte sich zwei zusätzliche Tage freigenommen – immerhin bekam man ja nicht alle Tage einen Enkel – und so lange Gerlinde in der Klinik war, hatte Lea nichts dagegen, Simon und Ludwig zu verwöhnen. Simon war sichtlich gerührt und weniger grob zu Lea als sonst, und Ludwig gefiel die Wiener Oma, die ihn mit Süßigkeiten vollstopfte und ihm stundenlang vorlas. Harry und Mimi hatten sich dieses Mal entschuldigen lassen. Harry hatte erklärt, er denke gar nicht daran, zu jedem neuen Neffen nach Deutschland zu fahren, der große Bruder solle die Rasselbande lieber nach Wien bringen, wo man sie in den Prater führen könne.

»Geh, du bist nicht einmal gern in den Prater gegangen, als du noch ein kleiner Bub warst«, sagte Albert und lachte.

»Na, eh nicht, aber zwei kleine Piefkes muss man doch in den Prater führen«, meinte Harry.

»Sag nicht Piefkes zu meinen Enkeln, die können ja nix dafür, dass sich dein Bruder diese … ausgesucht hat«, mischte sich Lea ein.

»Auch wahr«, erwiderte Harry, zuckte mit den Schultern und vertiefte sich in ein Buch. Es war ein Lehrbuch für Fotografie, was Lea freute, aber auch erstaunte. Immerhin hatte Harry gerade erst angefangen, Mathematik zu unterrichten, und erzählte wirklich heitere Geschichten aus dem Schulalltag. Albert hatte schon längst aufgehört, sie mit seinen täglichen Schulerlebnissen zu erfreuen. Jetzt übernahm Harry diese Rolle und machte seine Sache wirklich gut, fand Lea.

Zu Harrys 30. Geburtstag schrieb Lea ein Gedicht für ihn.

Der Bub ist groß,
jetzt geht es los.
Der Pass im Tascherl,
der Vodka im Flascherl,
im Börsel Geld,
auf in die Welt.
Bleib nicht zu lange,
sonst wird mir bange.

Die Familie lachte Tränen. Harry aber nahm den Zettel, auf den sie ihr Werk geschrieben hatte – einschließlich ungelenker Blumenranken und Kussmündchen –, bedankte sich überschwänglich, kaufte eigens für das Kunstwerk seiner Mutter einen schönen Metallrahmen und hängte ihn über seinem Schreibtisch so auf, dass er ihn immer sehen konnte. Lea war glücklich und ließ sich den Spaß auch nicht durch Mimi, Simon, Albert und Fritzi verderben, die ihr erklärten, ihre Dichtkunst habe den Charme eines Waschlappens und den Tiefsinn eines Geschirrtuches. Harry zwinkerte ihr zu und sagte laut:

»Ihr könnt ruhig spotten, die Mama hat's wenigstens versucht …«

Wenig später eröffnete er der versammelten Familie, dass er vorhabe, den Mathematikunterricht an den Nagel zu hängen und Fotograf zu werden. Albert drehte sich beleidigt um und ging aus dem Zimmer. Lea war begeistert, auch wenn sie sich ein wenig Sorgen machte, wie Harry das denn nun anstellen wollte. Mimi machte sofort Pläne für Ausstellungen und gemeinsame Reisen um die Welt. Aber Simon zuckte nur mit den Achseln und nannte den kleinen Bruder einen Träumer.

»Das ist ein Kompliment«, sagte Harry gekränkt.

»Nein, du Depp, das ist keins, das heißt, dass du keine Ahnung vom Leben hast«, antwortete Simon, und an die Mutter gewandt sagte er in schneidendem Ton: »Und du unterstützt ihn auch noch mit seinen Blödheiten!«

»Aber Fotograf ist doch etwas sehr Schönes, Kreatives …«, verteidigte sich Lea, doch ihr ältester Sohn sah sie nur voller Verachtung an, so schien es ihr, und verließ das Zimmer. Er war zu Harrys Geburtstag ohne Frau und Kinder nach Wien gekommen, aber Lea wurde das Gefühl nicht los, er sei nicht gekommen, um seinem Bruder zu gratulieren, sondern um ihnen allen etwas zu eröffnen. Harry hatte ihm mit seiner Mitteilung offenbar die Show gestohlen, so dachte Lea und fühlte sich schuldig. Sie ging Simon nach und versuchte ihn zu umarmen, aber der stieß sie grob von sich und schrie sie an: »Es geht immer nur um Harry, immer nur um ihn und seine blöden Ideen. Für mich hast du noch nie ein Gedicht geschrieben. Ich interessiere dich gar nicht!«

»Was redest du da, natürlich interessierst du mich, du bist doch mein Kind!«

»Nein, ich bin euch allen egal. Dabei wollte ich euch doch persönlich sagen, dass ich ein großartiges Angebot von einer amerikanischen Computerfirma habe und wahrscheinlich kommendes Jahr nach Kalifornien übersiedeln werde. Und dass wir ein drittes Kind bekommen. Aber das ist dir ja eh ganz egal!«

»Kalifornien? So weit weg? Da seh ich dich und die Buben ja dann gar nicht mehr …«

»Du hättest mir auch gratulieren und dich für mich freuen können, aber natürlich denkst du wieder einmal nur an dich, so war das schon immer …«

»Noch ein Kind?«, sagte Lea dann noch und erinnerte sich im gleichen Augenblick daran, wie böse sie auf Fritzi gewesen war, als die ihre dritte Schwangerschaft für unverantwortlich erklärt hatte.

»Ein drittes Enkelkind, wie schön! Hoffentlich wird's ein Mäderl …«

»Und wenn nicht?«

»Na, dann freu ich mich genauso. Und natürlich gratuliere ich dir …«

Albert und Harry brachen in Begeisterungsstürme aus, als Simon seine Neuigkeit verkündete. Mimi nannte ihn Karrierejunkie, was ihr strafende Blicke ihrer Eltern einbrachte und Simons hämischen Kommentar, sie sei nur eifersüchtig und werde wohl nie so ein Angebot bekommen.

Aber so sehr sich alle auch bemühten, niemand in der Familie schaffte es, sich so recht mit Simon zu freuen. Als er zurück nach Deutschland gefahren war, saßen sie an einem Abend, an dem Mimi keinen Nachtdienst und auch Harry Zeit hatte, zusammen und unterhielten sich über Simon.

»Wieso ist er so geworden?«, fragte Lea in die Runde und Albert antwortete, dass ausgerechnet sie eine solche Frage wohl lieber nicht stellen sollte.

Und Mimi, die keine Gelegenheit ausließ, die Mutter gegen Albert zu verteidigen, auch wenn das nicht unbedingt immer nötig war, fragte ihren Vater bissig: »Wieso die Mama, wo warst du denn?«

»Na ja, ich habe doch getan, was ich konnte, aber gegen die Mama und die Fritzi hab ich keine Chance gehabt. Und die haben ihn zuerst verwöhnt und ein Prinzlein aus ihm gemacht, und dann seid ihr zwei gekommen und plötzlich war's aus mit dem Prinzen …«

»Aber ich liebe ihn doch und du doch auch und die Fritzi ja auch. Also was haben wir falsch gemacht? Mit euch beiden auch, da haben wir sicher auch was falsch gemacht …«, wandte sich Lea an ihre beiden Kinder.

Harry sah Mimi an und dann begann er aufzuzählen: »Ihr habt uns keine goldenen Nachttöpfe gekauft, und wo bleibt der eigene Jet, um rund um die Welt zu fliegen, und die eigene Insel für den Urlaub? Und das eigene Spital für die Mimi und das eigene Fotostudio für mich? Und eine Köchin wäre auch nicht schlecht, weil ihr zwei seid wirklich keine Meisterköche, und übrigens, am Beginn des dritten Weltkrieges seid ihr auch schuld, wenn er dann anfängt …«

»Harry!«, seufzte Lea, Mimi begann zu lachen und sogar Albert schmunzelte gnädig. Damit war die Diskussion über die Schuld der Eltern an den verschiedenen Lebenswegen der Kinder beendet.

Als Simons dritter Sohn zur Welt kam, waren alle enttäuscht. Harry erfuhr es zuerst, und als er zu Lea kam und ihr mit ernstem Gesicht erklärte: »Der Simon hat mich gerade angerufen. Es ist wieder kein Mädchen ...«, fragte die Mutter ohne lange nachzudenken: »Was ist es denn dann?«

Die Familie amüsierte sich wochenlang über Leas Frage. Natürlich sagten sie Simon nichts davon. Sie waren überzeugt, dass er nicht gelacht hätte.

Harry unterrichtete weiter, verbrachte jetzt aber jede freie Sekunde bei einem Fotografen, den er bei einem seiner Abendkurse kennengelernt hatte und der ihm großes Talent bescheinigte. Und er fragte Lea immer öfter nach der Familiengeschichte. Nach Theos und Fritzis Familie, nach dem Schicksal der näheren und ferneren Verwandten, danach, wie alle den Krieg überlebt oder eben nicht überlebt hatten. Erstaunlicherweise war er der Einzige, der sich ernsthaft dafür interessierte. Mimi hörte zwar immer aufmerksam zu, wenn Lea erzählte, war aber lange Zeit viel zu sehr mit ihrer Arbeit im Spital beschäftigt, als dass sie sich näher damit hätte auseinandersetzen können. Simon wiederum hatte von allem Anfang an gezeigt, dass er nicht damit belastet zu werden wünschte. Lea war also glücklich, dass Harry ihr Interesse für Geschichte und ihre Besessenheit mit der Vergangenheit ihrer Familie teilte.

Vor allem aber fotografierte Harry jetzt geradezu fanatisch. Lea war eines seiner Lieblingsmodelle. Er fotografierte sie in jeder Lebenslage. Nur als er ihr einmal auch ins Bad nachschlich, warf sie ihn lachend hinaus. Aber die Portraits, die er von ihr, Mimi und Albert machte, brachten sie zum Weinen, so genau traf er das Innerste aller Abgebildeten. Und Lea gestand sich ein, dass sie auf manchen der Fotos sogar hübsch war, trotz ihrer Falten, der hängenden Wangen und des kleinen

Doppelkinns. Zu Alberts Geburtstag im September machte Harry ihm ein kleines Fotobuch zum Geschenk, in dem er nicht nur Fotos sämtlicher Familienmitglieder versammelt hatte, einschließlich alter Bilder von Fritzi, Theo, Karl und natürlich aller Verwandten Alberts, sondern auch ein Foto von einer großen Schultafel, auf die mit Kreide dutzende mathematische Formeln geschrieben waren und das er einmal in seiner eigenen Klasse aufgenommen hatte. Albert war gerührt und freute sich. Aber Lea sah ihm an, dass er auch gekränkt war, weil Harry der Fotografie zunehmend mehr Zeit widmete als der Mathematik.

Eines Tages fragte Harry nach Simon dem Älteren, nach Fritzis Bruder. Lea wusste nicht viel über ihn. Fritzi hatte nur wenig erzählt. Onkel Simon war noch vor dem Anschluss und bevor Fritzi und Lollo nach England entkommen waren, nach Frankreich gegangen und hatte dort offenbar seine große Liebe gefunden. Fritzi hatte noch ein paar wenige Briefe aufgehoben, die er ihr von Südfrankreich nach England geschickt hatte. Dann war der Kontakt abgebrochen. Als sie nach Wien zurückgekommen waren, hatten sie ihn gesucht. Über alle möglichen Organisationen. Über das Rote Kreuz, die jüdischen Hilfsorganisationen, ja sogar über den französischen Hochkommissar in Wien. Er war nicht gefunden worden. Als ob er sich in Luft aufgelöst hätte. Es war unmöglich herauszufinden, was mit ihm geschehen war, ob er noch lebte oder wie und wo er gestorben war. Und sie hatten so viele eigene Sorgen. Später hatte Fritzi voller Wehmut von ihrem Bruder gesprochen, aber nie mehr nach ihm gesucht.

Harry fand das empörend.

»Wenn die Mimi oder der Simon verloren gegangen wären, hätte ich die Welt auf den Kopf gestellt, um sie zu finden …«, sagte er, und Lea fühlte sich schuldig, obwohl sie diesen Onkel, Simon den Älteren, nie gekannt hatte.

»Ich glaube, ich gehe für eine Zeit nach Frankreich und suche ihn dort selbst«, sagte Harry eines Tages, und Lea dachte, dass er das einzige ihrer Kinder war, das auf eine so aberwitzige Idee kommen konnte.

»Wie willst du das denn machen? Und die Schule?«

»Ich habe mich schon beurlauben lassen, weil ich mich ein halbes Jahr intensiv mit dem Fotografieren beschäftigen will. Ich muss herausfinden, ob das jetzt wirklich meins ist. Dann würde ich die Schule ganz sein lassen und ein richtiger Fotograf werden …«, sagte Harry, ihr Jüngster. Und Lea bewunderte ihn dafür. Aber Frankreich?

»Ich habe mich erkundigt. In Paris gibt's ganz fantastische Fotokurse. Ich habe mir schon die Unterlagen angeschaut. Ein bisschen Geld habe ich auch gespart. Ich geh für ein paar Monate nach Paris, mache meinen Kurs und gleichzeitig sehe ich, ob ich was über den alten Simon herausfinden kann. Wäre doch wunderbar, wenn ich ihn ausgrabe …«

»Das war jetzt aber ziemlich geschmacklos …«

»Hab ich nicht so gemeint …«

Harry umarmte die Mutter und drückte sie so fest, bis sie keine Luft mehr bekam und ihn lachend wegschob. So war es immer gewesen zwischen ihnen. Weder Mimi noch Simon ließen sich zu solchen Liebesbekundungen hinreißen, Harry war da ganz anders. Ihr Baby eben.

Bevor Harry nach Paris reiste, lernte Mimi Farid kennen, und Harry verbrachte viel Zeit mit der großen Schwester bei den Geflüchteten auf dem Bahnhof. Was seinem Entschluss, Simon den Älteren nicht nur zu suchen, sondern auch zu finden, neuen Antrieb gab.

Aus irgendeinem Grund brachten sie ihn alle gemeinsam zum Flughafen. Nur Simon, der Jüngere fehlte, weil er, wie er am Telefon sagte, gerade wirklich keine Zeit hätte und es schließlich ja nichts Besonderes sei, ein paar Monate aus Wien wegzugehen, ihn habe auch nicht die ganze Familie verabschiedet, als er nach Deutschland gezogen war.

Albert trug Harry auf, so viel Foie gras wie möglich zu essen und vor allem bei seiner Rückkehr mitzubringen. Mimi versicherte ihm, sie werde ihn bald besuchen kommen, um Paris mit ihm unsicher zu machen. Lea aber drückte ihn lange und fest und sagte, sie werde ihn sehr vermissen. Und Harry lachte und sagte, sie sei eine typische »jiddische Mame« und schlimmer als Fritzi, und er werde sie jede Woche anrufen und ihr sagen, wie gut er es habe.

»In Pariii, in Frankreisch, mit viele schöne Französin …«

Sie erregten Aufsehen. Und dann ging Harry und drehte sich dreimal um und winkte mit beiden Armen, wobei ihm sein Flugticket natürlich aus der Hand fiel und er einen kleinen Stau verursachte. Mimi legte tröstend ihren Arm um Lea, der nach Weinen zumute war.

»Aber Mama, was ist los? Paris ist doch nicht das Ende der Welt … Und es sind doch nur ein paar Wochen …«

Es gelang Harry nicht, etwas über Simon den Älteren herauszufinden, obwohl er sich in jeder freien Minute damit beschäftigte. Er verbrachte so viel Zeit im CdJC, dem jüdischen Dokumentationszentrum in Paris, dass ihn dort alle Mitarbeiter schon mit Namen kannten und ihn der österreichische Zivildiener, der dort arbeitete, fragte, ob er ihn nicht bei seiner Arbeit unterstützen wolle. Harry lehnte dankend ab, ging aber von da an regelmäßig mit diesem Helmut etwas trinken oder ins Kino. Aber auch der fand nichts über den verschwundenen Großonkel heraus. Sie stöberten in allen Papieren, die sie finden konnten, fanden aber nichts. Harry ließ sich von Lea Kopien der Briefe an Fritzi in England schicken, in der Hoffnung, da eine Spur zu finden. Doch als sie die Adresse anschrieben, die auf den Kuverts als Absender angegeben war, antwortete ihnen eine junge Frau, die sagte, sie sei in dem Haus geboren worden, aber weder sie noch ihre Eltern hätten je etwas von einem Österreicher namens Simon gehört.

»Er hat damals wahrscheinlich seinen Namen geändert«, meinte Lea, als Harry ihr am Telefon mitteilte, er könnte nichts über ihren Onkel herausfinden.

»Und wisst ihr, wie er sich genannt hat, oder wie seine französische Frau geheißen hat?«

»Keine Ahnung, die Mama hat nie mehr über ihn geredet. Und so viel ich weiß, hat sie nach dem Krieg zwar beim Roten Kreuz nach ihm gefragt, aber dann war da nichts mehr. Ich sehe aber noch in ihren Papieren nach, vielleicht finde ich da was. Ich ruf dich an, wenn ich was weiß. Und inzwischen fotografier schön und lass es dir gut gehen …«

Lea überlegte, Harry in Paris zu besuchen, kam aber wieder von dem Plan ab, als Albert ihr vorwarf, sie könne nicht loslassen. Eigentlich wäre sie gerne gefahren. Sie kannte die Stadt kaum, liebte sie aber, weil sie ihr so viel eleganter, abwechslungsreicher und spannender vorkam als Wien. Sie hatte auch eine Schwäche für die Sprache Französisch, was sie sich nur damit erklären konnte, dass ihr Deutsch immer schon plump und schwerfällig vorgekommen war, während Französisch, das sie allerdings kaum beherrschte, ihr leicht und schwebend erschien, wie ein zartes Flötenspiel an einem schönen ruhigen Sommertag.

Natürlich wusste sie, dass das eine Illusion war, dass sie sich da etwas zusammenfantasierte. Albert behauptete immer, sie sei ganz einfach auf der Suche nach einem europäischen Land, das sie besser ertragen könne als Österreich. Und vielleicht hatte er sogar recht.

Wien, das sie als Kind so geliebt hatte, war ihr von Jahr zu Jahr fremder geworden. Sie fand, dass es immer kälter wurde in der Stadt ihrer Kindheit. Und die Liebe kam ihr zusehends abhanden. Dieses Wien jetzt war nicht mehr jener sichere Hafen, der es für sie als Kind gewesen war. Es war ein Ort der Anspannung und manchmal auch der Angst geworden, und sie fragte sich, warum sie hier, wo sie ihr ganzes Leben verbracht hatte, jetzt keine Ruhe mehr finden konnte.

Aber nicht nur Alberts Ermahnung hielt Lea davon ab, nach Paris zu fahren. Sie hatte Angst, sich alleine in der fremden Stadt nicht zurechtzufinden, sie hatte Angst, Harry auf die Nerven zu gehen, und sie hatte Angst, enttäuscht zu werden. Harry hingegen fotografierte, vor allem im jüdischen Viertel rund um das Dokumentationszentrum, er machte ganze Zyklen von Fotos von der Place des Vosges bis zum berühmten Restaurant Goldenbergs, wo man ihn so lieb gewann, dass er häufig dort zum Essen eingeladen wurde – obwohl ihm das Essen gar nicht so gut schmeckte. Aber, so erklärte er der Mutter bei einem ihrer zahlreichen Telefonate, aber die Gesellschaft mache das schlechte Essen allemal wett.

»So was bringt auch nur Harry zusammen. In Paris regelmäßig schlecht essen …«, meinte Mimi, als Lea ihr davon erzählte, und lachte schallend. Und Lea dachte wieder einmal, was sie doch für einen wunderbaren, verrückten Sohn habe.

Sie fragte ihn, ob er sich denn verliebt habe. Und Harry verneinte. Er habe viele Freunde gefunden und es würden fast täglich mehr, sagte er. Aber bisher sei keine Frau dabei gewesen, der er »näher zu kommen gewünscht« habe. Sagte er, und Lea wunderte sich über die verschnörkelte Mitteilung und wechselte das Thema.

Harry fragte nach den Flüchtlingen. In Frankreich, sagte er, gebe es ähnliche Probleme, er sei mit Helmut, seinem österreichischen Freund, nach Calais gefahren, wo es ein riesiges Camp gebe, voll mit Menschen, die nach England wollten.

»Und die Engländer lassen sie einfach nicht rein …«, berichtete er aufgebracht, und Lea antwortete, dass diese Engländer Fritzi und Theo aber damals das Leben gerettet hätten.

»Aber auch nur, weil sie billiges Hauspersonal und billige Arbeiter gebraucht haben«, erwiderte Harry noch wütender, und Lea suchte ein Gegenargument, aber es fiel ihr nichts ein, was sie ihm hätte sagen können, zumal auch sie die Bilder, die da aus Calais kamen, unerträglich fand.

Harry schickte ihr Fotos aus dem Camp von Calais. Lea weinte und schickte sie dann an Zeitungen und Magazine. Aber keiner nahm sie. Man habe eigene Fotografen, hieß es, und es gebe genug Probleme in nächster Nähe. Lea war fassungslos und ratlos. Und Albert warf ihr vor, sich in Harrys Angelegenheiten einzumischen. Ihr Sohn habe ihr die Fotos sicher nicht geschickt, damit sie sie jemandem zur Veröffentlichung anbiete, meinte er, und sie solle Harry doch bitte endlich loslassen.

»Macht dich das nicht fertig, wenn du die Bilder siehst und keinen interessiert das?«, fragte sie Albert.

»Natürlich berührt mich das«, antwortete Albert empört.

»Glaubst du, ich bin aus Eis? Du weißt doch, dass mich das berührt …«

»Aber du hast nicht das Gefühl, dass du was tun müsstest, nicht wahr?«

»Ja, was denn?«

Lea schwieg und sah neuerlich auf die Fotos. Sie betrachtete vor allem die Kinderportraits, die Harry gemacht hatte. Kinder in zu weiten, schmutzigen Pullovern, die in die Kamera grinsten, obwohl ihre Augen von der Trauer des Lebens sprachen. Babys in Kartonschachteln, ein Stück Holz als Spielzeug in der Hand.

Frauen mit steinernen Gesichtern, mit viel zu dünnen Neugeborenen im Arm.

Männer mit verbundenen Köpfen und Zigaretten in den knochigen Fingern.

Und alle sahen aus, als glaubten sie nicht mehr an eine Zukunft, an ein Leben auf Menschenart. Als hätten sie sich abgefunden und warteten nur noch auf eines: auf den Tod, der sie dem Elend entreißen würde.

Lea dachte an Hanna und Erna und fragte sich, wie die beiden es geschafft hatten, weiterzuleben. Nach dem großen Nichts, in das man sie gezwungen hatte, in dem es kein Leben, aber auch kein Sterben gab, in dem jeder Tag so wie der zuvor und der danach war, in dem es keine Hoffnung, keine Erwartung, keine Zukunft geben konnte, und in dem sie sich doch weitergeschleppt hatten. Bis die Mauer zerbröckelt war, hinter der sie dahinvegetierten, und ihnen so etwas Ähnliches wie ein Leben angeboten wurde. Das sie doch nie mehr so wirklich zu leben imstande gewesen waren.

»Was die da machen, ist ein Verbrechen. Sie zerstören wieder eine ganze Generation. Glaubst du denn, dass die noch irgendwann einmal so etwas wie ein normales Leben leben können? Ich kann mir das nicht vorstellen, aber ich kann mir vieles nicht vorstellen …«, sagte Lea zu Albert, der sich wieder seiner Zeitung zugewandt hatte und nur hilflos mit den Schultern zuckte.

Harry rief oft an. Er erzählte aufgeregt über das Vorgehen der französischen Polizei gegen die Roma in Frankreich. Er habe in einer Roma-Siedlung fotografiert, sagte er, sei aber sehr grob weggedrängt worden und habe sich und seinen kostspieligen Fotoapparat nur mit Mühe in Sicherheit bringen können.

»Und das mitten in Europa im 21. Jahrhundert«, sagte er zornig. »Kein Wunder, dass der alte Simon spurlos verschwunden ist. Das ganze Getue von wegen ganz Frankreich war im Widerstand ist doch auch nur eine Geschichtslüge. Die haben genauso viele Leichen im Keller wie die Österreicher und die Deutschen …«

Lea wunderte sich über die Verbitterung, die sie in Harrys Worten hörte. Sie hatte nie gedacht, dass eines ihrer Kinder die nahe Vergangenheit noch kritischer und radikaler wahrnehmen könnte als sie selbst. Aber Harry war unerbittlich und kritisierte selbst das jüdische Dokumentationszentrum, in dem er inzwischen fast schon zum Familienmitglied geworden war.

Lea sah sich plötzlich genötigt, mäßigend auf ihren Sohn einzuwirken, eine Rolle, die sie nie gekannt hatte. Sie war immer die Aufgebrachte, Intolerante, Erbarmungslose gewesen. Aber Harry übertraf sie bei Weitem mit seinem Zorn und seinem Wunsch nach Rache, den Lea so nie gehabt zu haben glaubte. Wenn sie sich allerdings manchmal in einem Anfall von tiefer Ehrlichkeit selbst ins Verhör nahm, musste sie gestehen, dass auch ihr der Rachegedanke keineswegs fremd war. Aber Rache war immer ein abstrakter Begriff geblieben, nicht etwas, was direkt mit ihr zu tun haben könnte. In Harry allerdings spürte sie das starke Bedürfnis, tatsächlich Rache zu nehmen für die ermordeten Urgroßeltern, die vertriebenen Großeltern und das über die Generationen ererbte Trauma, das in ihm besonders stark zu sein schien und mit der Suche nach dem verschollenen Großonkel offenbar noch anwuchs.

Abgesehen davon genoss er Paris. Er lernte die Sprache und erstaunte die Familie mit Geschichten, die ihm die Menschen erzählten, die er in der Metro, beim Bäcker oder einfach im Park traf. Er erging sich die Stadt im wahrsten Sinn des Wortes, erzählte der Mutter lachend von seinen durchgelaufenen Turnschuhen und dass er sich dringend neue kaufen müsse, und kannte bald alle Museen und Buchhandlungen der Stadt. Lea bewunderte ihren Jüngsten für seine Fähigkeit, sich in dieser Stadt, in diesem Land und in dieser fremden Sprache zurechtzufinden. Mimi erklärte, sie werde sich im Frühjahr mindestens drei Wochen freinehmen, um mit Harry durch Paris zu streifen, und Albert freute sich über die Fotos, die Harry schickte, auch wenn er das nie zugeben würde.

Doch wenn Lea über Harry sprach, konnte er sich meistens eine übellaunige Bemerkung darüber nicht verkneifen, dass seine verrückte Frau seinen begabten Sohn vom rechten Weg abgebracht hätte.

»Hättest mich ja nicht heiraten müssen, wenn ich so verrückt bin …«

»Na ja, damals warst du noch relativ normal. Und außerdem: Ich bin ein anständiger Mensch, ich häng nicht einer Frau ein Kind an und lass sie dann stehen … Aber wenn ich gewusst hätte, was da draus wird …«

»Na danke, wenn ich das gewusst hätte, hätte ich dich auch nicht geheiratet …«

»Ja, du wärst vielleicht zu deinem Freund nach London abgehauen, nicht wahr?«

»Welcher Freund in London?«, fragte Mimi, die in diesem Moment ins Zimmer kam.

»Ach was, der Papa redet Blödsinn, das war ja lang vor seiner Zeit, das mit dem Boris …«

»Wer weiß, wer weiß, vielleicht auch nicht«, sagte Albert und lachte so sehr, dass Lea auch lachen musste und ihm spielerisch einen Nasenstüber versetzte, woraufhin er ihr einen Klaps auf den Hintern gab, was Mimi dazu veranlasste, den Kopf zu schütteln und den Eltern mitzuteilen, sie seien unglaublich peinlich und sollten sich ihrem Alter entsprechend benehmen.

»Meinem Alter entsprechend?«, fragte Lea und begann gebückt mit hüpfendem Schritt durch das Zimmer zu schlurfen. »Dann koch ich aber auch nicht mehr und lass mich von dir bedienen …«, sagte sie zu Mimi, die jetzt doch auch lachen musste.

In diesem Augenblick läutete das Telefon. Albert hob ab und stellte dann auf Lautsprecher, weil Harry dran war. Er erzählte begeistert von seiner neuesten Eroberung, einer jungen Inderin, mit der er an diesem Abend verabredet sei, um in ein Konzert zu gehen.

»Da gibt's so eine amerikanische Band, die heißen Eagles of Death Metal, die sind so cool, sagt meine Freundin, die gehen wir uns später anhören, die spielen in einem total angesagten Theater …«

»In welchem?«, rief Mimi neugierig ins Telefon.

»Im Bataclan!«

# 10
# Leas Traum

Sie trägt Harry vor sich her. Er ist ein Baby, aber er spricht. Er sitzt in seinem Tragetuch an ihre Brust gedrückt und spricht mit ihr.

Simon geht vor ihr her und hält Mimi an der Hand.

Albert ist nirgends zu sehen.

Sie gehen durch einen Wald. Es ist dunkel und kalt. Lea weiß nicht, wo sie ist, aber die Kinder gehen vor ihr her, als wüssten sie genau, wohin sie wollen.

Harry spricht.

»Mama, hab keine Angst, wir finden schon hin!«

»Wieso sprichst du mit mir, du bist doch noch viel zu klein?«

»Klein, aber klug«, sagt das Baby und kichert.

Mimi und Simon bleiben stehen und drehen sich zu ihr um.

Plötzlich befinden sie sich alle in einem Garten.

Rundherum in den Beeten sind die Blumen verdorrt oder zerrissen.

Das Gras ist braun.

Lea weiß sofort, dass sie Wasser finden muss.

Harry an ihrer Brust ist plötzlich sehr weiß, fast durchsichtig.

»Ich hab solchen Durst«, sagt Mimi und setzt sich mitten in das braune, verdorrte Gras.

»Ich auch«, sagte Simon, »du hast natürlich schon wieder nicht nachgedacht!«

Lea fühlt, wie sie die Schuld drückt. Sie hat das Gefühl, immer kleiner zu werden, und Harry im Tragetuch wiegt auf einmal einen Zentner schwer.

Sie steht in diesem Garten, der keiner mehr ist, und kann sich nicht bewegen.

Und dann kommt die Angst.

Sie weiß, dass sie die Kinder von hier wegbringen muss. Weit hinten sieht sie ein Gartentor, dorthin müssen sie, bevor …

Bevor?

»Was ist da?«, schreit Simon und zeigt hinter sie.

»Da kommen sie«, sagt Mimi leise und beginnt zu weinen.

Lea nimmt sie an der Hand. Harry wiegt schwer wie eine Tonne.

Ein Schritt, noch ein Schritt, Simon vor ihr rennt, aber sie kommt mit Mimi und Harry nicht voran und sie spürt den Atem der Verfolger im Nacken, obwohl sie sie nicht hört und nicht sieht.

Rennen, wenn die Beine sich nicht bewegen wollen. Rennen um ihr Leben und um das Leben der Kinder.

Rennen und nicht wissen, wovor sie davonläuft.

Rennen und nicht wissen, wohin …

# 11
# Lea

Sie war alleine zu Hause, als die Nachricht kam.

Albert war wieder einmal zu einer seiner Schwestern gefahren, die gerade zum ersten Mal Großmutter geworden war. Er wolle Ernst, das neue Familienmitglied, persönlich begrüßen und sich nicht wieder einmal nur mit einem Babyfoto begnügen, das völlig austauschbar sei, denn so seien Babyfotos nun einmal, hatte er gesagt, seine Tasche gepackt, Lea auf die Stirn geküsst und war mit dem Versprechen, in zwei Tagen wieder da zu sein, gegangen.

Lea hatte nichts dagegen. Manchmal war sie froh, einen Abend für sich alleine zu haben. Sie genoss es, im Bademantel auf dem Sofa zu liegen und sich irgendetwas Unsinniges im Fernsehen anzuschauen, was Albert stets zu lauten Protesten veranlasste, sodass sie in seiner Anwesenheit meistens darauf verzichtete.

Sie hatte gerade den Fernseher eingeschaltet, um die Nachrichten zu sehen. Sie war wie süchtig nach den täglichen Nachrichtensendungen, auch wenn sie in letzter Zeit immer mit dem Drang zu kämpfen hatte, sich zu übergeben. Tag für Tag sah sie, dass man Menschen wie Vieh in eingezäunten Räumen hielt, und die Erinnerungen, die gar nicht die ihren waren, drängten sich dabei unaufhaltsam in ihren Kopf. Und trotzdem saß sie jeden Abend wieder vor dem Fernseher und sah hin.

An diesem Abend berichtete man aufgeregt über die Terrorangriffe in Paris. Und dann fiel jenes Wort. Der Terror habe auch das Bataclan getroffen, hieß es. Man wisse noch nicht genau, wie viele Tote es da gegeben habe, aber man wisse, dass auch Ausländer unter den Opfern seien.

Harry.

Im selben Moment läutete es an der Türe.

Draußen stand Mimi, sehr blass, mit tiefen Ringen unter den Augen.

»Ich hab's gerade im Auto in den Nachrichten gehört. Hast du schon versucht, ihn zu erreichen?«

»Wen?«, fragte Lea, deren Gehirn und Herz sich weigerten zu erfassen, wovon Mimi sprach, wovon in den Nachrichten die Rede war.

»Lea«, schrie Albert ins Telefon, das im selben Augenblick geläutet hatte. »Hast du was von ihm gehört? Ich hab versucht, ihn anzurufen, er geht nicht dran … War er wirklich dort? Wen können wir fragen?«

Erst vier Tage später hatten sie Gewissheit. Mimi hatte sofort nach Paris fliegen wollen, aber Lea und Albert hatten sie davon abgehalten. Ohne Französisch zu sprechen, ohne sich auszukennen, war es sinnlos. Sie hatten die Botschaft angerufen, und man hatte ihnen versichert, man werde in allen Spitälern und auch in den Leichenschauhäusern suchen. Und dann hatten sie gewartet. Und Lea war unfähig gewesen, sich zu bewegen. Wo war er? Ihr Bub. Was war mit ihm geschehen?

Mimi zwang sie jeden Tag, wenigstens ein bisschen Suppe zu essen, die sie zubereitete. Albert schwieg. Sein Schweigen war so laut wie Leas völlige Unbeweglichkeit. Mimi sprach mit Simon. Sie versuchte jeden Tag mehrmals, Harry zu erreichen, und hinterließ immer absurdere Nachrichten. Am dritten Tag war Simon da. Lea ließ sich von ihm umarmen. Albert zeigte zum ersten Mal eine Regung und sagte, er sei froh, dass Simon gekommen war.

Als der Anruf kam, brach Lea zusammen, und Mimi gab ihr eine Beruhigungsspritze.

Sie begruben Harry neben Fritzi und Karl. Erst auf dem Friedhof wurde Lea klar, dass ihr Bub, ihr Baby, ihr Herzensmensch viel beliebter gewesen war, als sie gedacht hatte. Sie hatte zwar immer gewusst, wie charmant er war, aber irgendwie hatte sie ihn schon lange nicht mehr im Zusammenhang mit anderen Menschen gesehen. Er hatte sein erwachsenes Leben auch mehr und mehr von seiner Familie getrennt.

Jetzt auf dem Friedhof aber kamen sie: junge Leute, die er in der Schule unterrichtet hatte, Freunde, mit denen er sich gemeinsam um Flüchtlinge gekümmert hatte, als Mimi längst wieder ins Spital zurückgekehrt war. Und der Fotograf, bei dem er gelernt hatte.

Mimi hatte ein Selbstportrait gefunden, das er, kurz bevor er nach Paris gegangen war, aufgenommen hatte. Auf dem Foto sah er sehr fröhlich in den Spiegel und hielt die Kamera so, dass man sein verschmitztes Lächeln gut sehen konnte. Lea konnte das Foto nicht ertragen.

Mimi hatte das Begräbnis gut organisiert. Es sprachen junge Menschen, mit denen Harry befreundet gewesen war und die Lea früher manchmal bei sich zu Hause bewirtet hatte. Jetzt aber schienen sie ihr alle so weit weg, und vor allem erschien ihr alles so unwirklich und auch unwichtig. Sie hörte nicht, was gesprochen wurde, sie sah die vielen Blumen nicht, die auf Harrys Sarg gelegt wurden, und als er zum Grab getragen wurde und sie hinter ihm herging, hinter ihrem Baby, das nun nie mehr zu ihr sprechen würde, löste sie sich plötzlich aus Mimis und Alberts Umarmung, trat aus dem Zug heraus und ging in die entgegengesetzte Richtung zum Ausgang des Friedhofs.

»Was hast du dir eigentlich dabei gedacht?«, schrie Mimi sie später zu Hause an.

»Gedacht? Gedacht? Ich hab nicht gedacht. Ich konnte das nicht …«

»Du konntest deinen eigenen Sohn nicht zu seinem Grab begleiten? Was ist eigentlich los mit dir?«

Lea zuckte hilflos mit den Achseln. Sie hatte nicht nachgedacht, sie war geflohen. Sie konnte nicht zusehen, wie man Harry in ein Loch legte und dann mit Erde zudeckte. Sie wäre erstickt. Aber sie konnte es Mimi nicht erklären, und Mimi schrie sich gerade ihre ganze Verzweiflung von der Seele, indem sie Lea als herzlos und als Rabenmutter beschimpfte. Albert schwieg und Simon verließ das Zimmer.

Mimi ging und rief am nächsten Tag an, um zu fragen, wie es den Eltern ginge und ob sie etwas für sie tun könne. Lea nahm diese unausgesprochene Entschuldigung wortlos entgegen. Sie konnte nicht mit Mimi streiten, sie konnte mit niemandem sprechen, auch nicht mit Simon, der, so schien es ihr, sie umschlich wie eine Katze eine Schale Schlagobers. Sie wusste, wie ungerecht sie ihrem ältesten Sohn gegenüber war, aber sie konnte seine Gegenwart gerade jetzt nicht ertragen.

Simon fuhr am nächsten Tag zurück zu Frau und Kindern. Das Angebot in den USA hatte er abgelehnt, weil Gerlinde sich strikt geweigert hatte, mit ihm nach Kalifornien zu übersiedeln. Lea war damals irgendwie erleichtert gewesen, auch wenn es ihr für Simon leidgetan hatte. Der hatte sich aber erstaunlich leicht abgefunden und war inzwischen in seinem Unternehmen stetig weiter aufgestiegen, sodass er ihr zuzeiten schon wie ein »Macher«

erschien – eine Kategorie Mensch, die sie noch nie hatte leiden können. Sie schämte sich für ihre so widersprüchlichen Gefühle ihrem Ältesten gegenüber und auch dafür, dass sie ihn immer wieder mit Harry verglich.

Mit Harry, der nicht mehr da war. Sie nie mehr verspotten würde, sie nie mehr so fest drücken würde, bis ihr die Luft ausging.

Jetzt war sie mit Albert alleine. Mit Albert, der nicht mehr sprach. Zumindest nicht mit ihr.

An einem Abend, kurz nachdem Simon weggefahren war, hatte er sich vor ihr aufgebaut:

»Du bist schuld! Du hast ihn angetrieben, wolltest aus ihm einen Künstler machen, wolltest unbedingt ein künstlerisches Kind haben. Du hast ihm mit den ewigen Familiengeschichten den Kopf vollgestopft. Du bist schuld, dass er die Mathematik aufgegeben hat. Du bist schuld, dass er nach Paris gegangen ist. Du bist schuld!«

Lea hatte dagesessen und das Gefühl gehabt, als spreche Albert aus, was seit jenem Tag, an dem sie die Nachricht aus dem Fernsehen erfahren hatte, ständig in ihrem Kopf herumging. Sie war schuld am Tod ihres Sohnes, und keiner konnte ihr da helfen.

Nach diesem Ausbruch hatte sich Albert völlig in sich selbst zurückgezogen. Er hatte sich in Harrys ehemaligem Zimmer eingerichtet, schlief in dessen Kinderbett, hatte sich ein Radio und einen kleinen tragbaren Fernsehapparat geholt und verbrachte seine Tage dort. Er betrat die Küche nur, wenn Lea sich nicht dort aufhielt, und kam nur heraus, wenn Mimi zu Besuch war. Weil Mimi diese Situation aber kaum ertragen konnte, besuchte sie die Eltern immer seltener. Bis sie eines Tages kam, um ihnen mitzuteilen, dass sie für sechs Monate in den Sudan gehen werde, um dort als Ärztin zu arbeiten. Lea sagte nichts.

Auch Albert schwieg. Aber als Mimi gegangen war, weinte Albert. Lea strich ihm tröstend über den Kopf und er ließ es geschehen. Danach begannen sie wieder gemeinsam zu essen und manchmal auch abends gemeinsam vor dem Fernseher zu sitzen und sich sinnlose Dummheiten anzusehen. Aber sie konnten nicht mehr miteinander sprechen. Irgendwie war ihnen in all dem Elend die Sprache abhandengekommen.

Einige Monate nach Harrys Begräbnis meldete sich Helmut, sein Freund aus Paris, bei ihnen. Er hatte seinen Gedenkdienst beendet und nach seiner Rückkehr das Bedürfnis gehabt, Harrys Eltern zu besuchen.

»Wissen Sie, er war nicht allein«, sagte er, nachdem Lea ihn mit Tee und Brötchen begrüßt hatte und er sich auf einem nicht sehr bequemen Sessel niedergelassen hatte.

Lea sah ihn nur an.

»Er war mit seiner Freundin Indira dort. Die beiden waren sehr verliebt und begeisterte Musikfans. Als die Schießerei losging, hat Harry sich über Indira geworfen, um sie zu schützen. Aber es hat nicht geholfen. Sie sind gemeinsam gestorben. Ich weiß nicht, ob Sie das trösten kann, aber in allem Schmerz erscheint mir das irgendwie doch wie ein Zeichen.«

Albert stand auf, und Lea schien es, als wollte er etwas sagen. Stattdessen drehte er sich einfach um und verließ den Raum.

Und Lea saß da und dachte an Harry, der so verliebt gewesen war und ihr nichts davon gesagt hatte. Dachte an ihren Harry, der seine Liebe schützen wollte und mit ihr gestorben war.

»Danke«, sagte sie, und Helmut begriff, dass es Zeit war zu gehen.

»Danke«, sagte sie noch einmal, als sie die Türe hinter ihm schloss, und dann begriff sie, dass sie tatsächlich keine Worte mehr hatte.

Fritzi. Fritzi hätte gewusst, was zu sagen gewesen wäre. Fritzi? Was für ein Glück, dass sie nicht mehr da war. Sie hätte das nicht überlebt. Und sie selbst? Seine Mutter? Sie lebte noch. Wieso eigentlich? Wozu?

Sie drehte wieder – ohne viel nachzudenken, so wie sie es seit Harrys Tod jeden Tag tat – die Nachrichten auf.

Man müsse sich schützen vor diesen Menschen, die alles Schlechte hierher in unser schönes Land brächten, hörte sie einen sagen.

Das seien schließlich alles Verbrecher, und die Anschläge in Paris hätten ja deutlich gezeigt, wohin es führe, wenn man diese Anderen, diese Fremden, die sich nicht anpassen wollten, bei uns aufnehme. Man müsse die Grenzen dichtmachen.

Was tue ich hier?

Gehöre ich überhaupt hierher?

Wer waren die, die Harry ermordet haben?

Und wer sind die, die sich nicht anpassen wollen?

Wer war denn Mimis Farid?

Und die Kinder mit den toten Augen? Musste man denen denn nicht helfen? Sollten die denn sterben oder ohne Zukunft aufwachsen?

Gäbe es mich heute überhaupt, wenn man Fritzi und Theo nicht in England aufgenommen hätte?

Und war es denn dann richtig, meine Großeltern umzubringen? Waren die auch solche, die anders, fremd, und also gefährlich waren?

Und was war mit denen geschehen, die Harry ermordet hatten?

Was hat die so weit gebracht, dass sie morden, ohne nachzudenken? Dass ihnen Menschenleben nichts mehr wert sind?

Wäre ich auch zur Mörderin geworden unter anderen Umständen?

Hätten Theo und Fritzi und Karl und Erna auch gemordet, wenn die Umstände anders gewesen wären?

Wären wir alle weniger fremd gewesen, wenn sie nicht aus England zurückgekommen wären? Wäre ich als ganz normale Engländerin aufgewachsen, ohne Albträume?

Nein, Lea war natürlich nicht fremd hier. Aber mit zunehmendem Alter schien es ihr, als gehöre sie doch nicht ganz hierher. Auch wenn man sie auf der Straße grüßte und in der Bäckerei sogar mit Namen ansprach. Ja, es war ihre Sprache, es war ihre Stadt, es waren ihre Erinnerungen. Es war sogar ihr Dialekt. Es waren ihre Speisen, ihre Gerüche und ihre Bilder, ihre Farben. Sie gehörten ihr ebenso wie all den anderen, die für sich ein Recht auf ein Leben in Sicherheit und Wohlstand beanspruchten.

Und plötzlich war da der Hass. Der Hass auf die Selbstgefälligkeit, der sie in dieser Stadt so oft begegnete. Hass auf die Ablehnung jener, die Hilfe suchten. Hass auf sich selbst und die Lüge, mit der sie so lange gelebt hatte. Die Lüge von der Sicherheit, die sie nie gefunden hatte.

Sie fühlte sich so fremd wie noch nie. Ihre Kinder waren weggegangen, weg aus diesem Land, weg aus dem Leben. Sie war mit Albert zurückgeblieben, der es verlernt hatte, mit Menschen zu sprechen. Mit Albert, der ihr plötzlich irgendwie auch abhandengekommen war.

Früher, als sie jung waren, war er in Zeiten solcher Zweifel an allem, was ihr Leben ausmachte, eine Art Fels in der Brandung gewesen. Er hatte sie beruhigt und ihr versichert, dass das eben genau das sei, was er an ihr liebe, das, was sie sei und auch das, was sie eben nicht sei, was sie von allen anderen unterscheide.

Lea hatte – abgesehen von ihren Eltern und deren engsten Freunden – nie den Kontakt zu Anderen mit ähnlichen Familiengeschichten gesucht, es war ihr nie in den Sinn gekommen, sich auch privat näher mit jenen Juden auseinanderzusetzen, die sich so wie ihre Eltern nach dem Krieg wieder in Wien angesiedelt hatten. Die Auseinandersetzung mit diesen Themen war ihrem Studium vorbehalten gewesen, und dort auch gut aufgehoben, so hatte Lea gedacht. Sie hatte im Grunde weder ihre Eltern noch all die anderen verstanden, die meinten, dass es nach Hitler in Wien wieder Leben für sie geben könne.

Albert war ihr eine große Hilfe gewesen. Er hatte ihr zugehört, wenn sie von den ermordeten Großeltern und der Flucht ihrer Eltern gesprochen hatte, aber er hatte ihr auch vor Augen geführt, dass sie ihr Leben nicht danach ausrichten dürfe, was ihren Vorfahren zugestoßen war. Und es war ihm gelungen, sie dazu zu bewegen, das, was sie als Historikerin herausfand und wusste, nicht mit ihrem alltäglichen, realen Leben in diesem aufblühenden Wien kurzzuschließen.

Jetzt aber war ihr auch Albert abhandengekommen. Plötzlich war sie alleine mit ihrer Geschichte, Fritzis Geschichte, der Geschichte ihrer Großeltern. Alleine in einer Welt, die sich zurückzudrehen schien. Die ihr Tag für Tag bedrohlicher zu werden schien.

Nachts wachte sie schweißgebadet auf. Voller Angst. Fritzi hatte immer behauptet, sie habe keine Angst vor dem Tod, aber Angst vor dem Sterben, vor den Schmerzen. Lea hatte manchmal mit ihr gehadert, weil ihre Angst mit dem Nichts zu tun hatte, das sie unweigerlich erwartete. Mit dem Nichts, in das Harry jetzt verschwunden war. Aber wenn sie jetzt aufwachte, nach einem ihrer immer bizarrer werdenden Albträume, hatte sie Angst vor der Leere. Angst vor dem Verlust. Angst vor der Einsamkeit. Und es war, als ob ihr darüber die Angst vor dem Tod abhandenkäme. Der Tod war endgültig und enthob sie aller Pflichten und auch aller Trauer. Enthob sie des Wissens um das Leid, um den Verlust, um die Einsamkeit, die sie umgab wie eine dichte Wolke, aus der sie nicht auftauchen konnte. Es war diese Angst, die sie aus dem Schlaf hochschrecken ließ.

Sie hinterließ jetzt jeden Tag Nachrichten auf Simons und Mimis Telefonen. Sie musste sich versichern, dass ihre beiden noch lebenden Kinder tatsächlich da waren, nicht auch verschwunden waren, wie Harry.

Albert sagte eines Abends unvermittelt und nach vielen Wochen, in denen er kein Wort gesprochen hatte: »Ich fahr zu Simon. Er hat mich eingeladen. Ich werde eine Weile dortbleiben. Bei den Buben!«

Lea nickte. Sie fragte nicht, wieso Simon Albert, aber nicht auch sie eingeladen hatte. Sie sagte nicht, sie würde gerne mitkommen, weil es gelogen gewesen wäre. Sie sagte nicht, wie sehr es sie belastete, dass sie ihren Ältesten nicht mehr kannte, nicht mehr mit ihm sein konnte, obwohl er doch ihr geliebtes erstes Kind war, das sie nächtelang herumgetragen hatte. Sie ging am nächsten Tag und kaufte Geschenke: Spielsachen für die Buben, einen Schal für Gerlinde, eine Mozart-CD für Simon. Simon fuhr viel Auto und hörte gerne Musik während der Fahrt. Sie wusste nicht, ob er Mozart mochte, aber sie wusste auch nicht, ob ihm andere Musik mehr zusagte.

Sie umarmte Albert, als dieser sich auf den Weg machte. Sie umarmte ihn und konnte nichts sagen. Weil sie plötzlich begriff, dass sie ihm nichts mehr zu sagen hatte. Er hatte sich so sehr von ihr entfernt, und sie so sehr von ihm, dass sie nicht einmal in der Lage war, ihn zu bitten, nicht allzu lange wegzubleiben und sie anzurufen, wenn er angekommen war. Sie umarmte ihn und schwieg. Und Albert erwiderte die Umarmung zögerlich und fand seinerseits keine Worte für sie.

Als Albert gegangen war, wanderte sie durch die Wohnung auf der Suche nach einem Ort, an dem sie sich niederlassen konnte. Aber wie in ihren Kindheitsträumen schienen die Mauern plötzlich durchsichtig, und sie fühlte sich hilflos und ohne Schutz, ausgeliefert einer Wirklichkeit, die sie nicht ertragen konnte.

Sie schrieb einen Brief an Mimi.

»Meine Süße,

Mimi, mein Kind.

Dein Vater ist weggegangen. Er ist jetzt bei Simon in Deutschland. Ich kann ihn verstehen. Wir haben die Sprache verloren, wir konnten nicht mehr miteinander reden. Er gibt mir die Schuld an Harrys Tod – die gebe ich mir auch selbst. Aber er verzeiht mir auch nicht, dass Harrys Tod für mich – und offensichtlich auch für dich – nichts mit den Menschen zu tun hat, um die du und Harry euch gekümmert habt. Um die du dich jetzt noch immer kümmerst. Er verzeiht mir mein Gefühl nicht, dass die, die jetzt auf unseren Bahnhöfen warten und keine Zukunft haben, ja selbst vor den Mördern fliehen, die uns auch Harry genommen haben. So, als ob er glaube, Fritzi und Theo und Karl seien schuld an den Verbrechen der Nazis.

Unsere Familie hat sich aufgelöst. Simon und du seid erwachsen und lebt euer Leben und so ist es auch richtig. Und Harry …

Ich weiß nicht mehr, wohin ich gehöre. Ich weiß nicht mehr, wer ich bin. Ich weiß nicht mehr, warum ich noch lebe.

Ich gehe durch unsere Wohnung und schaue die Fotos von euch Kindern an. Wir waren doch eigentlich eine ganz nette, friedliche Familie.

Aber wir konnten nicht ewig so tun, als ob wir nichts mit dem zu tun hätten, was rund um uns geschah und geschieht.

Ich wollte euch so gerne schützen vor dieser Realität.

Ich hatte gedacht, was mit deinen Großeltern und meinen Großeltern geschehen ist, sei tatsächlich Geschichte und könne sich nicht wiederholen. Ich war mit dieser Sicherheit groß geworden. Erst als ich schon lange erwachsen war, erst als ich euch, meine Kinder, auf die Welt gebracht hatte, wurde mir nach und nach klar, wie unsicher diese Welt tatsächlich ist. Und wie wenige Garantien es dafür gibt, dass sich die Geschichte nicht wiederholt. Und der dümmliche Spruch von der Geschichte, die sich nur als Farce wiederholt, stellt sich jetzt als genau das heraus: als dümmlich. Die Geschichte wiederholt sich natürlich nicht genau so, aber sie kommt in immer neuem Gewand mit den immer gleichen verbrecherischen Auswirkungen daher. Und ich schaue zu. Und kann nichts dagegen tun.

Es macht mich krank, dass ich euch nicht beschützen kann. Dass ich Harry nicht beschützen konnte. Es macht mich krank, wenn ich daran denke, was Fritzi in ihren letzten Lebensjahren mitansehen musste. Ich habe so oft mit ihr darüber gesprochen. Und immer wieder erinnerte sie sich an damals. An den Terror, die Angst und die Hilflosigkeit. Und ich konnte sie nicht trösten.

Jetzt, wo sie Harry ermordet haben und hier alle so tun, als seien die Mörder die gleichen wie die Flüchtlinge, finde ich keinen Trost.

Und ich habe keine Worte mehr. Ich habe Angst und bin hilflos. Und ich weiß, dass ich dir das nicht schreiben sollte. Denn du bist so stark und tust etwas und lässt dich nicht so gehen, wie ich. Und natürlich weiß ich, wie sehr Harrys Tod dir das Herz zerrissen hat. Vielleicht sogar noch mehr als mir und deinem Vater.

Ich vermisse euch so sehr. Dich, die du so weit weggegangen bist – und sag mir nicht, dass Du nicht auch geflohen bist vor uns und unserer Sprachlosigkeit, unserer Unfähigkeit, gemeinsam die Trauer anzunehmen und irgendwie weiterzuleben. Und natürlich vermisse ich Harry zu jeder Stunde des Tages und der Nacht.

Es ist gut, dass dein Vater bei Simon Trost findet. Ich glaube, dass er nicht mehr zurückkommen wird. Ich denke, dass er dort vielleicht zur Ruhe kommen kann, umgeben von den Buben und im Einklang mit Simon, den ich durchaus auch liebe, aber der mir so fremd geworden ist.

Ich war keine besonders gute Mutter für euch drei. Das weiß ich. Ich habe euch nicht beschützt vor dem Trauma eurer Großeltern. Ich habe euch die Köpfe ›vollgestopft‹ mit den Horrorgeschichten, der Ermordung meiner Großeltern und der Vertreibung eurer Großeltern und auch mit der Rückkehr dieser Großeltern in ein Land, das ihnen auch nach Auschwitz immer noch feindlich gesinnt war. Papa hat mir das oft genug vorgeworfen.

Ach, meine Süße, warum nur bin ich noch da und Harry nicht?

Ich glaube, ich kann nicht mehr in diesem Land leben. Ich glaube, ich muss auf die Reise gehen. Ich weiß nicht, wohin, aber es muss doch irgendwo auf der Welt einen Ort geben, an dem ich meine Angst, meine Sprach- und meine Hilflosigkeit ablegen kann wie ein altes Kleid und Ruhe finde.

Ich liebe dich mehr als jeden anderen Menschen auf der Welt

Deine Mama«

Natürlich schickte sie den Brief nicht ab. Aber als sie ihn noch einmal durchlas, wusste sie plötzlich, was sie tun musste.

Sie bereitete sich lange und sorgfältig vor.

Sie legte alles bereit, was sie mitnehmen würde.

Eine Garnitur Wäsche zum Wechseln. Ihren Pass. Das Buch, das sie jedes Mal genannt hatte, wenn es in einem jener Fragebögen, die man in den meisten Frauenzeitschriften beim Friseur fand, hieß, welches Buch sie auf eine einsame Insel mitnehmen würde.

»Hundert Jahre Einsamkeit«. Sie hatte es drei Mal hintereinander gelesen und konnte es zu jeder Zeit immer wieder neu beginnen. Es enthielt alles, was sie von einem Buch erwartete. Es lenkte sie ab von allem rund um sie und es ließ ihre Fantasie blühen, was ihr half, sich über die Enge in ihrem Brustkorb hinwegzulesen.

Sie nahm ihr Herzmedikament mit, das sie seit einiger Zeit einnehmen musste, und hob ein wenig Geld von ihrem Bankkonto ab. Sie legte eine Packung Papiertaschentücher und eine winzige Plastiktasche mit einer kleinen Seife, einer Zahnbürste und Zahnpasta und einer kleinen Dose Hautcreme dazu.

Sie ließ die Dinge einige Tage auf Alberts Seite des Bettes liegen. Jeden Tag ging sie vorbei, nahm etwas weg, fügte etwas hinzu. Es war, als ob ihr dieser kleine Haufen auf dem Bett ein Ziel gab.

Sie ging auf den Friedhof und legte auf die Gräber ihrer Eltern kleine Halbedelsteine, die sie in einem Geschäft in der Nähe ihrer Wohnung gefunden hatte. Sie verbrachte fast einen ganzen Tag auf dem Friedhof.

Sie versuchte, mit den Toten ins Gespräch zu kommen. Sie wagte sich sogar zu Harrys Grab, für den sie ein besonders schön geschliffenes Ei aus Jade gekauft hatte.

Sie legte es auf den Rand seines Grabsteines und dachte, dass sie hier weinen sollte, hier, wo Harry in der Erde lag. Aber sie weinte nicht. Sie fühlte sich kalt und wie eingefroren.

Sie kaufte ein kleines Fotoalbum und verbrachte mehrere Abende damit, jene Fotos der Kinder, von Fritzi, Theo und Karl, Erna und Malvine auszuwählen, die sie unbedingt mitnehmen wollte.

Mehrere Tage vergingen mit einer geradezu manisch peniblen Reinigung der Wohnung. Sie wusch sämtliche Bettüberzüge und die Matratzenschoner, putzte alle Fenster und reinigte Backrohr und Herd. Sie räumte den Kühlschrank aus und stellte eines Abends einen Korb voll mit allem, was sie an Lebensmitteln in der Wohnung fand, vor die Türe ihrer Nachbarin, mit der sie freundliche Grüße wechselte und von der sie wusste, dass sie wenig Geld und drei Kinder hatte, die sie alleine aufzog. Sie ging auch durch die Kleiderschränke und packte alles, was ihr irgendwie noch tragbar schien, zusammen und trug es zu einem Caritas-Lager. Schließlich trug sie eine Pflanze nach der anderen auf den Gang hinaus und stellte sie so ab, dass jeder sie im Vorübergehen sehen musste. An der großen Yucca-Palme brachte sie ein Plakat an, auf das sie schrieb: »Bitte nehmt uns mit! Danke!«

Zwei Tage verbrachte sie danach in der jetzt kalt und leer wirkenden Wohnung auf der Suche nach einer Tasche oder einem Rucksack, in den sie die wenigen Habseligkeiten legen konnte, die sie mitnehmen wollte. Am Ende entschied sie sich für einen alten Kinderrucksack, den sie in Harrys Zimmer fand.

Sie hatte ihn Harry zu Beginn des Gymnasiums geschenkt. Seine alte Kinderschultasche hatte er nicht mehr benutzen wollen. Sie hatte ihm am Ende der Volksschule einen »coolen« Rucksack versprochen und im September, kurz vor seinem ersten Tag als Gymnasialschüler, war sie mit ihm in die Stadt gegangen und sie hatten lange gesucht. Schließlich hatte sich Harry für einen edel aussehenden dunkelgrünen Rucksack entschieden, der an der Seite ein schmales Fach hatte, in dem eine Wasserflasche Platz finden konnte. Natürlich hatte sie eine entsprechend dunkelgrüne Thermosflasche auch noch draufgelegt und den vollkommen zufriedenen Harry schließlich auch noch zu einem großen Eisbecher eingeladen.

Sie saß lange auf Harrys abgezogenem Bett und sah den Rucksack an. Sie erinnerte sich daran, wie Harry sich an seinem ersten Schultag stolz, den neuen Rucksack lässig über eine Schulter geworfen, auf den Weg gemacht und ihr verboten hatte, ihn zu begleiten. Der Rucksack roch nach Harry und sie bohrte ihr Gesicht mitten hinein und versuchte, sich Harry einfach wieder herbeizuwünschen.

Schließlich nahm sie den Rucksack und packte alles, was sie mitnehmen wollte, hinein. Und dann überlegte sie lange, was sie wohl anziehen sollte.

Sie entschied sich für einen langen, dünnen Wollrock, den sie nie getragen hatte, der ihr aber das richtige Kleidungsstück für ihr Vorhaben schien, weil er ihr fast bis zu den Knöcheln ging und dunkelgrau war. Sie legte Unterwäsche und Strumpfhosen dazu, eine schwarze Bluse und eine dunkelgraue Wolljacke. Dann suchte sie Alberts alte, dunkelblaue Regenjacke hervor, die dieser längst nicht mehr getragen hatte, räumte alle Taschen aus, steckte ein paar graue Handschuhe hinein und legte sie zu den anderen Kleidern. Schließlich fand sie ein dunkelblau-grau gestreiftes, großes Wolltuch. Und auch das legte sie zu den Kleidern.

Am nächsten Tag stand sie früh auf, duschte lange und zog sich an. Sie fand in Mimis ehemaligem Zimmer eine kleine schwarze Bauchtasche, tat Pass, ein wenig Geld und ihr Handy hinein und band sich die Bauchtasche um. Schließlich hievte sie sich den Rucksack auf die Schultern, verließ die Wohnung, sperrte sorgfältig zu und warf den Schlüssel durch den Briefschlitz hinein. Sie würde nicht zurückkommen, sie konnte nicht zurückkommen, sie musste weg und irgendwo Ruhe finden.

Auf der Stiege begegnete sie der Nachbarin, der sie die Lebensmittel geschenkt hatte, und diese grüßte sie, bedankte sich überschwänglich und fragte sie, ob sie auf Urlaub fahre. Lea stockte und nickte dann, schüttelte der Frau die Hand und ging schnell weiter.

Sie wusste nicht, wo sie hingehen würde. Sie hatte nicht darüber nachgedacht. Sie wollte zum Bahnhof und sich den Menschen anschließen, die da in Gruppen zusammenstanden und auch nicht wussten, wohin es sie verschlagen würde. Sie wollte bei jenen sein, denen sie sich näher fühlte als allen anderen Menschen, die sie jetzt umgaben.

Sie nahm den Bus zum Hauptbahnhof und ließ die misstrauischen Blicke, die ihr zugeworfen wurden, einfach an sich abprallen. Sie meinte erst jetzt so richtig zu verstehen, wie es für Fritzi, Theo und die anderen gewesen sein musste, damals. Und wie es wohl für Farid gewesen war. Wie es ihm gegangen sein musste, als man ihn zurückgeschickt hatte. Sie hatte Angst, fühlte sich ungeschützt und ausgesetzt und hoffte auf die Hilfe jener, die schon länger auf der Flucht waren.

Zuerst verstand sie nicht, was sie sah. Sie ging durch die großen, weiten Hallen des Hauptbahnhofs und suchte sie. Die Männer, Frauen und Kinder, die hier warteten. Auf ein neues Leben, auf eine Zukunft, auf Sicherheit und Frieden. Aber sie fand sie nicht. Menschen mit Koffern hasteten an ihr vorbei. Jeder schien genau zu wissen, wohin er wollte, und viele rempelten sie an, weil sie im Weg stand und sich nicht bewegte.

Als sie im Bahnhofsgebäude niemanden fand, dem sie sich hätte anschließen wollen, ging sie ohne viel nachzudenken die Treppen zu einem der Bahnsteige hinauf. Sie fand sich alleine wieder. Sie ging die Geleise entlang, bis sie draußen im Regen stand, und sah hinaus, dorthin, von wo vielleicht ihr Zug kommen würde oder wohin ihr Zug vielleicht fahren würde. Als ihr das Wasser in den Kragen zu fließen begann, kehrte sie um und ging zurück unter das Dach. Sie war immer noch alleine. Sie ging zu einer Bank, nahm den Rucksack ab, stellte ihn neben sich auf die Sitzfläche und ließ sich nieder.

Und als sie hinaus in den Regen sah, begann sie endlich zu weinen.